HÉDI BOURAOUI

RÜCKKEHR NACH THYNA

HÉDI BOURAOUI

RÜCKKEHR NACH THYNA

ROMAN

aus dem Französischen
von
Una Pfau

VERLAG DONATA KINZELBACH
MAINZ

Originaltext:
Retour à Thyna

Verlag Donata Kinzelbach 1998
Stolze-Schrey-Str. 3
D-55124 Mainz
Tel. 06131-45662, Fax 06131-41088
ISBN 3-927069-49-3
Druck:
DAN d.o.o.
Ljubljana/Slowenien

Alle Personen und Situationen in diesem Roman sind fiktiv. Jedwede Ähnlichkeit ist zufällig. Sie betrifft nur die, die sich in narzißtischen Selbstbespiegelungen ergehen. Kein Autor kann diese Verknüpfung der Spiegelbilder verhindern. Dem guten Zuhörer *Mabrouk*![1] Dem guten Erzähler *Mazeltow*![2] Dem guten Kritiker einen Gruß!

Die Ruhmsucht hat die Herzen erfaßt, aber die Freiheit ist nichts, wenn sie nicht auf Macht beruht.

Was konnten die Bürger dieses einzigen Erdenstaates, dessen Herrschaft das einzige Ziel aller Anstrengungen ist, schon lieben außer dem Ruhm.

Augustin, Der Gottesstaat, L.V.

[1] Herzlichen Glückwunsch!
[2] Hebräisch: Viel Glück!

Dem Gedächtnis
von
Bouya Taïef
Dem Leuchtturm des Olivengartens und
Des taparurischen Humanismus
Im Morgengrauen der Moderne.
Seinen Kindern
Und den Kindern seiner Kinder.
Der taparurischen Diaspora
Hoffnungsträgerin
Jenseits der sieben Pforten.

Kap. 1: Bab Ed Diwane
Die offenen Tore der Medina

Wenn Thyna seine Tore schließt,
so schließt doch Allah niemals das seine.
Von diesem Höchsten Abwesenden erhalten wir Güter,
mit denen wir niemals gerechnet hätten.
Baï Hassen Trabelsi

Steinwürfe...

Nachdem sie ihre Geschosse auf die mit Schlagstöcken und Gewehren ausgerüstete Polizei geworfen haben, stieben die rebellischen Jugendlichen in alle Winde auseinander. Mansour Hachem stürzt in das Gassengewirr der Medina, während seine Kameraden sich wie wilde Vögel in unbekannte Himmel zerstreuen. Dabei belädt sich jeder mit seinem eigenen Schicksal.
Taparura, das sich in einem Zustand sprichwörtlicher Lethargie befindet, ist dabei, sein Aussehen zu verändern. Gewöhnlich ist es langweilig und wird nun plötzlich kriegerisch, aggressiv, vom Wunsch nach seiner Unabhängigkeit angestachelt. Die Männer von der Polizei, die ihm seit dem Ende des 19. Jahrhunderts mitten ins Herz gesetzt wurden, sind heute dabei, es in einer letzten Besitzgier zu vergewaltigen. Um es mit dem glühenden Eisen des Kolonialismus zu zeichnen, rauben sie ihm sein Parfüm und verwunden es in seiner Intimität.
Ein frenetisches Vorwärtseilen der Kolonisatoren, um ihre Privilegien festzuhalten. Eine jugendliche Revolte, mögliche Anhängerschaft an das ideale Bild des nationalen Helden, der geheimnisvoll ist mit seiner beredten Zunge, erst exiliert, dann eingesperrt, da er

es gewagt hat, seine Stimme in den Geheimnissen der Macht zu erheben.
Bei seinem wirren Lauf erblickt Mansour, dieser Verzehrer von Fischsuppe, Gerstenbrot und Zitronenschale, wie nun mal jeder gute Bürger der Region definiert wird, einen großen Schlagstock, der heftig auf seine Lenden niedersaust. Ganz plötzlich weckt der Schlag sein kindliches Bewußtsein wieder auf, und eine ganze verbannte Welt taucht in aller Frische wieder auf. Der wiedererwachte Schmerz flößt ihm von neuem Haß auf den, der ihn angegriffen hat, ein, den, der das nationale Gebiet und die Gemüter in Besitz hält. Sein Geist, dem durch eine andere Weise, die Welt zu sehen, Gewalt angetan worden ist, bewirkt, daß er Anhänger des Befreiungsplans wird.
Die Sonne martert die Köpfe. Der Schweiß fließt von den Stirnen herab. Die Unabhängigkeit um jeden Preis, das drängt sich diesen Jugendlichen so brutal auf wie die Hiebe des Schlagstocks. Sie fühlen sich sozusagen im Durcheinander, in der Mausefalle der Politik gefangen, die ihre Eltern aufgestellt haben ohne sie zu fragen. Ein denkwürdiger Tag aufgrund der Spannung, die sie quält. Mansour Hachem, der vierzehn Jahre alt ist, unterliegt schon dem quälenden Wunsch, seine persönliche Geschichte, die durch die allgemeine Geschichte zerklüftet ist, zu ergreifen, sie koste es, was es wolle nachzuholen, selbst im Unglück.
Trotz des Leidens und der Demütigung des Augenblicks fühlt Mansour für seine Freunde eine tiefe Einfühlung, eine Wärme, die der in der Werkstatt des Schmiedes vergleichbar ist, der das glühende Eisen der Identität schmiedet. Dieses feindliche Gegenüber mit dem Besetzer stachelt sein Revanchedenken an, öffnet die Bresche des Heilsweges zur Eroberung seiner selbst. So kommt er darauf, daß er sich in aller Ruhe mit seiner Arroganz zur Schau stellt nach dem Vorbild der Kolonisatoren mit dem dekorierten

Knopfloch, und sich nicht wie ein biegsames Schilfrohr ihrem Gesetz beugt, zum großen Nachteil des *nif*[3] der Vorfahren.
In dem Handgemenge, den Detonationen und dem Sprühregen des Tränengases verschwinden die Freunde, von dem Selbsterhaltungstrieb erfaßt, der den Ruf der Taparurianer ausmacht: Sadok flieht Richtung Hafen und schifft sich zu den Inseln Kerkennah ein, Tahar gelangt zur Straße nach Tunis Richtung Norden, um sich auf dem Land zu verbergen, Dahak findet einen Unterschlupf in der Ausbuchtung hinter der Tür des Theaters, während Mansour atemlos in das Haus seines Freundes Kateb stürzt, das in einem engen Gäßchen der Medina gleichsam verlassen von jedem Sonnenstrahl kauert. Diese armselige Behausung, die so hermetisch abgedichtet ist wie eine Schweizer Uhr und nur unvergleichlichen Spezialisten zugänglich ist, hat ihm nie seine schwere, wenig gastfreundliche Türe auch nur einen Spalt weit geöffnet. Er klettert zum ersten Mal die paar Stufen hinauf und dringt in das winzige Zimmer von Kateb vor, das kahl ist mit Ausnahme einiger an die Wände geklebter Gedichte, hier und dort verstreuter Bücherstapel, einer rauhen Schilfrohrmatte auf dem Boden, einem Teppich in einer Ecke, auf dem ein kleiner, niedriger, runder Tisch steht - bevorzugter Ort der Nahrungsaufnahme für Geist und Körper.
- In was für einem Zustand bist du! Zuerst wollen wir einmal deine Wunde verbinden. Du wirst schnell von hier verschwinden müssen; das will dein Vater, der meinen informiert hat.
- Und die Statue von Philipp Thomas?
- Wir werden sie wohl ohne dich in einer der nächsten Nächte demontieren, wenn der Augenblick gekommen ist. Glücklicherweise bist du nicht von der alten Gendarmerie am Ausgang der Werkstätten der Eisenbahn im Viertel erwischt worden. Da hat die Armee auf die Demonstranten geschossen. Ergebnis: fünfzehn Tote, ungefähr fünfzig Verletzte.

---

[3] Stolz im Maghreb

Mansour glaubt, daß er allein ist in dieser friedlichen Höhle, in der neben dem Zimmer die Mutter von Kateb diskret einen Kuskus zubereitet mit den vertrauten Gerüchen, die seinen Hunger anstacheln. Ein Duft nach Jasminblüten schwebt im Raum... Die Tür öffnet sich und ein junges Mädchen, das so schön ist, daß es einem den Atem verschlägt, nähert sich mit ausgestreckten Armen und stellt auf den Tisch eine Holzschüssel, die bis an den Rand mit Kuskus mit seiner Brühe, seinem Gemüse und seinem Fleisch angefüllt ist.
- Wir werden später miteinander sprechen, Zitouna, sagt Kateb.

Ihre Geste stummen Anbietens ist von einer aufreizenden Grazie. Mansour ist beeindruckt von ihren Augen, die ein funkelndes Olivgrün zeigen, von dem Blick, der rätselhaft ist, weil er nicht von einem Lächeln begleitet ist, und der Entschiedenheit des Ganges. Ein unerreichbarer Stern, der durch sein flüchtiges Erscheinen Fluten von Emotionen auslöst, die ihn verwirren. Er kann sich nicht verkneifen, seinen Freund zu fragen:
- Wo hast du diese Berberperle aufgegabelt?
- Das ist meine Kusine. Meine Eltern haben schon für mich um ihre Hand angehalten. Von den drei Töchtern ihres Vaters ist sie die Älteste. Ihre Mutter hat ihrem Gatten vorgeschlagen, sich eine andere Frau zu nehmen, damit er Söhne haben kann ..., aber er hat sich geweigert! Zitouna interessiert sich auch für meine Prosa. Aber vertraue nicht dem schlafenden Wasser! Sie hat nichts zu tun mit der Ergebenheit unserer Frauen! Das "Wort" ihrer Eltern ist noch nicht gegeben, also versuchen es meine für mich zu erhalten!
Schweigen. Mansour verliert sich in seinen Träumen.
"Das ist es, Liebe auf den ersten Blick. Ich schwebe in Ekstase. Dieses Mädchen nimmt mir alle Schwere und blendet mich im Vorübergehen."

Schwindel und Krallenhiebe erschüttern ihn. Es ist ihm unmöglich, seinen Blick von der Türe zu wenden, die sie soeben geschlossen hat, unmöglich die Aufregung, die ihn schüttelt, aus sich auszureißen.

"Zitouna, du sprudelst in mir empor, brennende Lava und lebendige Quelle... Zitouna, woher kommst du, wohin gehst du?"

Während Mansour in der köstlichen Aura seiner Entdeckung schwimmt, öffnet Kateb einen kleinen Wandschrank gerade über seinem Kopf, holt eine Flasche Wein daraus hervor, einen Leinensack, der zur Hälfte mit trockenen und zermahlenen Blättern gefüllt ist, und eine lange, feine Pfeife mit einem winzigen Kopf. Mansour traut seinen Augen nicht. Das ist nicht der Kateb, den er seit seiner Kindheit kannte.

- Du trinkst und du rauchst?

- Versuch, ich zünde die Pfeife an und gebe sie dir.

- Nein danke. Wie kannst du um dieser künstlichen Glückszustände willen die Schönheit von Zitouna vernachlässigen, diese Segnung des Paradieses?

- Weil ich davon gekostet habe und weil kein Genuß ihnen gleichkommen kann.

Mansour sieht seine Mutter wieder. Er empfindet schon eine tiefsitzende Sehnsucht nach ihr. Sie fehlt ihm wie die zu seinem Leben notwendige Luft. Sie wird nicht mehr dasein, um ihn mit freudigen Ausbrüchen und manchmal Strömen von Tränen zu begrüßen, ganz und gar voll Zärtlichkeit. Eine bedingungslose Liebe ohne die geringste Spur von Geziertheit. Ein Geschenk ohne Gegenforderung in einem grenzenlosen Verstehen. Und das geringste Wimpernzucken von Mansour wird nicht nur von der Mutter aufgenommen, sondern von dem ganzen Familienclan.

Eines Tages ist sie bei seiner Rückkehr von einem kurzen Aufenthalt in Tunis ohnmächtig geworden. Mit Wasser und Orangenblütenessenz besprengt ist sie schnell wieder zu sich gekommen, um in ihren unaufhörlichen Umarmungen fortzufahren.

- Ich liebe dich wie die Pupille meiner Augen... Besser, ich liebe dich mehr als mein Leben!

Sie ruft diesen Satz jedem zu, der ihn hören will und steckt ihn mit Nadeln zusammen wie jeden morgen den Schal auf ihrem Kopf, um sich vor der Kälte zu schützen. Sie stößt dasselbe Gebet der Liebe hervor, wenn ihr Sohn sich zur Schule begibt, das Herz strömt ihr dabei über von Sorge um seine Sicherheit, die zu seiner Ausbildung nötig ist. Ein Schimmer von sanfter Gewißheit schimmert in seinen Augen, magischer Talisman zu den Spiralen des Wissens und des Imaginären. Er erwirbt so seine Lebenskunst: von den Frauen verwöhnt und ihrer Fürsorge, um in der Arroganz des Ich zu gedeihen. Er schöpft in der mütterlichen Wärme die Kraft für seine Wünsche, die er ziemlich oft in erfolgsgekrönte Handlungen umsetzt. Selbst wenn er zartfühlend und diskret ist, selbst wenn er sich nicht in die erste Reihe drängt wie die anderen, erwartet er vertrauensvoll die Stunde, in der er geliebt wird, die unfehlbar schlägt, wie sie es immer getan hat. Mansour versteht es, seine Emotionen, seine Zornesausbrüche an sich zu halten wie die Stadt, die sich zusammenkauert, um besser ihr Fest in den Armen ihrer schweren Mauern vorzubereiten. Er kostet wie sie die Substanz seiner Vergangenheit.

Er erinnert sich an seine Jugendspiele in dem Viertel von Moulinville. Mit seinen Freunden, dem Juden Moses Boukhobza und dem Franzosen Marcel Lucido spielten sie die umherirrenden Ritter. Diese jungen Einwohner von Taparura bildeten eine Familie, wie sie für die Ausflüge der Phantasie den Trottoirs oder eher den von nach Honig duftenden Mimosen überquellenden Vorplätzen entlang unerläßlich waren. Manchmal verbündeten sie sich gegen den marokkanischen Wächter, der auf seinem Fahrrad wie auf einem römischen Karren thronte.

Wer wird die Bande anführen? Marcel Lucido gibt die Anweisungen, um den mit einem Turban gekrönten Feind zu fassen, der seine Runde vom Sonnenuntergang bis zum Morgengrauen macht.

Mansour nimmt es auf sich, mit ihm zu reden und ihn abzulenken, während Tahar und Moses zwei oder drei Türen der Läden öffnen und damit dafür sorgen, daß der arme Marokkaner des schweren Fehlers beschuldigt wird, seine Funktionen vernachlässigt zu haben. Ohne etwas zu entwenden, stören die Kinder die Ordnung der Dinge, um sich in den Augen der Erwachsenen, die im Getriebe ihrer täglichen Arbeit gefangen sind, interessant zu machen! Der Wächter, der verrückt wird, fängt an, in alle Richtungen zu laufen wie ein losgelassener Kreisel. Während dieser Zeit verzehrte man bei den Hachems einen Kuskus *bel-osbane*[4], der von Jelila, der Mutter von Mansour, zubereitet wurde. Mryma, die Mutter von Moses, hatte ihre Sabbat-Boulетten herbeigebracht, die von Tahar ihre Nachtische, alle Arten von Früchten und Mandelkuchen. Odette Lucido begnügte sich damit, diese Gaben zu kosten, als ob ihr all das zukäme, ohne jemals daran zu denken, ihren Nachbarinnen die guten Gerichte anzubieten, die sie brutzelte unter dem Vorwand, daß die Moslems und die Juden kein Schweinefleisch essen. Das Verbot wurde sogar auf die Utensilien angewandt, die für andere Gerichte verwandt wurden. Dagegen war Odette immer bereit, Französischaufgaben zu korrigieren und den Jungen, die bei Sprachfehlern oder Unhöflichkeiten erwischt wurden, Morallehren zu erteilen.

Eine Entente cordiale, die auf natürlichste Weise in den Gesten und Absichten gelebt wurde, in der Symbiose, die die Unterschiede akzeptiert.

Die Einwohner von Taparura milderten die Reibungen und Streitigkeiten durch kräftige Familienschlemmereien, die mit Backwerk abgeschlossen wurden. Diese Köstlichkeiten versüßen das Leben, vor allem, wenn man sie mit Gläsern von Orgeat[5], Pistaziensirup

---

[4] mit Hackfleisch gestopfter Tierdarm

[5] Mandelmilch

und entsetzlich gesüßter Zitronade abschließt. Dann entsteht die Brüderlichkeit, die die Wunden heilt.
- Du mußt nach der Mahlzeit aufbrechen, Mansour...Ich glaube, daß es besser ist, wenn Du eine Zeitlang in Aïn Fallat lebst. Dort wird es Dir gelingen, in Vergessenheit zu geraten, während Du zugleich zuhause bist, weil die Weinberge deinem Vater gehören.
- Was wird aus mir werden, wenn ich fern von euch allen bin?
- Wir werden dich besuchen kommen. Moses, der schon im Befreiungskampf engagiert ist, wird nicht verfehlen, dich jede Woche zu informieren.
Nach einem langen Augenblick des Schweigens fing Kateb mit von Wein und Drogen glänzenden Augen ohne Einleitung an, mit emphatischem Ton zu deklamieren:
Du bist nicht Illusion, Zitouna... und du klagst niemanden an.
Aus deiner Zerbrechlichkeit tauchst du empor, Hoffnung, gutes Vorzeichen, Sicherheit. Der Kampf beginnt und die Statuen werden zusammenstürzen; ihre Masken, Herbstblätter fallen und wir werden da sein, sie aufzulesen!
Dein entblößtes Gesicht... deine mit Khol umrandeten Augen machen uns zu Komplizen. Versichere dich Zitouna... die Grenzen stürzen zusammen. Du wirst über den Haß und die Lügen gleiten... und die Angst entschleiert sich.
Olive meines Vaterlandes, nähre uns von deinem Versprechen...
Liebe, ziehe mit deinen grauen Zweigen Furchen in unsere Jünglingsherzen. Oh, Ellipse der Herzen, begrabe die explosiven Felder des Ressentiments und des Leidens!
Zitouna... Zitouna! Du läßt die Geister Walzer tanzen und die Körper flimmern.
Als er aus seinem Delirium aufwacht, stößt Kateb seinen Freund aus seinem Zimmer und wiederholt:
- Du mußt aufbrechen Mansour.
Wie Bab Ed-Diwane durchqueren, dieses geschlossene Buch, das von der Polizei geknebelt ist? Mansour legt ein Handtuch um sein

Gesicht und gleitet mit dem Fahrrad auf die Straße von Gabès. Während er in aller Geschwindigkeit in die Pedale tritt, erfüllt ihn die Reibung seines Geschlechts auf dem Sattel mit Vergnügen; er stellt sich vor, mit dem Mädchen, dem er eben erst begegnet ist und das all seine Begierden verkörpert, zu schlafen. Die Flucht nach Aïn Fallat wird einer der unglaublichen Ritte, bei denen er zugleich in die Geheimnisse der Liebe und des Wissens eindringt.
Bab Ed-Diwane, das Tor des Rates, das sich zum Meer hin öffnet, da es in unvordenklichen Zeiten die Zollbüros und den Rat des Pascha in seinen Mauern hielt. Diese erste Öffnung führte im Süden auf die Vorstadt der Christen und Juden und im Norden auf die Große Moschee im Inneren der Medina. Ein natürlicher Ankerplatz des alten Hafens badete seine Füße im Westen bis zur Zitadelle. Ein Tor mit einer Nische, das seit seiner Errichtung im zehnten Jahrhundert die ganze Geschichte der Stadt hat vorbeiziehen sehen. Im Juli 1881 mußte man es mit Dynamit sprengen, um die aufsässigen Häuser zu belagern, die es ablehnten, sich dem kolonialen Eindringling zu unterwerfen. Colbert greift die Medina an, ein Hagel von Eisen platzt auf den schweigsamen Platz, alles zerkleinernd, zerlöchernd, zermalmend, in Stücke zerfetzend. Dann legen die Seeleute an und stellen die Schäden fest (neunhundert Tote), pflanzen ihre Fahne auf die Moscheen und den Befestigungsanlagen. Eine finstere Schramme an seiner Ausgangstür. Und das wunderbare Meer brandet zornig unter den Stößen eines wütenden Windes.
In dem Garten von Vater Hachem steht ein *Borj*[6] mit massiver und eindrucksvoller Silhouette. Dieser Bau, der keinen Innenhof hat, dient während der Sommerferien als Zweithaus. Keine Öffnung außer der Eingangstür im Erdgeschoß und drei kleinen Dachfenstern im ersten Stock. Eine wahrhafte Festung mit einem einzigen Mittelraum, der umgeben ist von Kreuzgewölben und verlängert

[6] Steinhaus

durch die Estrade, auf der Mansour stundenlang mit seinen Freunden diskutieren wird, und die für den Wächter und seinen Sohn Amar, wenn die Familie nicht da ist, als Schlafraum dient. Mansour richtet sich auf einer steinernen Estrade ein, die ihm als Bett dient, und verbringt ganze Tage zwischen den Bäumen damit, den Verdienst seiner Eskapaden zu genießen. Der Maulbeerbaum befleckt ihm den Mund und die Finger, und er hat den Eindruck, daß sein ganzer Körper seine Träume auf die Rinde überträgt. Wenn er Aprikosen ißt, glaubt er kraftspendende Sonne zu essen, und die Feigen verwandeln sich in Brüste aller Farben, an denen er Entschlossenheit saugt. Er rafft die Blätter des Mandelbaums für die Tiere auf, liest die nach der Ernte vergessenen Mandeln zusammen, die Gummikugeln auf der Rinde, die Dattelkerne, die er verkauft, um sich Ersparnisse anzulegen...

Nur der Name Amar taucht dennoch wie ein Schatten auf dem Gemälde auf; er erinnert ihn an die Prügel seiner Kindheit und die Ungerechtigkeit. Amar lehrt ihn die Kunst, Fallen zu legen, um Hasen und Stachelschweine zu fangen. Was die Spatzen betrifft, so jagen sie sie mit hausgemachten Kügelchen, was das Vergnügen vermehrt, ihnen einen Schlag vor den Kopf zu versetzen ohne sie zu verwunden, um sie anschließend zu befreien. Der Sohn des Wächters hilft ihnen, die Geheimnisse der Natur zu entdecken: Paarung von Tieren, Zeiten der Feldbestellung, Pfropfen der Obstbäume, Ernte, Melken der Ziegen, Backen des Brotes auf der Asche... Man klopft an Wasser- oder Honigmelonen, um am Klang ihren Reifegrad auszumachen. Dann trotzt man:
- Kannst du in dieser mondlosen Nacht ein Geheimnis unter dem Feigenbaum ganz im Hintergrund des Gartens holen?

Mansour wird von einer grenzenlosen Angst ergriffen. Er wagt es kaum, sich zu bewegen. Da stellt er sich die Silhouette von Zitouna vor, die flüchtig an ihm vorbeigleitet. Sie überholt ihn und wartet unter dem angegebenen Baum auf ihn. Er nimmt all seinen Mut zusammen und beginnt nach Kräften zu rennen. Die Angst vor der Menschenfresserin, die aus den Tiefen der Nacht auftaucht verbunden mit dem Traum, vielleicht Zi-touna wiederzufinden, ermutigen ihn. Seine Mühe wird belohnt. Er entdeckt tastend einen Umschlag, der einen Brief von Kateb enthält, der bei einem Besuch des Schriftstellers von dem Analphabeten Amar gestohlen worden ist.

O du, die Versprochene, in dem Obstgarten von Aïn Fallat geborene, Zitouna, meine Liebe. Wie soll ich das von deinem Vater gegebene Wort wiederbekommen? Warum hat er nun seine Meinung geändert, da er weiß, daß ich von meiner Feder leben will? Er irrt sich, wenn er denkt, daß ich Dir keinen guten Lebensunterhalt verschaffen kann, wo ich doch mein Leben großzügig verdienen werde, indem ich Rundfunksendungen schreibe. Ja, mein Schreiben wird uns ernähren, und ich weiß, daß du es deswegen liebst. Ein Geschenk, das sagt, was ich bin, was du bist. Wenn es ihm gelingt, uns zu definieren, genügt das nicht? Das Übrige müßte unser gemeinsames Los sein... Sage Deinem Vater, er soll nicht die Sonne mit einem Sieb verdecken. Er wird mich nie daran hindern können, Dich zu lieben! Kateb.

Der Rivale von Mansour ist also nicht glücklich. Wenn diese kleine Masche des Liebesgewebes dabei ist, sich aufzulösen, wird er die Möglichkeit haben, die Heldin seiner Träume zu erobern, vor allem, da er den genauen Ort ihrer Geburt und die Schwierigkeiten des Versprechens entdeckt hat.

Das unerträgliche Exil von Mansour scheint ihm ewig zu dauern trotz der häufigen Besuche von Kateb und Moses. Eines Tages zeigen sie ihm in Paris-Match das Foto von Zitouna an der Spitze einer Gruppe von Frauen, die sie an das vordere Ende der Protestkundgebungen zu führen scheint. Im weißen Hemd mit Krawatte und weitem Rock findet sie die Worte, die die patriotischen Gefühle besser erwecken als der nationale Agitator, der Hauptanstifter der Wirren des Landes. Dieses junge Mädchen mit dem charismatischen Gesicht ersetzt ihn, der ein besserer Redner auf Französisch als auf Arabisch ist. Sie kultiviert nicht ihr eigenes Bild, sondern weiht sich mit Leib und Seele der gerechten Sache: ihr Land vom Joch des Kolonialismus zu befreien.

Während Zitouna sich an Ort und Stelle einsetzt, vergeht Mansour in einer Wartezeit von mehreren Monaten, die weder Ziel noch Ende hat, vor Langeweile, ohne die Hoffnung, zu sich zurückkehren zu können. Da die Ruhe noch nicht wieder in der Stadt eingekehrt ist, schließt er sich in einen heilsamen Schatten ein wie die Familien, die die Hölle der Sonne oder die Willkür des Besatzers fliehen und die zwischen den dicken Mauern der Häuser gefangene innere Ruhe und Frische genießen.

Tahar verläßt den geheimen Sitz der Partei auf einem geborgten Fahrrad, durchquert als Eroberer die verlassenen Straßen von Taparura, dann wendet er sich zum Garten von Mansour, diesem freiwillig Belagerten, der unfähig ist, sich im Befreiungskampf zu engagieren, so sehr fürchtet er, daß er die harmonische Ordnung, in der er zu leben glaubte, stört!

- Moses ist im Gefängnis. Man hat ihn gestern erwischt, als er dabei war, die berühmte Statue von Philippe Thomas abzumontieren und mit dem Hammer zu zerstören... Glücklicherweise hat Kateb entweichen können! Er wird bald zu Dir kommen.

- Ich hoffe, sie haben weder die Beduinenfrau, noch die zu ihren Füßen liegende Amphore beschädigt.

- Glaubst du nicht, daß Du ein bißchen zu sentimental bist?

- Immerhin hat Thomas die Minen von Redeyef entdeckt, und die sind einer der Schätze des Landes!

Die neuralgische Kreuzung, an der die Statue aufgepflanzt war, bietet den Blicken einen Steinhaufen dar wie nach einem Bombardement. Das Herz scheint dem verstümmelten Leib der Stadt entrissen zu sein, und die Bevölkerung wendet sich nur mit Schmerz und Verwirrung zu den schmalen Boulevards. Die Leute gehen nicht mehr in der routinemäßigen Monotonie ihren Beschäftigungen nach, sondern in Angst oder Zorn im Hinblick auf eine ungewisse Zukunft.

Kateb besucht Mansour nicht nur, um jedes Risiko einer Gefangennahme zu vermeiden, sondern um ihm ein Manuskript vorzulesen, in dem er seine Liebe zu Zitouna besingt, seinen Stolz als Schöpfer, seinen Haß auf den Besatzer, sein Mißtrauen gegenüber den Eltern und Entsetzen angesichts des Todes. Weder Ausschmückung noch stilistische Effekthascherei. Das Gedicht ist ein Echo auf Abou El Kacem Echabbi mit seinen Akzentsetzungen von warnendem Leiden.
Stell dir vor, Mansour, du bist mein einziges Publikum. Sogar Zitouna, die für gewöhnlich mein Werk schätzt, scheint von diesen Texten abgestoßen zu sein.
Ohne die wahrhafte Bedeutung dessen, was er soeben gehört hat, zu begreifen, fühlt Mansour einen Stachel von Eifersucht und Bewunderung zugleich dem Geheimnis gegenüber, das ihn in den Schriften von Kateb aufreizt. Er hört sich selber denken: "Alles wird gegenwärtig möglich. Das Helldunkel des Berichts streckt mir die Arme hin; eine schwer zugängliche Bresche sicherlich, aber ich bin nicht mehr der von der Geschichte Verworfene. Ich werde dazugehören. Kateb gibt mir den Fingerzeig. Hat er es extra getan, um die Fährte zu verwischen und um mich von Zitouna zu entfernen? Und birgt sein verstecktes Geständnis nicht eine schwer zu schluckende Wahrheit?
Klarsichtig wie er ist, vertraut sich Mansour niemandem an. Er vergräbt sich immer mehr in seine Bücher, die er in allen Ecken anhäuft. Sie bilden schwebende Inseln, von denen aus er sich zu fernen Universen aufschwingt. Dank dieser inneren Reisen macht er sich mit den unermeßlichen Stimmen des Universums vertraut.

Die Anrufung fremder Länder führt ihn zu den Gebäuden seiner Phantasmen zurück, neuen widersprüchlichen und komplementären Visionen, aus denen er Welten für die Augenfenster baut, wo sich alles mit Leichtigkeit fortbewegt, die Berge ebensowohl wie die Kümmernisse.

Mansour Hachem sieht mit Schärfe die Kindheitsszene wieder vor sich, die Spuren in seinem Erwachsenenleben hinterlassen hat. Er fragt sich noch nach den Gründen, warum er diese Tracht Prügel erhalten hat, ausgestreckt auf der Estrade, deren Holz von den Schritten des Lehrers abgenutzt war. Dieser jubilierte an diesem Tag, als er ihm die Strafe erteilte, die vom Vater empfohlen worden war. Er ist erst sechs Jahre alt und er ist völlig dem lüsternen Blick des Lehrers ausgeliefert, der sich an seine weißen, zarten Knabenschenkel heftet. Der Blick steigt wollüstig an den Schenkeln empor und verweilt auf den runden Pobacken, die eine abstehende, kurze Hose der Begierde des Mannes darbietet. Das Grinsen des Schulmeisters ist von einem perversen Lachen begleitet und sein Gesicht verrät einen Genuß, der die übrige Klasse erstarren läßt, die vollkommen erschreckt ist über diese Gewaltszene, die der kleine Mansour über sich ergehen lassen muß...

Nachdem er gierig die offensichtlich weiche Haut gestreichelt hat, die durch das Verrutschen der weißen Shorts zugänglich wird, beginnt der Mann sie zu peitschen, so daß sie sich alsbald mit rötlichen Streifen bedeckt. Der Schmerz des Kindes erweitert sich zu Haß gegenüber dieser ungerechtfertigten, maßlosen Erbitterung. Es fängt an, schrille Schreie auszustoßen, und je mehr seine Tränen fließen, um so mehr gibt sich der Peiniger seiner symbolischen Penetration hin. Vom Vater dazu ermächtigt, rutscht der Schulmeister in seiner Erzieherrolle aus, läßt sich von seinem emotionalen Überschwang mitreißen.

Es ist eine vielfältige sexuelle Dramatisierung, die dem Sadisten alle Ehre macht. Die Demütigung, vermischt mit dem Schmerz und dem Vergnügen, die seltsam verquickt sind bei dem kleinen Jungen, bietet dieses aufregende Spektakel einer ganzen Klasse dar, die begierig darauf ist, Sexualität zu entdecken. Sie alle sind da, um von dem Zerbrechen der Grenze zu zeugen, wo das Verbotene vor ihren eigenen Augen als Spektakel dargeboten wird. Das Schweigen ist bleiern. Die Klasse ähnelt einem Grab, in dem das einzige Leben, das die Szene belebt, sich zunächst durch das Geräusch der niedersausenden Rute manifestiert, die sich beinahe unter der unglaublichen Wucht der Schläge spaltet. Schließlich verkrampft sich der Körper des Offizianten, bis er seine enge Hose wie eine Trommel spannt, dann beruhigt er sich. Da erst wagt Mansour mit tränenerstickter Stimme in seinem Leid zu rufen:

- Was habe ich getan, Herr Lehrer, mein Gott, was habe ich getan? Ich werde nicht wieder anfangen.

- Das wird dich lehren zu gehorchen.

Welche Verfehlung hat er denn begangen? Der Lehrer erklärt nichts. Er führt nur den Befehl des Vaters aus, der ihn gebeten hat, sein Kind zu bestrafen, weil er einen ganzen Abend damit verbracht hat, ihn zu suchen, während er um achtzehn Uhr heimkehren sollte nach der Vorstellung des Zirkus Amar, die für die Schule reserviert war.

Das Zirkus hat am Fuß der Wälle der Medina sein Zelt aufgeschlagen. Da Mansour schon den Zug der Elefanten, der Ponys und der Affen gegenüber des Bab Ed-Diwane gesehen hatte, hat er dieses banale Schauspiel verlassen, um sich von einem Tarzanfilm in Versuchung führen zu lassen. Anziehungskraft des phantastischen Abenteuers in Bezug auf die platte Wirklichkeit!

Als er sich für das Kino entscheidet, weiß Mansour, daß er den Fehler begeht, den väterlichen Befehl zu überschreiten. Aber warum hat ihn seine Mutter so sehr in ihre Obhut genommen, als er erst einmal nach Hause gekommen war, war sogar soweit gegangen, daß sie ihm schnell seine Suppe gab und ihn vor der wütenden Rückkehr des Vaters mit aller Liebe umsorgte? Von seiner Furcht befreit, tief in sein Bett gekuschelt, nach seiner Gewohnheit ver-

hätschelt, hat er seine Angst vergessen und die Aufschwünge des magischen Helden, den er soeben entdeckt hatte, noch einmal neu erlebt. Wie er auch eines Tages, von der Erde abheben und dem verwundeten Elefanten zu Hilfe eilen wollte, demselben, den er so gehorsam in den Straßen von Taparura bemerkt hat!
Tarzan der Retter. Und zerbrach er, Mansour, nicht die langen Bleistifte, die ihm sein Vater gab, zerbrach er sie nicht in zwei Hälften, um eine in die Tasche seines Freundes Kateb gleiten zu lassen, der drei Jahre älter war als er? Teilte er nicht das Glas Palmensaft mit Dahak, der von seiner Kindheit an ein Komödiant war, um jeden Tag vor der Schule um acht Uhr morgens "den Speichel zu brechen"? Sie pflanzten sich da gegenüber den Tonkrügen voll Palmensaft, die zwischen den Pflastersteinen eingeklemmt waren, auf, um die Aufmerksamkeit der Vorübergehenden auf sich zu ziehen. Manchmal gefiel es Mansour, genüßlich eine köstliche kochende Brühe mit Kichererbsen hinunterzuschlucken, zusammen mit seinem Kameraden Sadok, der lieber die Schule schwänzte als seine Lektionen zu lernen. Schon damals behielt sich der künftige Händler den größten Teil der Kichererbsen vor unter dem klarsichtigen Blick von Mansour, der stillschweigend zustimmte.
Der Kampf geht seinem Ende zu...
Befreit eilt Moses, die Zustimmung von Mendès-France zu verkünden und die Rückkehr des zwanzig Jahre lang Exilierten. Der Erhabene Kämpfer schifft am ersten Juni 1955 in La Goulette aus. Er wird von einer jubilierenden Menge empfangen, der er ohne einen Augenblick zu zögern erklärt:
- Der kleine Kampf ist beendet, der große beginnt jetzt.
Das ist der Triumph, selbst wenn das an die Leine gelegte Volk nichts von den Absichten des Kommandanten versteht. Das Land taucht aus den Klauen des Kolonialismus auf, der unauslöschliche Spuren im Betragen der Leute hinterlassen hat. Und nun müssen

die Ärmel hochgekrempelt werden, um das Land an die Zügel zu nehmen, aber wie?
Die Ansprachen von Zitouna haben bessere Frucht getragen als die des Bey von Tunis. Sicherlich war er den Machtbeziehungen mit Frankreich aufmerksam gegenüber, widmete aber deshalb nicht weniger Zeit seinen zweihundert Uhren. Sie mußten gleichzeitig läuten zur vollen Stunde, ein Erwachsenenspiel, das nicht in die Arena der Jugendlichen vordringt, die eher bereit sind sich zu opfern, als die Interessen der Politik zu unterschreiben.
Heimliches Gemetzel... Kehrtwendungen, die das Genie der Masken vermehren, und in jeder Täuschung denkt niemand an den Schmerz der Artischocke, wenn man sie wie eine Rose bis zum Herzen entblättert!
Als der Raïs zum ersten Mal Taparura besucht, um dort seine Rede im Dialekt zu halten, was die Einwohner zutiefst rührt - beharrt er auf der Tatsache, daß, wenn die Einwohner von Taparura nicht im Kampf die Waffen ergriffen haben, sie doch durch ihren finanziellen Beitrag an der Unabhängigkeit teilgenommen haben. Die Stadt hat ihren Ruf als Geldgeber, was ihre Zurückhaltung auf politischem Gebiet großzügig kompensiert, ein widersprüchliches Bild von dieser Hauptstadt des Südens, das nicht aus ihrem Gedächtnis erlöschen wird. Wie könnte ein Land Fortschritte machen, das weder ökonomisches Räderwerk noch Überbau ist? Wie sollte es gut für sie sein, Fortschritte zu machen, wenn ihre Anstrengungen nicht belohnt werden?
Während Kateb zurückkehrt, um seine Männlichkeit im Bordell vorzuführen, wo eine ganze Schar von Frauen aller Altersstufen ihre Schönheit durch kleine Fenster hindurch zur Schau stellen, durch die sie auch den Preis für einen Besuch aushandeln, geht Mansour nach Bab El-Diwane unter den Schreien und in der Wut des Wiedersehens, in der Tasche das erste Porträt seiner ersten Liebe auf dem Glanzpapier der französischen Zeitschrift. Zwischendurch ist er gewachsen, aber Kateb überragt ihn noch. Daher

seine Schüchternheit angesichts des Wesens, das er mit der ganzen Ambivalenz seines Herzens liebt. Seine intensive Lektüre auf dem Land hat ihn weder mit Diplomen versehen noch mit dem Mut, der neuen Wirklichkeit gegenüberzutreten. Und seine dürftigen Ersparnisse, die er aus der Arbeit auf den Feldern zusammengekratzt hat, erlauben es ihm nicht, sich selbständig zu machen.
Gegenwärtig frei, wie er ist, wird er den Unterricht nicht wieder aufnehmen und wird nicht den Schulabschluß machen. Das Land braucht ihn. Da weiht er sich in die Kunst des Journalismus ein, um "die Ereignisse des Tages" zu berichten und "die Überschriften der Aktualität" darzubieten. Der Weg wird hart sein, bedeckt mit Hindernissen... Er ist überzeugt davon!

Kap. 2: Bab Bhar, in Reichweite des Meeres
Die neuen Einsätze

Ich werde Dir sagen, daß die schlichte Wahrheit weder Autorität noch Zuhörer hat. Die Macht gehört dem brutalen Sieger. Tu, was du willst, und verlange nicht von Deiner Größe, daß sie mir zuhören muß.

A.Chabbi, *Gesänge des Lebens, übersetzt von Ahmed Ben Othman.*

Sie haben geschlafen und sind vor Morgengrauen aufgebrochen! Verschwunden, nachdem sie heimlich ihre Güter verkauft hatten. Wieviel Glücksfälle und heimliche Transaktionen bei den französischen Autoritäten, die durch diese unerwartete Umwälzung verärgert waren. Sie werden niemals die neue Gabe annehmen, sie, die Europäer. Wie könnten sie sich von Arabern regieren lassen? Unmöglich! Von einer schrecklichen Wut erfaßt, werden sie alles dem erst Besten überlassen. Niemand hat sie verjagt. Sie hätten in ihrem Heimatland in Harmonie mit denen leben können, die soeben die Macht errungen haben, aber man ändert nur schwer seine Gewohnheiten.

Man hatte Bab Bhar ins Mittelmeer hineingebaut. Eine weite Muschelschale bereit, heute die einheimische Bevölkerung aufzunehmen, die seit einem Dreivierteljahrhundert enttäuscht war und die darin eine einzigartige Gelegenheit sieht, das einst von den Franzosen untersagte Gebiet in Besitz zu nehmen. In fernen Zeiten stießen die Wellen an den Fuß der Wälle der Medina. Dieser Raumgewinn diente dazu, die Infrastruktur zu errichten, von der aus die Kolonisatoren herrschaftlich regierten. Während der Kolonialzeit konnten die "Einheimischen nicht das Stadtzentrum bewohnen, das ausschließlich in den mächtigen Klauen der Verwaltung und des Handels lag. Dennoch diente in den nördlichen Vorstädten in Moulinville und im Süden in Picville die Mischung der Rassen und Religionen als Beispiel für die vitale Harmonie, da die Bevölkerung unbewußt die Einmaligkeit der Moschee in der Medina und der Kirche in Blec Essouri zerstört hatte. Die Synagoge war überall gegenwärtig außer in der Medina. Das Tor zum Meer erstreckte sich also von Bab Ed-Diwane bis zum Hafen. Diese strenge Topographie enthielt Durchlässigkeiten und die Grenzen waren nicht völlig unüberschreitbar.
Da die traditionelle Logik umgestürzt ist, kauern sich neue Wölfe in die Winkel des Politischen, um sich der Strömungen zu bemächtigen, die das Land dirigieren. Nachdem sie eine gute Anzahl an Wohnblocks, zwei Cafés und die Kinos Le Rex und Le Colisée erworben haben, zieht der Vater von Tahar Bouficha, Analphabet und Pfennigfuchser, seinen Sohn mit, möglichst hoch auf der sozialen Leiter zu steigen, selbst über Leichen, um das Blut seiner Börse zu beleben. Schließlich wird Tahar soweit gehen, daß er den Hafen seiner Stadt einer schwedischen Kompanie verkauft, um dort eine Schwefelraffinerie zu errichten, die die Atmosphäre mit einem erstickenden Pulver gelb färbt... Ohne daran beteiligt zu

sein, werden die Taparurianer darüber den Atem verlieren. Ihre Stadt wird sich mit einem zähen Leichentuch bedecken, das dort für Generationen lagert.
Kateb läßt sich in einem altmodischen Gebäude gegenüber von der zivilen Kontrolle nieder, das zum französischen Konsulat geworden ist, besetzt Radio Taparura, und strahlt seine politische Sendung vor einer Konsole und einem Mikro aus. Hinter dem ehemaligen Posten macht er es sich bequem und behandelt die Emporkömmlinge, die nach Macht lechzen, schlecht. Staatsbürgerlich und patriotisch zugleich, ist er bei jedem Zwischenfall zur Stelle: ein verstopftes Abwasserrohr, ein kaputter Lichtmasten, ein randalierender Trunkenbold, Diebstahl, irgend ein Verstoß, Veruntreuung von Geldern oder nicht zugelassene Preiserhöhungen sind das tägliche Menu seiner Rubrik. Die auf Klatsch und üble Nachrede begierige Menge hängt lustvoll an seinen Kommentaren. Kateb geht soweit, daß er die Frauenfrage und ihre Befreiung von den Traditionen verteidigt. Reine Demagogie, da er unfähig ist, seine Theorien in seinem eigenen Leben anzuwenden. Mansour ist deswegen bekümmert, er, der sich fähig fühlte, die Kontraste zu versöhnen und die Ordnung wiederherzustellen.
Im Café von Tunis sitzend unterhalten sich die beiden Freunde, Kateb vor einem Bier und Mansour, der einen Jasminstrauß schnuppert, offenherzig:
- Ich glaube, daß Zitouna mich nicht genügend liebt, um mich zu heiraten. Sie folgt den Ratschlägen ihres Vaters, meines Onkels Mokthar, der sich weigert, sie mir zur Frau zu geben, weil ich Schriftsteller bin.
- Du willst sagen, weil Du nicht ebenfalls die tollen Summen verdienen kannst, um ihr den Lebensstil zu garantieren, an den sie gewöhnt ist.
- Das ist nicht wichtig! Sie liebt, was ich schreibe.

- Ja, weil du damit das Übel, das uns zerfrißt, aufdeckst. Deine Schriften geben sich sehr Mühe, aber niemand regt sich, und es bringt nichts ein.
- Du hast den Finger an die Ursache meiner Enttäuschung und meines Defätismus gelegt. Ich will mich nur noch durch das Unentzifferbare ausdrücken!
- Nein, es ist wegen deines Verhaltens, das ambivalent ist. Du läufst den Mädchen nach, aber du verbietest deiner Kusine, das Haus zu verlassen. Du duldest nicht einmal, daß man sie jungen Männern vorstellt!
- Sie braucht nicht mich, um auszugehen, wenn sie will. Ihr Vater betet sie an. Er richtet alle Aufmerksamkeit auf sie und ihre Wünsche. Er kann gut alle unsere Bedürfnisse befriedigen. Mit seinem Vermögen kauft er jedermann.
- Möchtest du mir sagen, daß sie zu verwöhnt ist? Und du rechnest damit, daß du unter der Vormundschaft deines künftigen Schwiegervaters leben willst?
- In gewisser Weise ja. Zitouna hat die Absicht, ihre Studien fortzusetzen. Das ist die Entschuldigung, die ihr Vater findet und meinem zuwirft. Er will sie ihr bezahlen? Warum soll ich nicht davon profitieren?
- Hast du sie nicht selbst gebeten, dich zu heiraten?
- Nein. Meine Eltern befassen sich damit.
- Ich gestehe, daß du mich enttäuschst.
- Warum?
- Weil du buchstäblich der Tradition folgst, der du doch im Allgemeinen revoltierst. Du unterstellst dich der Willkür des Onkels.
- Ich werde nicht verstanden und ich trage mein ganzes Übel in das Fleisch meines Fleisches. Ich verlange von Zitouna nicht, daß sie verschleiert ausgehen soll!
- Eben, du verwandelst deine Lebensschwierigkeiten in Schreiben und das ist sehr gut! Aber Zitouna in einem Käfig halten zu wollen, der nicht einmal golden ist, das heißt, daß du in die Irre gehst.

- Ich habe diese Macht noch nicht, und selbst, wenn ich sie hätte, eines Tages...
- Du wirst sie nicht zwingen.
- Übrigens verfolgt sie andere Träume...
Mit einem Gesicht, das verstimmt ist und einer Rasierklinge gleicht, sticht Kateb mit seinem Kinn wie mit einer Nadel vor. Um seinen Freund nicht zu bedrücken, bewahrt Mansour sein Geheimnis. Hat er nicht gesehen, wie Tahar im Wagen Zitouna verfolgte, um sie einzuladen, eine Runde mit ihm zu fahren? Und er bewahrt die Emotionen, die sie in ihm hat entstehen lassen, die seit Jahren immer in ihm gegenwärtig sind, im Grunde seiner selbst. Wird sie es verstehen, ihm zuzuhören?
Kateb ist allen Nachforschungen offen. Er hat soeben Nissim, den Vater von Moses beruhigt, und indem er die Sache seines Freundes vertrat, der plant, seine Studien zu beenden und einen Exporthandel mit Öl und Datteln zu eröffnen. Zu verschmähen, die Nachfolge in der Drogerie der Großeltern anzutreten, ist ein Ungehorsam und unverzeihlicher Affront. Aber die Zeiten tendieren zu Änderungen!
Als öffentlicher Schriftsteller und Angestellter des Radio Taparura greift Kateb überall auf den unüblichsten Sektoren ein. Während des Befreiungskampfes hat er das Gerücht umgehen lassen, daß er mit dem Kugelschreiber ebenso gut umzugehen wußte wie mit dem Gewehr. Er hatte, so behauptete er wenigstens, sich den Fellaghas in der Matmata im Süden seines Landes angeschlossen, und seine Tapferkeit und sein Mut seien beispielhaft gewesen. Mansour weiß, daß er nicht weitergegangen ist als bis Thyna, einer römischen Stadt nahe bei Aïn Fallat, die nur noch in Ruinen vorhanden ist, und in der sich Zitouna während ihrer Ferien aufhielt. So machte er Zitouna in der Familie seinen Hof, indem er von nahem die Streifzüge seiner Cousine beobachtete, die versuchte, die Geschichte ihrer Stadt von Anfang an aufzuarbeiten. Sie fand an diesem Ort die Zuflucht und Rückzugsmöglichkeit, wie sie ihren Me-

ditationen entsprach. Dort konnten ihre Gedanken in die Weite schweifen nach der Entdeckung einer anderen Welt, der ihren. Die Distanz schlug hart an die Pforte ihrer Träumereien.
Ihr Vater, Si Mokhtar Baccar, ein reicher Unternehmer der Region, hatte nur drei Töchter; Zitouna, die Älteste, dann Ibtisem und Ahlem. Kein Sohn am Horizont... Sie wurden deshalb nicht bestraft, wie es häufig in den taparurischen Familien der Fall ist. Im Gegenteil, wie er sie verwöhnt hat, seine Blonde, seine Brünette und seine Kastanienbraune! Nichts war jemals zu schön für sie. Vater Mokhtar, fortschrittlich über seine Zeit hinaus, hat niemals seine Frau verstoßen oder ihr eine Konkubine auferlegen wollen. Aus einer Familie von armen Bauern stammend, hat er sich selbst erzogen, drei Sprachen gelernt, Arabisch, Französisch und Italienisch, ohne daß er jemals den Fuß in eine Schule gesetzt hätte. Maurerlehrling bei seinem Onkel mütterlicherseits wachte er bis spät in den Abend, über die Papierbögen geneigt, die er bei einem Lehrer gekauft hatte, den er nachahmte, und lernte beim Schein einer Kerze in Begleitung des Fiepens der Ratten. Nachdem er sich mit seinem Onkel assoziiert hatte, wurde er selbst Patron, dann mächtiger Unternehmer der Region, Spezialist für die großen Immobilien im typischen Architekturstil des Landes.
Zitouna wußte, daß man ihr nicht nur wegen ihrer Schönheit den Hof machte, sondern auch wegen ihres Reichtums und wegen des Ansehens der Familie Baccar. Im Gegensatz zur herrschenden Sitte zählte sie also darauf, sich aller Waffen zu bedienen, um selbst ihre Karriere und ihren Gatten zu wählen. Und wenn sie von den Schriften ihres Vetters auch angezogen war, hegte sie doch Zweifel bezüglich ihrer Aufrichtigkeit, denn sie wußte, daß es für Kateb nur Wahrheit in der Illusion gab!
Ob bei ihm oder bei ihr, den beiden einzigen Orten, wo sie sich unmittelbar trafen, ergoß Kateb seine Litaneien über sie, auf der Bedeutung der Rolle beharrend, die jeder Großchef zu spielen versteht, wenn es sich darum handelt, ohne Versagen, seine "freie

und unabhängige Erziehung" zu vollenden wie es der Erhabene Kämpfer verlangte. Mit dem zweiten Triumph, der Befreiung der Frau, hatte die Regierung sich für die besten Lösungen eingesetzt, um in die schöpferische Energie des Landes zu investieren. Für die Zukunft auf die Jugend und die Frau zu setzen, wurde zu einer Priorität, während das unreife Wort von Kateb verzweifelt steril bleiben wird.

Abgesehen von der klaffenden Wunde, die von der Zerstörung der Statue des Heiligen Thomas geblieben war, deren Teile außerdem verschwunden sind, lebt die "europäische" Stadt in ihrem gewöhnlichen Rhythmus. Die Leute gehen ihren Beschäftigungen nach unter einer bleiernen Sonne jedem kollektiven Opfer den Rücken kehrend. Sie bedauern es dennoch, französische, jüdische, maltesische, italienische Freunde aufbrechen zu sehen, mit denen sie so lange zusammengearbeitet haben! Der Bruch mit der Gewohnheit ist so schmerzlich wie der Tod. Dann kommt das Vergessen, und das Leiden verwischt sich von selbst. Nichts dauert, weder die tiefe Verbundenheit mit der Revolte, noch die Brüderlichkeit, Zement einer gemeinsamen Sache.

Nichts hat sich geändert, und dennoch hat sich alles geändert! Die Starre, die in den Häusern und den Geistern herrschte, ist ersetzt worden durch die Wiedereroberung der Würde. Eine Atmosphäre von Leichtigkeit und Arroganz, von Sorglosigkeit und Aggressivität liegt in der Luft, in der die entgegengesetzten Kräfte anfangen, allmählich im Gleichgewicht zu sein, fern vom Terror der fremden Stimme.

Der öffentliche Schriftsteller greift ein, um Ali eine Taxilizenz zu verschaffen, weil er sechs Monate im Gefängnis verbracht hat, Bechir dagegen, "der nicht einmal seinen Namen auf den Krug schreiben kann" wie das Sprichwort lautet, einen Posten als Polizist, weil er zu den Fellaghas gestoßen ist. Er versteht es, seiner Pfeife autoritäre Töne zu entlocken, um einen Radfahrer anzuhalten. Wenn es darum geht, einen Strafzettel auszufüllen, dann ist

das etwas ganz anderes! Indem er ein wenig diskutiert und an die Güte des Polizisten appelliert, schiebt der zu Bestrafende ihm einige Dinare in die Hand. Alsbald nimmt Bechir eine strenge Miene an, moralisiert ohne logische Grundlage und sagt einfach: "Werde nicht rückfällig."
Moses Bokhobza hat man nichts gegeben, man hat ihm nicht einmal auf die Schulter geklopft. Er hat auch um nichts gebeten. Kämpfen, um sein Land zu befreien, gehört zu seiner Bürgerpflicht, selbst wenn er von seiner Zugehörigkeit nur eine gehörige Portion hat. Man wirft ihm - nicht weniger als das - die Entstehung des Staates von Israel vor, seine siegreichen Kriege gegen die arabischen Staaten, seine ambivalente Haltung der semitischen Familie gegenüber, die althergebrachte Vetternschaft, die aus den Sepharden ein Volk an der Spitze des Fortschritts und des Denkens gemacht hat. Und selbst wenn Moses sich anderen Aufgaben zuwendet, um sein Land auf den Weg des Fortschritts zu bringen, bewahrt er im Grunde seiner selbst eine Bitterkeit, die ihm jedes Vergnügen verdirbt. Er fragt seinen Freund Kateb um Rat, und um das zu tun, durchquert er den Souk El-Attarine, wo sein Vater eine Drogerie inne hatte, kriecht durch eine Art Dachfenster, das auf die weißen Terrassen der Medina hinausgeht. Nicht alle Wege führen zum Pogrom.
Moses legt die Bilanz seines Lebens dar:
- Du weißt, mein Vater hat fünf Jungen und zwei Mädchen, mein Onkel Makhlouf, der Schwarze genannt, eine Tochter und einen Jungen. Der Onkel kann weder lesen noch schreiben, aber er hat seinen einzigen Sohn, Albert, als Geschäftsführer am Rexkino untergebracht. Leider ist der 1945 an Typhus gestorben. Am Makhlouf hat eine Synagoge für ihn in der J.-H.Mattéistraße errichtet, die bis heute Albert Bokhobza heißt. Drei Jahre später hat er seine Tochter mit Elias Smadja verheiratet, und hat begonnen, mit Öl und Mandeln zu handeln, wobei er die kolonialen Waren Zucker, Tee usf. einführt. Außerdem besitzt er zwei Mühlenbetriebe, den

einen auf der Straße nach Gremda, einen Kilometer von hier, den anderen bei der alten Gendarmerie. Heute ist er gezwungen, mich um meine Dienste zu bitten, um ihm zu helfen und ihm die Buchhaltung zu führen, denn er hat zu niemandem Vertrauen außer zu Mitgliedern seiner Familie.. Da ich sein Lieblingsneffe bin, hat er mich ausgesucht. Ich habe mein Studium nicht beendet, aber ich bin bereit, mich ins Handelsgeschäft zu begeben. Ich würde mich auch gerne mit der schönen Henriette Uzan verheiraten, die die Aufsicht am technischen Kollegium führt. Ihre Familie gehört zu denen, die nach der Unabhängigkeit Tunesien nicht verlassen haben. Sag mir Kateb, opfere ich meine Zukunft, indem ich hier bleibe?

- Nein. Die Regierung ist entschieden, die jüdische Gemeinde zu schützen, obwohl keine Massen davon hier bleiben. Der Raïs hat vorgeschlagen, den Dialog mit Israel zu führen und hat sich mit seinem ägyptischen Pendant zerstritten!

- Das stimmt, unser Präsident ist seiner Zeit voraus. Schade, daß er kein größeres Land zu regieren hat, oder eines, das eher auf der Höhe seines Könnens und seiner Diplomatie wäre.

Die beiden Freunde hören die Schreie von Roba Vecchia, die alte Lumpen sammelt. Sie riechen den Ledergeruch der Schuhmacher, die sich in ihren Verschlägen abrackern. Sie sind daran gewöhnt, das Tageslicht zu scheuen. Parallel wird die Medina des nachts auf wunderbare Weise aufgebaut: alte Gemäuer werden zerstört, damit man ohne Erlaubnis bauen kann. Bei Morgengrauen tauchen neue Zimmer auf den Dächern auf, wie Pilze im Regen. Und da es nicht häufig regnet in der Region, ist man begeistert über die magische Gabe der Taparurianer, aus dem Nichts Neues zu erschaffen.

Nach der Abreise von Moses schließt sich Kateb in sein winziges Zimmer ein, beginnt zu trinken und Haschisch zu rauchen; er tut das, um sich zum Schreiben in Form zu bringen. Wozu kann das wohl dienen? In Taparura zählen nur die Villen, die erbaut werden und das Vermögen, das angehäuft wird. Was die Bücher betrifft, so dienen sie, wenn sie gekauft werden, lediglich dazu, die Bücherregale der Salons zu zieren! Die meisten Leute schmücken ihre Wände weder mit Bildern noch mit Büchern, nicht einmal mit Korankalligraphien. Einige Familienfotos oder manchmal in den Zimmern der Kinder Plakate mit amerikanischen Schriftstellern oder ägyptischen Sängern. Kein Kunstwerk, das aus dem Land stammt!

Kateb hat über dieses Problem mit Mansour diskutiert, aber sie haben niemals diesen Mangel in ihrer Gesellschaft begriffen, ausgenommen Zitouna, die unaufhörlich die Nase in die Archäologie ihrer Stadt, die mündliche Tradition und die Heldentaten der Béni Hilal steckt. Angesichts des geringen Erfolges, den seine Schriften haben, ist seine Begeisterung oft unterhöhlt, und Kateb häuft seine Notizen in den Schubladen an, wo er sie vergißt. Eines Tages hat er seine Gedichte auf große Tafeln geschrieben und sie an den seltenen Gummibäumen, die bizarr in Parallelipede geschnitten sind und die beiden grünen Alleen von Bab Bhar bilden, aufgehängt. Diese aufgehängten Gedichte - Früchte, vom Wind geschaukelt, sind schließlich von eifersüchtigen Händen zerrissen worden oder einfach von müßigen Passanten.

Ohne daß er es gelesen hätte, schlägt Mansour ihm vor, das Manuskript, das seinem Freund am meisten am Herzen liegt, auf seine Kosten zu veröffentlichen. Kateb lehnt ab. Stolz oder Bescheidenheit, Mißtrauen oder Angst, sich auf den Markt zu begeben? Nach der Meinung der Zeitungen ist die literarische Produktion krank: "Sie hat die Grippe, und zwar ebenso in der Nationalsprache wie in der fremden Sprache." Aber Jahr für Jahr fährt Kateb fort, seiner Inspiration zu folgen, zerrissen zwischen den honigsüßen Worten der Eunuchen von Kairo und dem Spitzenschwindel der Pariser Hirngespinste. Zwei Hauptstädte, die ihn kastrieren und ihm einen Minderwertigkeitskomplex aufdrücken trotz seiner ruhmreichen Vorfahren wie Apuleius, dem Heiligen Augustin, Ibn Khaldoun und soviel anderen.

Kateb fühlt den Tod um sich, was ihn, den Lebenshungrigen, dazu treibt, das Manuskript einer ziemlich kurzen Erzählung zu vollenden, das einzige Mittel, das Unvermeidbare zu überleben. Sein gespannter Körper und seine gereizten Nerven drängen zu Aktion, das einzige gültige Gegengift gegen die Gefahren, die ihm überall lauern. Ist er nicht gerade öffentlich von Zitouna provoziert worden, gerade am Eingang des Rathauses, in dem die in Thyna ausgegrabene Keramik ausgestellt ist? Von Tahar begleitet hat sie ihn ignoriert, um ihre Erklärungen über die Szene fortzusetzen, die die Reise von Odysseus darstellt. Von einer nicht kontrollierbaren Wut ergriffen stürzt sich Kateb auf seine Kusine, "seine Verlobte", und gibt ihr eine schallende Ohrfeige. Seine Hand, an der ein schwerer ziselierter Kupferring sitzt, verletzt die frische Wange des jungen Mädchens bis aufs Blut. Er wirft ihr sein Manuskript ins Gesicht, dessen Blätter sich zerstreuen, und dreht sich ohne das geringste Wort um. Verblüfft über die Schnelligkeit der Reaktion von Kateb hat Zitouna nicht die Zeit zu reagieren, was sie sicherlich unter anderen Umständen mit aller Heftigkeit getan hätte.

- Er ist geistesgestört, sagt Tahar wütend mit rauher Stimme.
- Vielleicht!
- Selbst wenn er betrunken ist, hätte er es Dir gegenüber niemals an Respekt fehlen lassen dürfen. Das wird ihn teuer zu stehen kommen....

Mit abwesendem, schockiertem Blick zieht es Zitouna vor, nach Hause zu gehen. Schweigend fragt sie sich, ob sie diese schreckliche Szene gelebt oder geträumt hat. Es ist unnütz, den Zorn ihres Vaters zu provozieren noch das leere Geschwätz ihrer Mutter, Wasser auf ihre Mühle zu gießen und ihre Vorwürfe aufs neue heraufzubeschwören. Alles in allem, warum duldet sie den Zugriff dieses Lüstlings? So schweigt sie, erstickt ihren Groll, aber sie ruft ihre Lieblingsschwester Ibtisem, um sich in ihre Arme zu schmiegen. Die stellt fest, daß die leuchtenden Haare von Zitouna tränenumflorte Augen verbergen. Sie schiebt sie beiseite und fängt an, den Kratzer zu küssen, um sie durch sanfte Liebkosungen zu beruhigen. Zitouna nimmt ihr das Versprechen ab, nichts davon Ahlem zu sagen, die sie als heftig und geschwätzig kennt, dann erinnert sie sich daran, daß sie nicht die fliegenden Blätter aufgelesen hat, die Kateb ihr mitten ins Gesicht geworfen hat. Sie hat nur eines gepackt, hat es zusammengeknüllt und in ihre Handtasche gesteckt. Tahar wird ihr sicher das übrige Manuskript geben, nachdem er es gelesen hat, daran zweifelt sie nicht! Sie holt das Blatt hervor und findet zu ihrer Überraschung eine Botschaft an sie darauf, es lädt zu einem Rendezvous im *Hôtel des Oliviers* ein, nicht weit vom Hafen.

Wollte er mit ihr fliehen, und ihre Differenzen außerhalb der Familie regeln, oder war das eine Falle, die dazu gedacht war, sie zu zwingen und sie in den Augen seiner Freunde zu kompromittieren? Versuchte er, sie mit seinen spitzfindigen Schriften in die Realität des Alltags zu versetzen, oder eher, sie in die wunderbaren Hoffnungen einer Verständigung im Herzen der europäischen Stadt zu tauchen?

Verworrene Gerüchte...

Mansour hat eine jähe Intuition. Kateb ist eifersüchtiger auf den schlanken und männlichen Körper von Odysseus, Gegenstand der Begeisterung von Zitouna, als auf die Anwesenheit des schwerfälligen Tahar mit seinem ostentativen Reichtum. Die Schöne ist bewegter und begeisterter von dem mythischen Reisenden als von dem Emporkömmling, der zu schnell an seine Grenzen gestoßen ist mit der Unterstützung des Standesapparates und der Eltern. Außerdem erfährt er, daß Kateb von seinem Posten ohne irgend eine Erklärung enthoben worden ist. Welchen Fehler hat er begangen? Über welches dornige Thema - politisch gesehen - hat er debattiert?

Als er seine nächtliche Tournee macht, entdeckt Bouk Karim einen zerschmetterten Körper am Fuß des Befestigungswalls nahe bei der Treppe du Quarti, die als gelegentliche Bedürfnisanstalt zwischen

der Medina und Bab Bhar dient. Der Kopf des Opfers ruht in frischem Blut, das die Verletzungen des Gesichts mit roten Nelken schmückt. Ein Strauß von Leid, der den Wächter erschreckt. Der Tod war zweifellos gewaltsam. Gellende Schreie haben seine Aufmerksamkeit geweckt. Das Sickern des Blutes geht still weiter, während das Leben zu Ende geht. Keine Katze in dieser dunklen Ecke. Die Medina scheint aus ihren Eingeweiden diesen zusammengerollten, zusammengekauerten Körper ausgespuckt zu haben, eine zerschundene Kanonenkugel in diesem Tor des Meeres, das ihn in Empfang nimmt in einer anderen Welt, damit er sich an diese erinnert. Wie hat er dort landen können, gerade an der Grenze zwischen der arabischen und der europäischen Stadt? Man könnte sagen, daß das Meer in seiner Rückeroberung des Raumes, den man ihm gestohlen hat, gerade unter ihrem Befestigungswall ein Treibgut hinterlassen hat an dem Ort, von dem man es vertrieben hat. Der Wächter dreht das verwundete Gesicht zu sich hin...
Kateb, unglaublich! Das ist nicht möglich. Aber warum er? Addayem, houah Allah!...[7]

Er steigt auf sein Fahrrad, fährt vor der Werkstatt am Bahnhof vorbei, umrundet die alte Gendarmerie und fährt auf die Straße nach Tunis. Mansour Hachem wohnt in Moulinville und dort klopft Bouk Karim, daran gewöhnt, jeden Abend mit ihm zu reden, an sein Fenster, um ihn um drei Uhr morgens aus dem Schlaf zu holen. Die starken Stockschläge rütteln das Viertel wach und bewirken, daß Mansour aus dem Bett springt.

- Wach auf, Mansour! Es ist dringend, beeile dich... ich muß dir etwas sagen.
- Was ist los?
- Ich habe soeben die Leiche von Kateb zerschmettert am Fuß des Befestigungswalls gefunden. Vielleicht ist er ermordet worden.

---

[7] Nur Gott ist ewig

- Du bist verrückt geworden und kannst nicht etwas Derartiges sagen.
- Ich bin hergekommen, um dich zu benachrichtigen, du bist jetzt Journalist, es ist deine Sache, Nachforschungen zu betreiben.
- Nein, du mußt die Polizei benachrichtigen.
Mansour gelingt es nicht, seine Aufregung und seinen Zorn zu meistern.
- Diese Geschichte ist unwahrscheinlich, brüllt er, wobei er weiß, daß Bouk Karim niemals lügt, selbst wenn er fähig ist, die verrücktesten Abenteuer zu erzählen.
Während er zum Ort des Verbrechens stürzt, fordert er den Wärter auf, seine Geschichte weiter zu erzählen.
- Ich ging am Wall vorbei, als ob ich mich zum Tor von Bab Ed-Diwane wenden wollte, als ich Gebrüll hörte, das oben von der Stadtmauer kam, dann ein dumpfes Geräusch wie das eines großen Gewichtes, das fällt, und Schweigen. Ich bin zur Treppe an der Bedürfnisanstalt gegangen und habe einen Körper am Boden entdeckt. Man hat ihn sicher geworfen oder gestoßen, um sich seiner zu entledigen! Aber ich habe niemanden fliehen sehen. Ich muß sagen, daß die Nacht dunkel war ohne das geringste Licht. Der Körper, sicherlich mit Gewalt geschleudert, lag da in einer schrecklichen Ruhe. Da es dort kein Fenster gibt, muß sich Kateb zwischen den Zinnen aufgehalten haben und der, der ihn gestoßen hat, auf der Terrasse.
- Das sind Spekulationen, da du nichts mit eigenen Augen gesehen hast außer dem zerstörten Leichnam mit dem blutigen Gesicht. Wer hat schon seinen Tod gewollt? Ich habe ihn gestern gesehen in guter Verfassung. Man diskutierte über seine eben veröffentlichten Schriften.
- Als ich ihm die Neuigkeit von meiner Ernennung an der Zeitung erzählte, ist er mir um den Hals gefallen und hat mir einen Kuß gegeben.
- Einmal wenigstens wird man die Wahrheit erfahren.

- Ich glaube, daß sie sich für dich nur durch die Lüge abzeichnet, hatte Mansour halb amüsiert, halb verärgert gescherzt.
Von dieser Binsenweisheit berührt hatte sich das Gesicht von Kateb verzogen und sein Ausdruck war schmerzlich geworden wie der eines Greises, der dabei ist, eine Weisheit zu erfassen. Dann waren sie auseinandergegangen ohne von dem "Verrat" von Zitouna zu sprechen, dessen Vorstellung er sehr schwer ertrug. Er blieb blind und taub für sein rüdes Betragen gegenüber seiner Kusine.
Kateb wollte auf keinen Fall die Familie oder die Freunde einschreiten lassen, um seine intimen Angelegenheiten zu regeln oder um sich in eine dieser auserwählten Positionen zu katapultieren, die plötzlich nach der Unabhängigkeit frei waren, um die Macht zu ergreifen nach dem Beispiel von Tahar und so vieler anderer. Er hatte sich zum Ziel gesetzt, diese Tricks zu unterwandern, die der einzigen Partei dienten, einfach, damit die Freiheit des Wortes mehrheitlich sei! So würde der Dialog durchsichtig, ein Tageslicht, das die ganze Welt mit derselben Intensität erhellt.
Man verbot der Nation, dieser brünstigen Kuh, sich zu paaren, aus Angst, daß sie andere Denkströmungen zur Welt bringe, die die Einheit verletzen könnten. Wenn Gott einzig ist, muß die Partei es auch sein. Eine Beständigkeit, die für einige alarmierend, für die anderen beruhigend war. Zwischen Gott und der Partei, zwischen dem Einzigen und dem einen, zwei heilige Kühe, die nur einen gemeinsamen Euter haben, um die Gegend zu ernähren. In diesem Labyrinth von aufgeregter Unentschlossenheit, die aber den Einzigen schützte, wählte Kateb bestimmte Änderungen, Quelle seiner Unrast und vielleicht seines Todes: den Versuch, das Fasten während dem Monat Ramadan abzuschaffen, um die Produktion anzuheben, das Ende der Verstoßung und all der Willkür, die daraus folgte, das Ende der nächtlichen Noubas[8], die die folgenden Ar-

[8] Tänze

beitstage vernichten, keinen Alkohol mehr in den Cafés nach zwanzig Uhr....
Als sie erst einmal alarmiert war, kam die Polizei, um den Unfall (oder den Mord!) festzustellen. Man nahm sorgfältig die Position des Körpers auf, man notierte die Indizien, dann unterzog man den Leichnam einer Autopsie. Schließlich fing der Kommissar an, einen Sündenbock zu suchen. Die Gerechtigkeit nehme ihren Lauf.
Als der verrenkte Körper von Kateb herbeigebracht wird, brüllen seine Eltern aus voller Kraft, es gelingt ihnen nicht, zu glauben, daß man ihnen einen Leichnam bringt, während Bouk Karim, der Krankenwärter, und Mansour ihn auf eine Schilfmatte niederlegen und mit einem weißen Laken bedecken, darauf wartend, daß der offizielle Wäscher ihn in seine Obhut nehme. Das zerstörte Gesicht gen Osten gewandt, die Füße zusammengebunden, den linken Arm den Körper entlang ausgestreckt, die rechte Hand auf das Herz gelegt. Durch seine Anwesenheit scheint der Leichnam das von Feuchtigkeit angegriffene Zimmer in Besitz zu nehmen, in dem Kateb in einer Art Agonie sein Werk schrieb. Der Leichenwäscher vollzieht seine Aufgabe, legt eine Schere auf den Verstorbenen, damit der Teufel nicht komme, um seine Seele zu stören. Die nahen Verwandten und Freunde sind eingeladen, um die mit Kampfer gesalbte Stirn des Toten zu küssen.
Zwölf alte Männer, die zum größten Teil blind sind, lassen sich im Vorraum des Hauses nieder und beginnen, Koranverse zu psalmodieren. Singende Stimmen, die sich erschreckend erheben, dann senken, gedächtnislos, atemlos. Hinter den Vorhängen ziehen die Frauen ihre Schmerzensschreie in die Länge, die Tränen fließen, die Gesichter sind von gierigen Nägeln zerkratzt. Dieses Mal ist die Konklave der Klageweiber nicht gerufen worden, der Fortschritt zwingt zum Verzicht.
Nun ist das Haus von Kateb nur noch ein Schiff in Not. Die Beileidsworte prasseln trotz des leichten Schweißes auf den Gesichtern. Niemand will an diesen Tod glauben, der unvorhergesehen

Kateb seiner Chance entrissen hat, als Galionsfigur aufzusteigen, die fähig ist, Tabus auszuräumen, vielleicht sogar für die Toleranz zu kämpfen, denn bis zum Exzeß durch die Undankbarkeit seiner Feder vorangetrieben, begann er, sich durch die Magie seiner Stimme zu enthüllen, die gleichsam fähig war, die Herzen zu öffnen, darin inbegriffen vielleicht das von Zitouna.

3. Kap.: Bab Jebli
Die beerdigte Glut

Ich erliege aus Reaktion gegen die Pflicht zu Gehorsam und Unterwerfung der Zügellosigkeit. Du hast mich mitgezogen, und der Körper hat die Empfindung seiner Wiedergeburt wiedergefunden.

Mahmoud Messadi, *So Sprach Abou Hourrayra*, übersetzt von Ahmed Ben Othman.

Es genügt, das Ohr zu haben, wenn man nicht das Auge hat, oder das Auge, wenn man nicht das Ohr hat.
Der Mensch muß vor allem wissen.
Und dann hast du nicht auf meine Frage geantwortet ...
Wie kannst du voranschreiten, wenn du hinter dir Fragen ohne Antwort läßt?
Albert Memmi, *Der Skorpion.*

Im Inneren des Hauses von Kateb herrscht Verwirrung. Die Atmosphäre ist erstickend. Geschrei von Kindern, die sich zanken, Ächzen von Frauen, das Aneinanderstoßen von frischen Tonkrügen, die von Mund zu Mund gehen, um die Todesangst, die einen an die Kehle greift, zu ersticken. Draußen bereiten die Männer, die an den Wänden lehnen, den Leichenzug vor. Tahar, Sadok, Dahak und Si Mokhtar fassen die vier Stangen, die es ermöglichen, den Sarg zu tragen. Die Menge der Männer geht im Zickzack durch zahlreiche Gassen, durchquert die ganze Arterie der Medina, die alte Straße des Bey, gegenwärtig Mongi Slim, kommt durch Bab Jebli im Norden heraus, durchstößt die Avenue des Martyrs, die nach Gabès führt. Als der Zug vorbeizieht, halten die Wagen an, die Geschäfte schließen. Man kommt schließlich in Sidi El-Feriani an, wo der Gottesdienst vorgesehen ist.

Im Gegensatz zur Tradition folgen einige entschleierte Frauen hinter den Männern dem Trauerzug. An ihrer Spitze trägt Zitouna mit gehobenem Blick als Zeichen der Revolte und Augen, die beinahe hervorquellen, unter ihrer Reserve eine provozierende Miene zur Schau, die nicht täuschen kann. Die Zuckungen ihres verkrampften Mundes, die sie zu unterdrücken versucht, sagen viel über die Vergangenheit, die sie mit ihrem Cousin erlebt hat. Fern von der gegenwärtigen Stunde, abwesend vom Ort und von der Menge erinnert sie sich...

Sie ist gerade fünfzehn. Von einer gewittrigen Winternacht überrascht hat sie Zuflucht bei ihrer Tante gefunden, die ihr in der kleinen Mädchenkammer ein Hammelfell an Stelle eines Bettes bereitet hat. Da, als sie begann, neben den drei jüngeren Schwestern von Kateb, ihren Kusinen einzuschlafen, kam dieser heimlich in das Zimmer, das von dem der Eltern nur durch eine dünne Zwischenwand getrennt war. Bevor sie einen Laut von sich geben konnte, fühlte sie, wie eine starke, fiebrige Hand ihr den Mund zuhielt, während gleichzeitig die andere sie entkleidete. Sie wußte nicht, ob die Kinder schliefen. Auf alle Fälle reagierte niemand auf die Unruhe, die durch das Eindringen von Kateb verursacht wurde. War darin ein stummes Einverständnis zu sehen?

Sie wehrte sich erst in dieser zweideutigen Stille, doch bald gab sie - nackt und ohnmächtig wie sie war - nach, um zum ersten Mal der

heftigen Penetration von Kateb zu unterliegen, dem Ruf des Fleisches, seines Begehrens. Unter dem Schmerz des brennenden Genusses tropfte von ihrem aufgeplatzten Geschlecht etwas Blut, dann entspannte es sich nach dem Stoß. Sie hätte ihn sofort ermorden wollen, aber die ungeschickten Zärtlichkeiten von Kateb beruhigten, befriedeten sie. Im Augenblick hätte sie beinahe diesen Angriff vergessen können, ihre erzwungene Unterwerfung unter den, der das Tabu par excellence gebrochen hatte, unter der Gefahr, gehenkt oder gelyncht zu werden. Erst viel später hat sich ihre Wut vervielfacht, weil er wie ein Krimineller geflohen ist, ohne ihr wenigstens ein armseliges "Ich liebe dich" zuzuflüstern.
Das gemeinsame Geheimnis dieser Nacht verband sie keineswegs. Im Gegenteil, sie verstanden, daß sie nicht mehr darüber sprechen konnten. Untersagte Worte, die in den hermetischen Schriften, die mit dunklen Anspielungen gespickt waren, versteckt waren, dramatischer als diese bestimmte Vergewaltigung. Und Kateb, der doch ein glühender Anhänger der Freiheit des Ausdrucks war, lieferte sich in diesem Fall der Selbstzensur aus aus Furcht vor dem mörderischen Zorn von Si Mokhtar. Von dieser Epoche an verliebte er sich mehr ins Schreiben und die Polemik als in Zitouna und fand einige Kompensation für seine Frustrationen in der interessierten Lektüre, die sie seinen Schriften widmete. Was Zitouna betrifft, so behielt sie von dieser denkwürdigen Nacht, in der sie ihre Jungfräulichkeit verlor, nur die Erinnerung an den weingeschwängerten Atem ihres Cousins und ihre Bitterkeit, die von Scham gefärbt war. Beinahe vergessen war die sanfte Entspannung ihres Körpers nach der Aggression und ihr paradoxer Anteil an Ekstase! Ihre heftige Ohnmacht hatte sie in ein einzigartiges Abenteuer eingeschlossen und dort, in diesem Totenzimmer, wo am Boden der Leichnam Katebs ruhte, tauchte sie aufs neue wieder empor und bewirkte, daß die Einwirkung der Vergewaltigung nach dem Beispiel dieser Koranlitaneien, die kaum von dem Mund der Betenden wiedergegeben davonfliegen, zerfällt.

Das Räderwerk des Leichenzuges funktioniert wunderbar trotz der Vergewaltigung der Tradition, die die Männer zugunsten der Frauen ihrer althergebrachten Privilegien berauben. Mansour, der in seinen braunen Burnus gehüllt ist, holt Zitouna und ihre Freundinnen ein, die den Marsch spontan organisiert haben. Er stellt fest, wie undurchdringlich das Gesicht der Frau ist, die er heimlich liebt und mit der er nie gesprochen hat. Er beschließt, sie heute nicht anzusprechen, aber nimmt sich vor, das Geheimnis zu erforschen, das sie tief begraben hält. Wie ihren Trotz entziffern, diese Miene von Mißtrauen und Sarkasmus, die sie wie eine Festtagsmaske zur Schau trägt? Ist sie erleichtert über den kürzlich erfolgten Tod ihres Cousins? Wie war ihre Gefühlsbeziehung beschaffen? Oder bedauert sie, den Tod im Herzen, daß das Leben voreilig seine Tage verkürzt hat? Über all dies weiß er nichts. Er kann sich dem Chor der Klagen, der sich immer noch hören läßt, nicht anschließen. Die Überraschung über diesen kleinen weiblichen Zug fordert die Männer heraus, die daran gewöhnt sind, das Geschäft des Todes und des Lebens zu regeln. Was haben sie hier zu tun, die ihr Gesetz auferlegen, die die Ordnung der Dinge umwälzen wollen? Zitouna setzt sich als Wärterin ein. Die Ära der Freiheitsberaubung ist vorbei. Als sie auf seiner Höhe ankommt, gibt sich Mansour unter der Kapuze seines Burnus nicht zu erkennen. Dagegen nähert er sich ihr, erforscht die Anzeichen, die ihm Wege eröffnen könnten. Er bemerkt ihren bewundernden Blick, der sich um Tahar dreht, der seinerseits wenig überzeugende Klagen von sich gibt. "Allah möge uns segnen und sein Erbarmen gewähren!" und der ohne Übergang hervorsprudelt:

- Zitouna, wann wirst du zur Gemeindeversammlung kommen?
- Das ist nicht der richtige Augenblick, schneidet sie ihm mit tonloser Stimme das Wort ab.

Der Körper des Verstorbenen scheint sich in seinem offenen Sarg durch die Stöße des Transportes zu beleben. Die vier Träger, dazu gezwungen, sich vollkommen aufrecht zu halten wie gefrorene Spargel, schreiten mühsam auf die Moschee zu. Dort ziehen die Männer ihre Schuhe aus und drängen sich nach den Waschungen, um einen Platz in der ersten Reihe zu finden. Mit den Schuhen in der Hand setzen sie sich in ihren Anzügen, um der *fatiha*[9] und dem Gebet der Toten zu zuhören. Dann stellt sich die nahe Verwandtschaft in eine Reihe, um die Beileidsbezeugungen in Empfang zu nehmen. Jedermann berührt mit der rechten Hand den Oberkörper auf der linken Seite der aufgereihten Verwandten mit düsterem Gesicht, einer Traurigkeit, die Steine spalten könnte und wiederholt:

- Daß Allah Eure Segnung verherrliche!
- Und Euch möge die Verherrlichung auch zurückkehren.

Diese Formeln dienen dazu, sich die Belohnungen gegenseitig zurückzugeben, um den Schmerz zu lindern, die Geduld zu vermehren und den Verlust der Person zu verschmerzen, die zu beerdigen man sich anschickt. Hier wagen es die Mädchen nicht, sich bei der Maskerade der Verherrlichungen zu präsentieren...

Als der Gottesdienst beendet ist, trägt man die Bahre zum Friedhof an der Straße von Gabès. Ein weiterer Zug von Fahrzeugen aller Art, die im Wirbelwind losfahren. Die Freunde von Mansour nehmen den offiziellen Wagen von Tahar, der seine Kameraden mit Fragen quält.

- Ich verstehe nicht, wie Kateb von Borj Massaouda stürzen konnte. Vielleicht hat eine Frau diesen Donjon für ihre Rache ausgesucht, glaubst du nicht Mansour? Du bist der erste, der benachrichtigt wurde.
- Das ist eine wenig glaubwürdige Hypothese. Eine Frau hätte nicht die Kraft gehabt, um das Verbrechen zu begehen.

Tahar springt sofort auf die Gelegenheit an.

---

[9] Erste Sure des Korans

- Für dich ist es also ein Verbrechen?

- Entschuldige, das wollte ich damit nicht sagen. Wenn ihn jemand gestoßen hat, handelt es sich in der Tat um ein Verbrechen, wenn er von allein gestürzt ist, vielleicht um einen Unfall oder einen Selbstmord.

Die Falle witternd gibt Tahar zurück:

- Die Autopsie hat deutlich gezeigt, daß er betrunken war. Und Kateb war nicht so pessimistisch.

- Selbstmord ist absolut verboten in unserer Religion, sagt Sadok.

- Kateb praktizierte nur die Religion der Freundschaft.

- Gerade deswegen, seine Feinde verbergen sich vielleicht hinter ihrem Glauben. Es ist egal, hinter welchem.

- Es ist möglich, daß er Moses in der Angelegenheit der Zerstörung der Statue von Philippe Thomas angezeigt hat, nimmt Dahak wieder auf.

- Das ist nicht wahr, sagt Mansour. Er hat nicht nur seinen jüdischen Freund bei sich verborgen, sondern er hat ihn auch ernährt und aus dem Gefängnis geholt. Ohne Kateb würde er noch in den Kerkern des neuen Regimes faulen.

- Also, wer hat Kateb getötet?

- Ich wiederhole, daß man es noch nicht weiß. Ich habe Indizien, aber keine Fährte. Erstens muß man sagen, daß Kateb durch sein Verhalten und seine Schriften unsere Gesellschaft störte. Dieser Außenseiter liebte närrisch seine Stadt und seine Kusine Zitouna. Er hat um ihre Hand angehalten, und man hat ihn zurückgewiesen. Dennoch hatten seine Eltern die traditionelle Prozedur eingeschlagen, die in diesem Fall wirkungslos blieb. Ich weiß nicht, bis zu welchem Punkt Zitouna ihren Vetter liebt. Mehrere Männer bemühen sich um sie, ihr kennt sie besser als ich. Ich habe sie nur einmal getroffen. Kateb hat eine ganze Geschichte konstruiert, die er hier in Bruchstücken enthüllt hat:

Zitouna verrät mich und ich liebe sie um so mehr, als man mir ihre Hand verweigert. Es wird eines Tages eine Tragödie geben. Man wird bedauern, daß man von den Klagen nichts hören wollte, sondern von den Freuden, derer man mich beraubt hat. Ich, ich habe alles gegeben, Leib und Seele. Man muß den Freunden mißtrauen. Es stimmt, daß ich mit der Frau des Maltesers geschlafen habe, während er bei sich unten Möbel zurechthobelte. Ich habe Neria gebeten, mir zwei Eier zuzubereiten und scheinbar scherzend habe ich sie an dem Kopf des Gatten aufgeschlagen. Während das Weiße auf seinem Schädel herabrieselte, hat er geschrien:

- Diese Schufte von Arabern essen vom Ei nur das Gelbe! Ich habe auch Drohungen empfangen, weil ich mich immer wieder am Radio eingemischt habe, es geschah zu häufig, als daß ich sie im Detail angeben könnte. Was meinen Vater betrifft, so werde ich ihm nicht verzeihen, daß er nicht versucht hat, aus seinem Schusterladen herauszukommen und meiner Mutter, daß sie es nicht verstanden hat, ihren Bruder zu überzeugen, mir seine Tochter zur Ehe zu geben.

- Das ist alles in allem wenig.

- Das ist deine Meinung.

Die Autos kommen im Gänsemarsch am Friedhof an, parken in größter Unordnung um die Grabsteine, die aneinandergereiht sind wie Brotlaibe, die mit Kalk gebleicht sind. Jungen spielen Fußball zwischen den staubigen Gräbern, die Markierungspunkte für einen Torwärter darstellen. Und mit lauter Stimme wird die Zahl der Tore verkündet. Zuschauer knabbern Kürbiskerne, unbekümmert um die Versammlung um das klaffende Grab, das bereit ist, seinen Leichnam aufzunehmen. Sie spucken die Schalen auf die Gräber und die Zuspätkommenden, während einige Blinde von kleinen Mädchen in Lumpen geführt um das Privileg betteln, Suren über die alten Toten oder den neuen zu rezitieren zu dürfen, um einige Sous einzuheimsen. Der Leichnam von Kateb wird in ein weißes Leichentuch eingehüllt auf den Boden in das für ihn bestimmte Loch niedergelegt und jeder tritt einen Schritt vor, um eine Handvoll Erde als letztes Zeichen des Abschieds zu werfen.

Dahak nähert sich Tahar und murmelt ihm zu, daß es Zitouna übernommen hat, die Rolle der Sprecherin des Märchens zu übernehmen, das zu produzieren er plant. Mansour fühlt sich schlecht. Seine Eingeweide quälen ihn, eine schmerzliche Mahnung, die durch den Verlust eines Freundes verursacht und seltsamerweise mit einem vagen Eindruck von Erleichterung gepaart ist. Sadok, Nachrichtenmagazin von Sfax, erzählt ihm die Anekdote von der Beschneidung von Kateb.

- Stell dir vor, daß der Vater unseres Freundes in seinem Schusterladen arbeitete, einem kleinen Gelaß, das er in seinem Haus abgezweigt hatte, als er erfuhr, daß sein Sohn, der dreieinhalb Jahre alt war, soeben von seinem Onkel Si Mokhtar beschnitten worden sei ohne daß jemand benachrichtigt worden sei. Der Onkel nahm den jungen Kateb, der auf der Straße spielte, führte ihn zu seiner Mutter, indem er dieser befahl, einen guten Kaffee für seinen Gast zu bereiten, in Wirklichkeit dem Frisör und Beschneider der Familie. Als die Mutter des Kindes in die Küche zurückkehrte, schloß er sie ein und verriegelte die Türe zur Treppe. So konnte er in aller Ruhe handeln. Als der Vater von Kateb nach Hause kam, war die Angelegenheit schon vollendet, und der Kleine schrie aus vollem Hals: „Man hat mir den Zipfel abgeschnitten! *Baaboussi Yshaal.*[10]" Kateb hat dem Onkel, der glaubte, Gutes zu tun, niemals verziehen, da für ihn das Sprichwort sagt: "Verheimliche deine Beschneidung und befördere deine Heirat." Dem Vater des Beschnittenen blieb nichts übrig als die Pille zu schlucken, da der Onkel die Kosten übernommen hatte. Seine gefügige Seite schürte die Revolte von Kateb, er hörte nicht auf, ihm deswegen zu grollen.

Eines Tages bot er seinem Vater eine Gelegenheit, aus dem Elend herauszukommen, und schlug ihm durch die Vermittlung von Moses den Posten eines Laufburschen in dem Unternehmen, das Öl verkaufte, vor. Zu schwach wie er war, konnte der Greis sich sei-

---

[10] Mein Zipfel brennt.

ner Aufgabe nicht entledigen. Kateb hatte deshalb einen Alptraum, in dem er seinen Vater unterhalb des Schulhofs vor der Zisterne erwürgte, was einiges besagt über den Groll, den er ihm gegenüber hegte.

Mansour hält auf dem Fischmarkt an, um verschiedene Fische zu kaufen, damit seine Mutter den Kuskus, die Brühe und die Berge von Gerstenbrot bereite, die zur Familie des Verstorbenen gebracht werden. Die Tradition, das ganze Abendessen von der Vorspeise bis zum Nachtisch den Eltern des Verstorbenen zu übergeben, hält auch noch heute auf ganz natürliche Weise an und liefert Mansour die Entschuldigung, in das Haus von Kateb zurückzukommen, wohin er nur ein einziges Mal eingeladen worden ist an dem Tag, als er Zitouna traf. Aber wohin war sie denn nach der Beerdigung gegangen?

Sobald der Fisch ankommt, stürzen die Leute, die vor den Auslagen flanieren, vor, stoßen sich, steigen sich auf die Füße, um sich die besten Meerbarben, Goldbrassen, Rötlinge oder Seebarben zu sichern. Die Taparurianer sind begierig auf Fisch und gutes Essen. Sie verbringen ein Drittel ihres Lebens damit, das beste Stück auszusuchen, die außergewöhnliche Frucht, das frischeste Stück Fleisch, und gehen sogar soweit, daß sie sie an der Straße nach Teniour, Gremda, L'Aïn, Lafrane ausfindig machen... Eine intensive Aktivität um die Nahrungsmittel herum. Man lebt, um zu essen, und nicht umgekehrt. An jeder Straßenecke rühmen die Händler geräuschvoll ihre Produkte und auf dem Fischmarkt wird bei weitem am meisten und am stärksten geschrien. Und wenn ein schönes Mädchen erscheint, das sich in die erste Reihe drängt, um sich als erste bedienen zu lassen, berühren gierige Hände ihr die Pobacken und zwar um so ungestrafter, als ihre Protestschreie von der Menge verschluckt werden. Zuerst wird sie sich mit dem Gesetz des Mannes abzufinden wissen, um gut bedient zu werden, dann wird sie in der Menge dieselbe Geschicklichkeit anwenden, um den "Leimtopf", der sie zu zäh verfolgt, abzuschütteln.

Nachdem das Mahl erst einmal zubereitet ist, bringt Mansour es zu Kateb. Morgen wird Zitouna an der Reihe sein und übermorgen Tahar. Während drei Tagen wird die trauernde Familie nicht mit der Sorge behaftet sein, kochen zu müssen und wird so alle Muße haben, sich ihrem Schmerz zu überlassen, sich zu sammeln und die Beileidsbezeugungen zu empfangen. Amar, der Sohn des Gärtners von Aïn Fallat, der herabgestiegen ist, um seine Produkte auf dem Zentralmarkt zu verkaufen, ist gekommen, um Kateb zu besuchen und bringt ihm wie gewöhnlich einen großen Korb voller Früchte der Saison und die letzten Neuigkeiten von Zitouna, die ihre Ferien in der Gegend zwischen den Gärten und Thyna, der alten römischen Stadt Thaenae, verbringt. Der Schriftsteller, der gekommen war, um ein Mosaik aus den Ruinen zu herauszulösen, hatte Amar gebeten, das Kommen und Gehen von Zitouna zu beobachten, und das von Tahar, dem er kein Vertrauen schenken konnte. Amar hatte dieser Bitte nachgegeben und wollte ihn informieren, daß er sie eines Abends im Tête à tête gesehen hatte, über ein Mosaik gebeugt. Es stellte einen völlig nackten Cherubim dar, graziös und pausbäckig mit blondem Haar, eine Peitsche oder einen Pfeil in der rechten Hand haltend und die Zügel in der linken. Der Bambino scheint den Delphin zu ermutigen, auf dem er mit vollkommener Beherrschung reitet. Flügel, die vom Wind umgestülpt sind, kommen aus seinen Schultern hervor, parallel zu den Bewegungen der Fluten. Amor weiß nicht, daß es sich um eine Zierleiste handelt, die den Fries eines rechteckigen Schwimmbad schmückt mit dem Titel "Amor auf einem Delphin reitend".

- Sie sprachen mit leiser Stimme auf Französisch. Ich verstand nichts. Ich habe die Wange von Tahar die von Zitouna streifen sehen. Der Name Kateb, ja dein Name, wurde unaufhörlich wiederholt, vier oder fünf Mal. Sie wirkte verärgert und verteidigte etwas vor ihm.

Er kommt zum gegenwärtigen Augenblick zurück.

- Schade, welcher Verlust!... Dann hat mich Kateb gebeten, fortzufahren.

- Und was haben sie anschließend gemacht?

- Sie sind ein letztes Mal um die Ruinen herum spazieren gegangen und er ist mit ihr im Wagen davon gefahren. Ich habe geglaubt, das Wort *noktlou*[11] zu hören.

- Unglaublich. Tahar verfolgt Zitouna hartnäckig. Da er ihre Vorliebe für alles, was Tradition ist und Geschichte ihrer Stadt, kennt, schafft er Gelegenheiten, um sie zu hofieren und zu erobern. Es gelingt ihm, die Absperrung der Verbote zu übertreten, sich mit Ansehen und Ruhm zu bekränzen, indem er zugleich der Intelligenz und Eigenliebe seiner Liebsten schmeichelt. Was allerdings die Vermutung betrifft, daß er ihren Verehrer, der außerdem ihr Cousin ist, töten könnte, so scheint das in den Bereich des Wahnwitzes zu gehören.

Tahar, Mann der Partei, ist mit der ganzen Schar der jungen Leute in Verbindung geblieben, die die Wechselfälle der Geschichte erlebt haben. Als guter Taparurianer, der kalkuliert und auf kaltblütige Weise strategisch denkt, hört er nicht auf, sich zu fragen "Und alles in allem, warum soll ich nicht" an der Spitze der Macht sein? Alle seine Handlungen und alle seine Emotionen haben nur ein einziges Ziel, sich mit Ruhm zu bedecken und sein gigantisches Ego aufzublähen.

Amar hat nicht die Beziehung zwischen der Versicherung von Tahar und dem Gegenstand des Mosaiks begriffen, "Amor auf einem Delphin reitend". Vielleicht hat der Verehrer von Zitouna sich gesehen, wie er dabei ist, das Monstrum der Liebe zu zügeln - hier durch ein gefügiges, gehorsames Reittier dargestellt - bereit es zu vernichten, wenn es sich aufbäumt und ihn abwirft. Amar bringt schlechte Neuigkeiten, aus denen Mansour nicht die geringste Wahrheit herausziehen kann. Man lädt sie alle beide ein, die Mahl-

---

[11] Ich töte ihn.

zeit, die die Familie Hachem verabreicht, zu teilen. Katebs Mutter fängt an zu stöhnen mit einem Strom von Tränen.

- Man hat mir meinen Sohn getötet. Warum hat man mir die Blüte meiner Augen genommen? Was hat er getan, *ô ya* Rabbi![12] Er hat zu Abend gegessen, jemand hat ihn abgeholt. Er ist ausgegangen, schön wie ein Engel, und man hat ihn mir tot zurückgebracht - tot! Mansour versucht, sie zu trösten, drückt sie gegen sich, wischt ihre Tränen mit seinem Taschentuch ab und verspricht ihr, den Schuldigen zu finden, wenn es einen Schuldigen gibt. Er tritt anschließend in das Zimmer von Kateb, das er in einer großen Unordnung vorfindet, als ob er verzweifelt gekämpft habe. In dem Wandschrank, der mit Papieren, in denen er nicht zu blättern wagt, vollgestopft ist, findet er zwei Flaschen Wein, aber nicht die kleine Pfeife mit dem silbernen Kopf. Er schließt daraus, daß Kateb ausgegangen ist, um in der frischen Luft oben am Wall zu rauchen. Er geht rasch aus, um sich genau an den Ort zu begeben, wo sie gewöhnlich von Zeit zu Zeit plauderten, und er findet die Pfeife zerbrochen und halb verbrannt, die wie ein Treibgut am Fuß einer zerbröckelten Zinne liegt. Ein Rest Haschisch und Asche krönt weiß das Innere. "Er hat sich vielleicht mit jemandem geschlagen während einer Rauchersitzung, aber mit wem?" In der Tat hatte die Polizei bei der Leiche eine Tabakdose gefunden, die halb voll Haschisch war. Keine Brieftasche bei der Leiche. Die Taschen voll von bekritzeltem Papier, zwei Kugelschreiber und die Schlüssel seines Hauses. Kateb lang hingestreckt, die Fäuste geschlossen, zum Körper hin geknickt, mit zerschmettertem Kopf, der nach Bab Bhar zeigte, mit den Füßen zu den Mauern der Medina hin. Er vermittelte den Eindruck, daß er von der Mauer zu dem unbeständigen und freien Raum des Meeres gestoßen worden sei, als ob die Erde ihr Böses ausmerzte, um es in die anonymen Fluten eines schmollenden Mittelmeeres hinauszuwerfen und abzuschütteln.

[12] O mein Gott!

Welchen Sinn konnte man diesem unvorhergesehenen Drama geben, diesem Augenblick des Übergangs innerhalb der Geschichte der Stadt?
In fernen Zeiten wies Taparura den Vertrag von Ksar Saïd, der von Sadok Bey am 12. Mai 1881 unterzeichnet worden war, zurück und widersetzte sich mit Heftigkeit dem Eindringling. Ein Widerstand, der zwei Monate dauerte, in denen die Leute des Volkes eine große Anzahl von Mitstreitern verloren, darunter den Ururgroßvater von Kateb Maktoub. Die Bourgeoisie dagegen zögerte, setzte sich schließlich zwei Gefahren aus, dem Zorn ihrer Angehörigen, die verraten worden waren, der Hoffnung und der Angst vor dem Fremden. Nach einer intensiven Bombardierung durch die Seeleute aufgewühlt, wurde Bab Ed-Diwane zum Theater eines harten Kampfes bei Einnahme der Stadt. Was Bab Jebli betrifft, die Pforte zu den Feldern und den felsigen Horizonten, so wurde sie blockiert, um die Fliehenden abzuschneiden. Beduinen kamen ihr zu Hilfe, aber das besiegte Taparura wurde bei der französischen Besatzung, die "skandalöse Vermögen" aufhäufte, verlassen.
Heute wird die Unabhängigkeit mit Hilfe großer Opfer für die Ärmsten erzielt. Eine Klasse von Wölfen taucht allmählich auf, die nach Macht gieren und bereit sind, alles auszurauben, um ihre Unternehmen auf die Beine zu stellen.
- Ich habe des Rätsels Lösung, sagt sich Mansour. Tahar hat wohl gesagt "Klasse von Wölfen" und Amar hat verstanden *noktlou*[13]
Kateb ist wohl oder übel tot und niemand kennt die Ursache.
Sein Sarg taucht aus Bab Jebli auf für eine in jeder Hinsicht außergewöhnliche Beerdigung. Ja, Taparura ändert sich. Die Hauptverkehrsader Gilles Gau, des Vizepräsidenten der Gemeinde, der die Einnahme der Stadt berichtet hat, wird zur "Avenue El Raïs". Und die Avenue der Republik wird nach einem Märtyrer der Unabhän-

[13] "Ich töte ihn", klingt im Arabischen ähnlich wie "Klasse von Wölfen".

gigkeit Hédi Faker genannt. Die Zeiten rollen im Überschwang der Bewegungen ab, die Spuren hinterlassen, die sich zugleich ähneln und doch unterschiedlich sind.

Gärung einer entfesselten Bevölkerung, die von Grund auf zur Eroberung von Geld jeder Farbe, und dem Geschäft, seinem Verbündeten losgelassen ist. Die Stimmen schwanken je nach dem Absatz der Waren. Manchmal brüllen sie, um einen Terrorismus der Preise aufzuerlegen, der das Gewissen lähmt. Manchmal schmeicheln sie euch und ziehen euch mit ihrem Charme an, der mit Kniffen verhüllt ist, um euch während eures ersten Lächelns die Backenzähne auszureißen. Die Transaktionen werden mit übertriebenen Höflichkeiten vorangetrieben, die so verräterisch sind wie die Akrobatenkunststückchen von Schimpansen, die versuchen würden, die Beweglichkeit ihrer Mitglieder aufrecht zu erhalten.

In der glühenden Hitze des Nachmittags leert sich die europäische Stadt wie ein Lederschlauch, der mit einem einzigen Dolchhieb durchbohrt wäre. Es bleibt die Wüste der weißgleißenden Gebäude. Einige Bäume der Avenue, seltene, einsame Zeugen, greifen vergeblich die Sonne mit ihrem Grün an.

Als die Siesta beendet ist, bereitet sich Mansour vor, um mit seinem Freund, Sadok Meliti, der zwar in Taparura geboren ist, doch Kerkennese vom Ursprung her ist, lang und breit auf den Boulevards auf- und abzuspazieren. Er verkauft heimlich Spielsachen aus einer Holzschachtel, die mit farbigem Papier geschmückt ist, um seine Kunden zu beeindrucken. Er läßt sich nahe der Großen Moschee nieder, gerade am Eingang von Bab Ed-Diwane, und während einigen Stunden stellt er seine Ware mit einer Zungenfertigkeit aus, die die Geister verwirrt und den widerstrebenden Käufer zwingt, seine Börse zu öffnen.

Mansour und Sadok marschieren nebeneinander her, wobei sie sich häufig gegenseitig auf die Schulter schlagen. Die Läden sind unter den Arkaden aneinandergereiht, um auf das prächtige Hôtel

de Ville hinauszugehen, das die Franzosen hinterlassen haben. Heute schwebt die tunesische Flagge allein im Wind, ohne die der Kolonisatoren, die sie einst ausstach.
Sadok informiert seinen Freund, daß er sich mit einem Cousin zusammentun und ein Geschäft in der Ibn Sina-Straße eröffnen will. Die Kaution legitimiert die Angelegenheiten und umgibt sie mit der Aura eines gewissen Prestiges, selbst wenn die Regale überladen sind mit leeren Schachteln, um den Kunden Pulver in die Augen zu streuen.
- Wenn alles gut geht, werde ich bald heiraten, sagt Sadok.
- Wen?
- Ich würde Zitouna lieben, aber ich kann keinen Anspruch auf eine derartige Partie erheben. Alles in allem war ihr Vater, Si Mokhtar, zuerst ein Maurermeister wie jeder gute Taparurianer, der sich respektiert, und hat ein Vermögen verdient, indem er Unternehmer wurde. Du weißt, daß er den Wohnblock Nour in der alten Alexandre Dumas-Straße gekauft hat, daß er einen anderen in Moulinville errichtet hat, gerade gegenüber von der Cité Lyon, die ganz nahe bei dir ist, und ich übergehe weiteres... Das einzige Hindernis ist, daß ich Kerkennese bin und die Taparurianer uns nicht allzu sehr lieben.
- In der Tat, ihr seid ebenso schlau und fleißig wie sie und sie schätzen die Konkurrenz nicht. Was Zitouna betrifft, so wußte ich nicht, daß sie dich interessiert. Will Tahar sie nicht?
- Ja, sogar zu der Zeit, als Kateb lebte. Ich glaube, daß er irgendwie an seinem Tod mitschuldig ist.
- Das ist eine schreckliche Beschuldigung.
- Ich klage niemanden an, aber sie haben im Café de Régence vor mir gestritten. Kateb warf Tahar vor, daß er ein Intrigant sei, ein Emporkömmling und vor allem ein Betrüger, der unsere Traditionen nicht respektiert. Sie sind sich in die Haare geraten, sogar ins Handgemenge. Ich hatte große Mühe, sie zu trennen. Da Kateb die Oberhand hatte, wiederholte Tahar: "Ich werde dich kriegen, für

wen hältst du dich? Und deine Kusine verabscheut dich. Warum fährst du fort, ihr nachzustellen? Sie wird dich schließlich fortschicken."

Nach der Abfahrt von Kateb, der auch entschlossen ist, sich zu rächen, hat Tahar mir anvertraut: „Zitouna hat versprochen, mit mir auszugehen. Nun, wo ich am Rathaus arbeite, könnte ich ihre archäologischen Nachforschungen erleichtern, wenn sie eine Doktorarbeit über Thyna schreibt. Das wird mir erlauben, ihr nahe zu sein. Ich möchte aber nicht, daß sie gebildeter ist als ich. Si Mokhtar ist meine größte Sorge. Ich bin ein reicher Mann, aber kein Intellektueller. Ich habe aber einen bedeutenden Posten in der politischen Hierarchie inne und denke, daß ich mit Riesenschritten vorankomme. Er wird mich eines Tages brauchen, wenn er sein Bauunternehmen weiterführt. Die Baugenehmigungen gehen durch meinen Dienstzimmer."

Es ist der zweite Trauertag. Zitouna und ihre Familie sind verpflichtet, die von Kateb zu ernähren. Sie ist dort, mit Hilfe ihrer Kusinen jedermann zu bedienen, Befehle zu erteilen und Hand an den Teig zu legen. Die Zeremonie der Mahlzeiten geht ohne Schwierigkeit vonstatten, vor allem mit soviel Leuten, die wie die ganze Stadt aufmerksam sind, gespannt auf die geringste Neuigkeit.

Mansour verfolgt schweigend die graziösen Bewegungen von Zitouna, wobei er nicht weiß, wie er ihre Aufmerksamkeit auf sich lenken oder sie ansprechen soll. Er kann nicht handeln, ohne daß man ihn sofort schlechter Absichten verdächtigt. In diesem in sich geschlossenen Milieu, das puritanisch ist über alles Maß hinaus, löst jede Kontaktaufnahme mit einer Frau einen Familienskandal oder vielleicht eine Staatsaffäre aus. Er errät ihre schlanke Taille unter einer Bluse mit langen Ärmeln und einem Rock, der bis zum Knöchel geht, um sich in diesem schmerzlichen Umstand als *ma-*

stoura[14] zu präsentieren. Instinktiv hat er sich daran gewöhnt, heimlich die Orte, an denen sie täglich vorbeikommt, aufzusuchen. So hat er alle Muße, um sich in aller Sicherheit mit ihrer Abwesenheit zu erfüllen fern von den Gefühlsstürmen, die ein eiserner Wille nicht immer niederhalten kann. Der geringste *faux pas* würde die Gefahr mit sich bringen, daß die Familien aufgehetzt werden und alles von vornherein aufgerührt wird.
Von dem Wunsch beseelt, sich selbst zu regen und das mürrische Räderwerk der Gesellschaft zu ändern, weigert Mansour sich, sich hinter seiner Mutter zu verschanzen, die als Bettlerin für seine Sache eintreten würde, oder seine Schwester für ein heimliches Rendezvous eingreifen zu lassen. Vor einem niederen Tisch zusammen mit den Männern kauernd, wird er von einem jungen Mann bedient, der nicht die Schwelle der Säle überschreitet, in denen die Frauen ihre Mahlzeiten einnehmen.
Ein vager Eindruck, daß Zitouna ihn meidet, da sie überall frei umherläuft. Im Hof trennt ein leerer Raum die beiden Geschlechter, aber in der Küche lösen sich Männer und Frauen ab, um Schüsseln, Früchte oder Teetassen weiterzureichen. Als die Mahlzeit zu Ende ist, kann er sich endlich Zitouna nähern.
- Ich teile deinen Schmerz. *El barka fikoum.*[15]
- *El barka fikoum*... auch für dich, sagt sie.

Kap. 4: Die Straße nach Agareb

Die Skorpione des Sieges

Die schönsten Perioden unserer Geschichte sind die der Katastrophen: da treten die edelsten Gefühle zutage.
Albert Memmi, *Der Skorpion.*

---

[14] Behütete
[15] Daß der Segen über euch weile.

Nach der Beerdigung von Kateb zweigen Zitouna und ihre Freunde von der Straße von Gabès auf die nach Agareb ab, um sich bei Zineb zu versammeln, der Schwester von Tahar, und von den Gespenstern zu sprechen, von denen sie heimgesucht werden: Franzosen, Juden und opportunistischen Kompatrioten, die heimlich abgereist sind, indem sie das Land dem Chaos und dem Zugriff der Gewalt, dem Tod von Kateb und seinem Geheimnis überließen, und der besorgniserregenden Zukunft der Nation, die zwischen Geschichte und Geographie eingekeilt ist. Im Norden das Mittelmeer, wo sich die Evasion und das überreiche Phantasma eines Okzidents, der in Reichweite liegt, widerspiegeln, im Süden das Trugbild der hypothetischen Petroleumquellen, die mit Getöse von den gierigen Nachbarn verlangt werden. Selbst mitten in der Wüste hat der Krieg ein Bürgerrecht! Aber bei den Frauen herrscht Friede in den Herzen. Sie sind bereit, einige Sandwüsten am Ende der Tentakeln des taparurianischen Molochs in den Schnabel der vollgestopften Albatrosse rinnen zu lassen, in die Industriemäuler, die noch nach Aas dürsten.

- *Karnita el bled*,[16] sagt Zitouna zu ihrer Schwester Ibtisem während der Fahrt im Auto. Taparura stellt sich in der Tat auf der Karte in der Form einer Krake dar mit Tentakeln, die in die Gärten tauchen, die Olivenhaine, die Dörfer und die Wüste.

- In der Tat atmen die Leute das Geld ein wie die beiden Reihen von Saugnäpfen des Oktopus und seine acht gleichen Tentakeln belauern die Straßen, die sich in unser Land einmischen, unsere Haus- und Obstgärten, in derselben Weise wie die Schalen- und die Weichtiere.

---

[16] Die Stadt ist eine Krake.

- Die *Chechia*[17] der Krake ist die Medina, deren vorspringende Augen in der Tat nur die beiden Tore von Bab Ed-Diwan sind. Dort sitzen seine psychischen Fähigkeiten, die es gefährlich für seine Beute machen.
- Solltest du dabei sein, nahezulegen, daß die Medina alles kontrolliert in Taparura, daß von ihr alle Initiativen und alle Fehlentwicklungen der Geschichte ausgehen?

Genau das. Weißt du, daß die Krake einen erdfarbenen Saft ausscheidet, der die Sicht verdirbt? Man fischt sie nur mit dem Haken in den Löchern, nachdem man einen Kranz von Tonkrügen um sie gestellt hat, in die sie eindringt, sich fängt und fangen läßt.

Die Fähigkeiten der Krake würden also auf die Leute von Taparura abfärben, die geizig, gerissen, erfindungsreich und in Geschäften schwer zu fassen sind.

Und zäh zu kochen, wenn man es nicht versteht, sie vorher weich zu schlagen und dann ihre schwarze Haut abzuziehen. Die Kerkennianer sind große Spezialisten im Klopfen der Krake. Wenn es erst einmal zartgeklopft ist, kann man das saftige Fleisch mit allen Soßen zubereiten! Alles das, um zu sagen, daß unsere Taparurianer zäh, aber köstlich sind, wenn man sie entdeckt.
- Du sagst, daß sie bei der Arbeit einen unglaublichen Eifer zeigen; die freien Berufe interessieren sie weniger als die Geschäfte. Als gute Spekulanten kennen sie den Kurs der ausländischen Währungen und vor allem den des Olivenöls.
- Unweigerlich haben sie ein "ich weiß nicht was" vom Bauern, aber auch vom Seemann. Aktive Bürger, eifrige Beobachter, verstehen sie es, sich auf Unternehmen zu werfen, die einträglich sind. Und der Irrtum von Kateb besteht gerade darin, daß er das nicht Lukrative verfolgt hat!

Als sie die geteerte Straße verlassen, lenken die beiden Frauen ihre Schritte auf einen von Hecken gesäumten Weg, der zu der prächti-

---

[17] In Tunesien übliche rote Mütze.

gen Villa von Zineb führt, welche ihr Schwiegervater, ein Industrieller, anläßlich ihrer Heirat mit seinem ältesten Sohn hat erbauen lassen. Nach den Küssen und Umarmungen bewundern Zitouna und Ibtisem die Früchte, die reif an den Zweigen hängen und beklagen die Verschwendung der Beschädigten, die den Boden unter den Bäumen bedecken.

- *Mektoub*[18], man kann nicht alles kontrollieren, sagt Zineb fatalistisch.

Die anderen anwesenden Frauen stimmen lebhaft dem tausendjährigen Sprichwort zu und begnügen sich nicht ohne Vergnügen damit, ihre Coca, Boga oder Fanta zu schlürfen... begleitet von Mandelbrötchen, Hörnchen und Krapfen.

Zitouna platzt los:

- Das genügt. Man hat die Welt der Männer auf den Kopf gestellt, wir müssen nun den finden, der Kateb getötet hat, oder zumindest das Motiv seines Todes. Wir wollen nicht nachgeben.

- Du lästerst, sagt die Schwiegermutter von Zineb. Gott schickt uns seinen Tod, und Allah allein ist Meister aller Dinge.

- Das ist wahr. Aber das Wesen muß sein Leben in Kenntnis der Sache führen. Als der Märtyrer Hédi Faker für sein Land geopfert wurde, hat man ihn anerkannt und hat ihm eine Statue errichtet auf der Kreuzung, die seinen Namen trägt und den des Erhabenen Kämpfers. Sein Mausoleum aus Carraramarmor, in Italien ausgeführt, ist in die heimatliche Erde verwurzelt, um sich besser zum Himmel aufzuschwingen. Es wurde anschließend den Bewohnern von Taparura vorgeworfen, daß sie den greifbaren Beweis ihrer Bravour zeigten, indem sie den Sarg vor den Augen aller ausstellten, während er der Tradition gemäß hätte beerdigt werden müssen, und zu gleicher Zeit, um nicht den Ruhm des Zaïm zu verdunkeln. Diese Anerkennung ist von den hohen Sphären der Macht nicht geschätzt worden. Man hat die Geschichte vom Alptraum

[18] Schicksal

seiner Witwe erfunden, um die Gemeinde zu bitten, dieses seltsame Denkmal für den Toten auf einen entfernten Friedhof auf der Straße nach Tunis zu versetzen. So sind der Leichnam und der Ruhm unseres Helden in die Vergessenheit verbannt worden! Am wütendsten von allen war Kateb. Er hat sich diesem willkürlichen Transport widersetzt, der vollbracht wurde, um dem Vater der Nation zu gefallen. Man hat ihm das sicher übel genommen, aber ihm deshalb nach dem Leben trachten!

- Willst Du etwa unterstellen, daß die beiden Toten intim miteinander verbunden sind? Und wenn dem so wäre, welche Verbindung mit dem von Kateb?

Provozierend gibt Zitouna ihrem Ausdruck einen Akzent von ehrlicher Leidenschaft, und selbst, wenn sie die Register wechselt, behält sie einen natürlichen Ton bei.

- Wenn es sich um eine Abrechnung handelt, wem kann das dann dienen? Ein irrtümliches Urteil, aus welchem Grund, in wessen Interesse? Eine politische Tat, wie und um wen zu verurteilen? Rache oder Diebstahl, mit welchem Ziel und zu wessen Gewinn?

- Da Du über all das nachgedacht hast, sage uns, was wir tun sollen, antwortet Jamila.

- Es ist nicht meine Sache, die Untersuchung voranzutreiben, sondern die der Polizei und Mansours. Sie werden bestimmen können, ob es eine Schlägerei gegeben hat und welches ihre Ursache ist, wenn man die Gegebenheiten des Ortes betrachtet: Droge, Politik, die zerbrochene Pfeife, die Blutgeschwulste, ohne den Charakter von Kateb und seine zahlreichen Feinde zu vergessen, ganz abgesehen von...

Einen Augenblick ist Zitouna in Gedanken. Leidenschaft, Zorn, die nicht interpretiert werden an diesem Nachmittag, der so geeignet ist, sich der Süße des Lebens hinzugeben. Der Himmel ist so rein! Stare durchqueren ihn in aufeinanderfolgenden Wellen. Das Schlagen ihrer Flügel bildet originelle und zugleich anziehende Tanzschritte, jedesmal wenn sie auffliegen. Himmlische Aufschwünge zu unbekannten Missionen, dann gierige Landungen von pickenden Massen fern auf den Olivenbäumen. Eindruck von Feuerwerken, die an den heiteren Himmeln Pfefferkörnern ähneln. Beim Herannahen des Abends lösen sich die Arabesken auf, und die Vögel, gesättigt von Oliven, werden sich auf die Stadt niederlassen, die die Nacht schließlich ertränken wird. Während die Frauen wie verblüfft durch dieses Ballett der Schwärze ihren Blick nicht abwenden können von diesen reizenden Gemälden, die die Choreographie der fliegenden Stare bilden, verfolgen die Männer ihre Intrigen.

Zineb erzählt, von ihrem Bruder auf dem Laufenden gehalten, die Version von Tahar, die die Entfernung des Märtyrers Chahid Faker betreffen, dann grenzt er sich von der Meinung des verstorbenen Kateb ab.

- Man hat die Neuigkeit verbreitet, daß die Regierung den Atem ihrer Märtyrer ersticken wollte, aber die Leute vergessen, daß die sterblichen Überreste von Faker mitten in der Stadt ausgestellt worden sind, um den unwissendsten Bürgern ein Beispiel von Bürgersinn zu geben. Nur nahm das Monument mit seinem Grabmal, das vor den Augen aller eingebaut war, die Form eines ungeheuren Kreuzes an, das wie eine Beleidigung für unser Dogma erschien.

- Nicht so schnell, unterbricht ihn Zitouna, man müßte das Prestige eines unserer taparurischen Helden vernichten. Das Beiseitelegen ist eine Falle, in die Kateb unglücklicherweise gegangen ist.

- Keineswegs, Kateb hat immer Wert darauf gelegt, sein besonderes Bild zu bewahren, sich an den ersten Platz der Medien zu katapultieren.

- In gewissem Sinn ist das richtig. Er hat sich geweigert, sich dem Willkürlichen und dem Opportunismus der Gegenwart zu beugen, um der Vergangenheit den Hals abzuscheiden.

- Wir wollen nicht politisieren. Kateb hat sich selbst geschadet und sein Tod hat nichts mit dem eines Nationalhelden zu tun, dessen Gedächtnis man verwischt hätte.
- Nun, deiner Meinung nach hat er sich wie der Skorpion umgebracht, der sich von allen Seiten umzingelt sieht. Wir sind wohl auf der Straße der Skorpione hier?
- Die Straße von Agareb ist ihre Skorpione losgeworden, um dort rechts die ersten Fakultäten der Verwaltung, der Sozialwissenschaften, der Juristerei... und links den ersten Flughafen von Sfax-Thyna einzurichten.
- Die Doppeldeutigkeit dieser Angriffe ist klar. Kateb wollte keinen Bruch in die Geschichte seiner Stadt einführen.
- Du siehst, Zitouna, unsere Vorfahren haben Taparura in Sfax verändert, einen von "Festungswällen umgürteten, umgebenen, geschützten Ort"! Was gut dem physischen und moralischen Aspekt unserer Stadt entspricht.
In der Tat bieten die mächtigen, schützenden Mauern dem Blick eine eindrucksvolle Masse dar, die das Leben in die Befestigungsmauern einschließt und gegen jede Invasion von außen auf einem außerordentlich platten Boden errichtet ist. Taparura, die Begünstigte, Glückliche, antike Stadt ist in Zeit und Raum der mittelalterlichen Stadt von Sfax aus dem zehnten Jahrhundert voraus. Was den Namen des Königs von Numidien, Syphax "den wohlbehüteten, wohlbewaffneten" betrifft, so ist er verwandt mit dem der Stadt. So folgen die Bilder auf dem ursprünglichen berberischen Sockel aufeinander und überlagern sich, ein Beweis, daß es eine Homogenität der Bevölkerung gibt, die ein andalusischer Geograph auf das marokkanische Rif zurückführt. Ein blühendes Berberland mit einem konstruktiven Genie, das im elften Jahrhundert von den Hilalern erobert werden wird, was die Stadt nicht daran hindern wird, sich als eines der blühendsten kommerziellen Zentren des Maghreb zu beweisen.

Die Geschichte von Sfax ist wie die anderer tunesischer Städte von Invasionen und Wiedereroberungen markiert, von Aufblühen und Niedergang, aber diese Kreuzung von kommerziellen Transaktionen und des Umrührens der Rassen und der Religionen hat eine vereinigende Konstante der Verschiedenartigkeit bewahrt. Die Olive.

Zitouna, wenn man Dich verliert, und das ist mehr als einmal durch die Zeitalter hindurch geschehen, holt man aus dem Meer eine feine Wolle, um die schönen zu exportierenden Stoffe zu weben, was den maritimen Handel, das Kunsthandwerk der Weber und die Fischerei wiederbelebt. Scheich Ali Nouri kämpfte für das Wiedererstehen und den Schutz seiner Stadt gegen die Eindringlinge aus Malta im siebzehnten und achtzehnten Jahrhundert. Sfax nahm seine Handelstradition mit allen Regionen des Landes und des Auslandes wieder auf. Und es vergrößerte sich, mit seinen Vorstädten außerhalb der Wälle, seinen Gärten und seinen Olivenhainen.

Seit der Unabhängigkeit hat die Nachbehandlung des Phosphats und anderer Produkte der Stadt einen glänzenden Aufschwung verschafft. Das Erdgeschoß ihrer Häuser hat sich in Läden verwandelt und sein Hafen in eine Kreuzung des Transit. Sie hat diesen finanziellen Erfolg mit dem Leben zweier Märtyrer bezahlen müssen, dem des Taparurianers Hédi Faker und dem des Kerkennianers Farhat Hached.

- Wie willst du, daß ich mich dem Durchkämmen der Olive und des Meeres widersetze.

Kateb hatte die öffentliche Auseinandersetzung mit der Verstoßung der Grabstatue, die alle Familien entehrte und demütigte, verweigert. Der vermutete Alptraum der Witwe Faker - unter ihren Augen ihren toten Gatten mitten in den Himmel erhoben zu sehen - und das Geschwätz der Bevölkerung waren nur ein Vorwand für den Ehrgeiz von Tahar, Sadok und anderer Mitglieder vom Clan der Leitung. Die Stadt schuf Spannungen mit ihren eigenen Toten, und der Dichter optierte gegen diese groteske Verpflanzung, griff blind die Heuchelei der großen Häupter der Stadt an. Das Gegenwärtige nicht das Auge schließen lassen oder die Vergangenheit auslöschen, die immer gegenwärtig ist trotz der Spannungen, die zu dieser Art von Situationen gehören.

In dieser Epoche fühlte Kateb sich nicht wohl in seiner Haut. Er vergrub sich in die Erinnerung an das Drama, in das er Zitouna hineingezogen hatte ohne jemals den Mut gehabt zu haben, ein für alle Mal damit Schluß zu machen, indem er dessen Abszeß aufstach. Statt sie durch das Wort zu reinigen, gab er seiner inneren Panik nach, seiner Bitterkeit, der Neurose und ertrug schließlich mit Resignation, daß er sich ständig unwohl fühlte. Als Kompensation stürzte er mit gesenktem Kopf in die Arena aller Kämpfe, wobei er sich dessen bewußt war, daß er sich eher in der Haut des Stieres als der des Matadors befand. Weil er völlig unfähig war zum aufrichtigen Dialog mit Zitouna, spießte er sich selbst an der Schneide seiner eigenen Tötung auf. Ein bißchen Karrieregeist hätte ihn zu mehr Geschmeidigkeit veranlaßt, aber er weigerte sich hartnäckig, seine Chance zu ergreifen, die dennoch in Reichweite lag. Zi-touna, die fein und empfindsam war, begriff die Härte des inneren Kampfes von Kateb. Das heilte ein wenig die offene Wunde, die sie auch mit sich herumtrug. In seinen Augenblicken der Selbstquälerei flog Kateb buchstäblich zu dem Zufluchtsort seiner Dankbarkeit, dem einzigen Weg eines möglichen Verständnisses, an dem sich manchmal zwischen ihnen eine flüchtige Komplizität herstellte. In diesen seltenen, privilegierten Augenblicken trank Zitouna gierig die Worte von Kateb, dann, wenn die andere Seite dieser zerrissenen, verrückten Persönlichkeit deutlich wurde, quälte sie von neuem das Gedächtnis. Warum hatte Kateb, statt die Früchte des Olivenbaumes mit Zartgefühl abzuschlagen, den Zweig so unglücklich verstümmelt? Warum hatte er nicht die Spitze seiner Finger mit kleinen Hörnern versehen, die dazu bestimmt waren, die Oliven zu kämmen?

- Sie hat die Empörung der ganzen Stadt erregt...
- Und sie ist bereit, mit allem von vorn zu beginnen, zu behaupten, daß ich sie drei Jahre lang verfolgt habe und beinahe entführt hätte, sagt Sadok, indem er Mansour in dem Sträßchen "Küsse-mich!" kreuzt, dieser *Zankit Anakni*, die so schmal ist, daß zwei Personen dort nicht aneinander vorbeigehen können, sondern gezwungen sind, sich in einer gewaltsamen Umarmung einander gegenüberzustehen.
- Was willst du sagen, oh Sadok?
- Zitouna hat während der Beerdigung von Kateb die Taparurianer schockiert und aufgebracht. Sie hat alles organisiert. Intelligent wie sie ist, hätte sie sie mit ihrer Sache verbinden können, statt der öffentlichen Meinung die Stirn zu bieten. Hat sie ihren Cousin bis zu diesem Punkt geliebt? Auf alle Fälle war sie unerschütterlich gegen jeden Verführungsversuch und ließ niemanden zu nahe kommen. Weder mein tägliches Drängen - ich folgte ihr überall unablässig, noch die pseudointellektuellen Winkelzüge von Tahar, seine Verfügbarkeit, sein Reichtum, sein großartiges Auftreten ließen sie auch nur mit der Wimper zucken.
Mansour schneidet ihm das Wort ab:
- Sie gleichen der Stadt, die empfänglich ist für den Schein und keinerlei Zartgefühl hat. Ich meinerseits habe niemals gewagt, den Mund zu öffnen aus Angst, alles zu verderben.
- Sie erstickt unter der Fürsorge ihres Vaters und begibt sich unter den Schutz von Thyna, das sie sich als wunderbaren Ort vorstellt. So gleitet sie uns zwischen den Fingern hindurch, jungfräuliches Öl, erfindet Wege des Teufels, um ihre Leute zu verblüffen. Weißt du, was sie mir eines Tages ins Gesicht geschleudert hat?
- Das böse Schicksal? Sie besitzt das Glück, von Natur aus intelligent zu sein, ihrer sicher, unfähig zu schaden. Der Weg wird lang sein. Es wird uns unmöglich sein, auf sie Einfluß zu haben, so lange sie den ihres wiedergefundenen Paradieses kultivieren wird, Thyna.

"Phantastisch", denkt Mansour, der sich überschwemmt fühlt von der Liebe, die in die Schatten seiner Unruhe verschlossen ist. Er wird niemals erfahren, weswegen Sadok ein Hühnchen mit Zitouna zu rupfen hatte, ihr, die ihren Sturz aus dem Paradies mit fünfzehn erlebt hat, durch ihre Defloration, die in einer teuflischen Stille eingeschlossen war. Mansour fühlt vage voraus, daß sie wohl einen anderen Fall erleben könnte, von einem Herzen angetrieben, das sich nicht entschließen kann zu wählen. Und dennoch fühlt sie ihre Freiheit intensiv als unerträgliches Handicap. Ihr zärtlicher Blick streichelt Wesen und Dinge, läßt das Beste ihrer selbst aufblühen und macht sie liebenswert, wie man es sich nicht vorstellen kann.

Seinerseits belauert Mansour das Vorbeigehen von Zitouna, läßt sich mitreißen von den vielversprechenden Rundungen der seltenen Wolken, die die vertrockneten Wadis überlaufen lassen. Alles an ihrem Stillschweigen erinnert an das lange fließende Schwimmen eines Fisches, der sich in Taparura in einem seltenen Wasser tummelt. In alter Zeit wurde es in Krügen verkauft, die man auf dem Eselsrücken von Ennass-ria oder Mâjeb-el-Bgar hertransportierte... Vor der Unabhängigkeit befand sich das Meer gerade hinter ihm am Strand Wiriot, dem Pulvermagazin, "Ort des Herumtollens im Wasser", aber seitdem ist alles verseucht. Baden kann man erst dreißig Kilometer entfernt in Chaffar, also weiter weg als Aïn Fallat und Thyna zusammen!

Von daher zur Seßhaftigkeit verurteilt, läßt sich Mansour auf der Terrasse von Mabrouk Palace nieder. Vor einem Cappuccino sitzend, riecht er an einem Jasminstrauß, zu erfüllt von der vorgestellten Gegenwart eines sonnigen Haares und aquamarinblauer Augen. Er sieht sich als Kind wieder hinter dem mächtigen Rücken seines analphabetischen Vaters, der alles geopfert hat, damit er als Ältester eine gute Erziehung erhalte. Und plötzlich taucht die Szene von den Schlägen mit derselben Heftigkeit wieder auf, die die

Stare daran setzen, den Himmel zu zerreißen und die Bäume aufzusuchen, um dort die Nacht zu verbringen.
Er sieht auch seine Ausgänge mit Amar wieder vor Morgengrauen, um die Seebarbe in den Fanghecken oder den Reusen zu fangen, diesen Netzen oder Leinen, die am Vorabend gelegt wurden. Die Zeit hält inne unter ihren Füßen, die kaum das zuckende Wasser verwischen, und Mansour stellt sich Zitouna vor, die dort aus ihrer Vergessenheit als verborgene Sirene auftaucht.
Nachdem sie sich umarmt haben, zieht Sadok seinen Freund zu seinem Geschäft und erzählt lebhaft seine letzten Abenteuer:
- Der Vater von Tahar hat mir eine Million zu 50% Zinsen geliehen, um mein Geschäft aufzubauen, den Laden zu vergrößern und zu den Spielsachen Strickwaren hinzuzufügen. Mein gut mit Vorräten versehenes Geschäft hat ihn beeindruckt, obwohl es mit leeren Schachteln gefüllt ist. Bei derselben Gelegenheit hat der jüdische Lieferant mir eine Zahlungsfrist von neunzig Tagen zugestanden. Du verstehst, daß mit diesen Erleichterungen mein Handel blüht. Ich habe dann einen Vertreter engagiert, der meine Ware gegen bar überall im Süden des Landes verkauft, Gabès, Gafsa, Zarzis, Tataouine... während ich sie auf Kredit gekauft habe! Ich habe einen Meldefahrer engagiert, um zu liefern und ein Konto eröffnet, um dort die Einnahme des Tages zu deponieren. In unserer Zeit sind die Taparurianer, die von den Banken gern gesehen werden, selten! Mein Ansehen ist gefestigt: die Lieferanten richten die Wechsel an die Bank, um sich zu versichern, daß die Ware geliefert worden ist, ich unterzeichne sie und das geht so... Es wird mir auch zugestanden, die Kasse um eine Erleichterung oder um Rabatt zu bitten. Ich bin also dabei aufzusteigen, aufzusteigen...Ich werde mein Projekt, eine Spielwarenfabrik in der Industriezone auf der Straße nach Sidi Mansour zu errichten, wahr machen.
Ohne sich noch weiter um seinen Freund zu kümmern, verfolgt Sadok sein Selbstgespräch:

- Und um alles abzuschließen habe ich gewagt, um die Hand einer der Schwestern von Kateb, Fathia zu bitten. Die Eltern sind nicht sehr reich, obwohl schließlich der Vater den größten Teil seines Hauses in eine Schuhfabrik umgewandelt hat. Er verdient nun gut, aber nicht so gut wie ich. Es ist mir gelungen, ihn zu beeindrucken und zu überzeugen, mich als gute Partie zu akzeptieren, selbst wenn ich aus Kerkennah stamme! "Die Saubohnen gelangen nur zu denen, die keine Backenzähne besitzen", heißt es, und ich habe außer den meinen scharfe Schneidezähne, die es mir gestatten, meine Beute gut zu fassen. Meine Mutter hat den Eltern von Fathia einen Teil der Aussteuer gebracht und "die Schrift des *Zdaak*"[19] wird nicht in einer Ecke der großen Moschee unter einem Marmorpfeiler mit zwei Zeugen, die auf einer Matte kauern und in ihr Geschwätz verwickelt sind, abgegeben werden, sondern gut und gern im Rathaus.

Einige Wochen später findet die Verlobungszeremonie statt. Die ganze Sippschaft kommt vor dem einzigen beeindruckenden Gebäude, das von Franzosen errichtet wurde, an. Es ähnelt zugleich einem Minarett und der Kuppel der Moschee, die von bogenförmigen Türen und Fenstern flankiert sind. Der Bürgermeister hat ein weites und imposantes Büro, vor dem sich die Zeugen aufhalten, die ihren Tee gegenüber einem Telefon, das niemals läutet, schlürfen. Wenn er ihren Dienst braucht, drückt er auf eine Klingel, die sie aufspringen läßt und aus ihrer Lethargie aufweckt. Dann stürzen sie sich wie die Kinder, die erwischt werden, und bezeigen dem Chef eine Ergebenheit von ekelhafter Schleimigkeit!
Familie und Freunde erklettern die imposante Marmortreppe und gehen an zwei großen, einander gegenüberliegenden Sälen vorbei, die die Sammlung der Mosaike von Thyna bergen, oder zumindest,

---

[19] Heiratsvertrag

das was bleibt, nachdem das Museum des Bardo in Tunis die schönsten Stücke gefordert hat.
Sadok und Fathia lassen sich aufgeputzt in eindrucksvollen Sesseln vor einem mit grünem Filztuch bedeckten Tisch nieder, gegenüber von zwei unnützen Mikros, die gerade neben einem Tintenfaß und einer Schreibunterlage, auf der offen die Register liegen, aufgestellt sind. Zur vorgesehenen Zeit wird der Gehilfe die Unterschriften der künftigen Gatten in Empfang nehmen, aber im Augenblick tritt der Bürgermeister feierlich ein. Die Anwesenden stehen auf, und die Zeremonie rollt wie vorgesehen ab, abgeschlossen von der ersten Sure des Korans und der Aushändigung des Familienbuches an das junge Paar. Lächeln den Umständen entsprechend und Wünsche für eine glückliche und fruchtbare Ehe. Als sie aus dem großen "Schriftsaal" kommen, wird ihnen ein prickelndes Getränk angeboten, ein kleiner hausgemachter Kuchen und drei Bonbons, die in ein Stückchen weißen Tülls gehüllt sind, eine Vorwegnahme der kommenden Hochzeit. Dann werden die Hände mit Orangenblütenwasser gespült.
Statt sich vorzustellen, um auf dem traditionellen Foto abgelichtet zu werden, stürzt Mansour in den Saal der ständigen Ausstellung und fragt den Wärter nach dem letzten Besuch von Zitouna in Begleitung von Tahar aus.
- Vor welchen Mosaiken haben sie angehalten?
- Beinahe allen. Si Tahar sagte zu ihr: „Man beginnt bei der Archäologie und endet bei der Hochzeit. Ich glaube, daß Zitouna wütend war. Sie schien aufgeregt, zugleich bettelnd und zornig.
- Warum sagen Sie das?
- Sie wissen, daß Si Tahar an der Spitze der Direktion das Sagen hat, und Zitouna im Inneren des Museums, das keines ist, weil es nicht einmal einen Katalog besitzt. Sie kämpft, um bedeutende erworbene oder eher vom Bardo geforderte Stücke zurückzubekommen. Bis zu dieser Zeit hatte sie die Unterstützung von Kateb,

gegenwärtig muß sie alleine kämpfen angesichts der Forderungen der rivalisierenden Stadt.
Mansour erfährt, daß Kateb einige Tage vor seinem Tod und endlich einmal völlig nüchtern mit Zitouna gekommen war. Sie schienen in völliger Übereinstimmung zu sein, während sie ihm erklärte, daß sie damit rechnete, Odysseus, die Nereide - wenn der Bardo sie jemals zurückgeben wollte - an der Stelle des ungeheuren Mosaiks mit den kreisförmigen Medaillons anzubringen, die gerade gegenüber vom Eingang die Meeresfauna darstellen,. Kateb nahm das Thema der Reise auf, aber er wollte nicht weiter gehen als bis Kerkennah, das er nur durch die touristischen Prospekte kannte! Nach der Überlieferung der Karthager geschah es auf diesen Inseln, Cercina, daß Hannibal, als er besiegt war, hundertfünfundneunzig Jahre vor Christus ins Exil ging.
Trotz der offensichtlich entspannten Atmosphäre des Augenblicks bemerkte Kateb die verdeckte Animosität und Zurückweisung, mit der ihn die Stadt und zugleich Zitouna behandelten. In der Tat machte er nur seine Ausschweifungen und seine aggressive und provozierende Haltung dafür verantwortlich. Er hatte Tahar beleidigt, ihn als unwissend und schuftig bezeichnet, und Zitouna als kokett und beschränkt. Er hatte sie der Doppeldeutigkeit beschuldigt in ihrer gemeinsamen Neigung für die Archäologie und der Komplizität in den gemeinsamen Gefühlen, die in seinen Augen ganz natürlich davon abgeleitet werden konnten. Eifersüchtig und wütend hatte er obszöne Beleidigungen vorgebracht, die sich nicht wiedergegeben lassen, und war geflohen wie ein Galeerensträfling, wobei er schwor, sich eines Tages zu rächen.
In Wirklichkeit erlaubte sein Kampf gegen Tahar und Zitouna ihm, laut den Haß herauszuschreien, den er gegen den Vater der Nation in der Fakeraffäre, die ihm wichtiger war als seine Gefühlsdebatten, aufgestaut hatte. Diese überlagerte sich mit jenen. Da er sich in seine Ohnmacht, die Gesetze zu ändern, zurückzog, stieß Kateb auf das, was sich seinem aufsässigen Temperament anbot. Und

obwohl er in seinem persönlichen Kampf allein war, ging er deshalb nicht weiter in seinen nationalen Zielen, bei denen er es verstand, sich mit jungen Männern zu umgeben, um seine Grundlagen zu stärken und Sicherheit aus seinem Widerstand gegen das Regime, den er offen zu Schau trug, zu schöpfen. In dem Maße, wie die Dinge schlimmer wurden, beschloß er, sich zu den Eltern von Sadok zu flüchten, um vergessen zu werden.

In Kerkennah wird Wein angebaut, der auch dort getrunken wird. Hier wird das Viehfutter durch eine Algenart ersetzt, die eine Art Meeresolive produziert und außerdem gern vom Kamel gefressen wird, diesem Tier, das die Geduld verkörpert wie kein anderes, und das tagelang von seinen Vorräten zu leben versteht. Ruhe, Diskretion sind die idyllischen Zustände, die der unruhige Schriftsteller anstrebt, den die Gewalt der Ereignisse erwürgt. Mansour erinnert sich daran, daß sein unglücklicher Freund vor ihm sein Vorhaben, freiwillig ins Exil nach Mélita zu gehen, in einem Augenblick großer Verwirrung erwähnt hat. Bitter, wie er war, litt Kateb zugleich unter der Perspektive des Exils, aber auch darunter, daß er sich zwischen der Wüste der Insel und der seiner Wirkungslosigkeit gefangen sah. Mit nassen Füßen würde er der Fata Morgana der Inseln, ihrer Einsamkeit, und ihren eindrucksvollen Palmenwäldern, die über dem Meer schwebten, widerstehen. Wieviel Wasser für ihn, der keinen Seemannsgang hatte!

- Ich muß meine Unannehmlichkeit überwinden, sagte er, um mich der künftigen Situation von Fathia in der Familie von Sadok zu versichern, da er sich als Freier zu enthüllen scheint, der zwar noch zurückhaltend ist, aber als solcher ernstzunehmen.

In Wirklichkeit verdeckten all diese privaten und politischen Motive, die ihn sich in die Fetzen seiner Würde hüllen ließen, etwas anderes, das als solches überhaupt nicht einzugestehen war, weil es um etwas Grundlegendes ging, nämlich darum, die Haltungen zu erforschen, vor allem die von Sadok, um dort die Zeichen der Herzensergießungen seiner Schwester dem Mann gegenüber, den sie

liebte, wahrzunehmen, diesem Kerkennianer, dem sie wohl das schwere Geheimnis ihres Bruders hatte enthüllen können. Hatte er ihr gegenüber mit einem Wort das wilde Vergnügen berührt, das er eines Nachts Zitouna mit größter Schamlosigkeit geraubt hatte, direkt neben seinen drei Schwestern in der völligen Dunkelheit?
Er erinnert sich...wenig Zeit danach hatte Fathia sich von ihm distanziert, hatte Umarmungen vermieden, war schweigsam gewesen in seiner Gegenwart. Seit diesem Tag war unwiderruflich ihre geschwisterliche Komplizität zerbrochen. Es war ihm bewußt geworden, als er sich mit Mansour unterhielt, in dem Augenblick, als er ihm erklärte, er wolle sich von den Autoritäten und dem verräterischen Paar vergessen lassen. In Wahrheit suchte ihn die Erinnerung an Fathia heim, und er wünschte immer mehr, ihrem Anblick zu entgehen.
Die Befürchtungen von Kateb waren berechtigt. Sadok erfuhr von der Angelegenheit. Fathia sprach sich endlich über das erstickende Geheimnis aus, das sie seit mehr als fünf Jahren für sich bewahrte. Sadok, der das Geheimnis der gehemmten Haltung seiner Braut bei der bloßen Namensnennung ihres Bruders zu erhellen wünschte, weckte zuerst durch zärtliche und zartfühlende Aufmerksamkeiten ihr Vertrauen. Er erriet, daß sie zerrissen war, ohne sich den Grund erklären zu können. Sie breitete schließlich eines Tages das Geheimnis aus und ergoß in das Herz ihres künftigen Gatten das Gift, das sie unterhöhlte. Sicherlich war sie erleichtert über ihre Beichte. Bei derselben Gelegenheit bereitete sie Sadok darauf vor, daß sie wachsam sei, damit er nicht eine ähnliche Verrücktheit begehe, wenn er in ihren intimen Augenblicken zu zudringlich wurde: Je mehr sie von Kateb sprach, um so mehr gelangte sie zu ihrem gemeinsamen Drama. Wie hatte das zärtliche Wesen, mit dem sie so viele Jahre ihrer Jugend verbracht hatte, sich so verwandeln können? Wie konnten die Feinheit, die Reinheit und der Zauber des Gefühls sich so mit Häßlichkeit und Gewalt verdunkeln? Die exzessiven Ausbrüche von Kateb, ebenso in den Gefühlen wie in der

Ausschweifung spiegelten sich heute auf dem Gesicht von Fathia je nach der Art ihrer Erinnerungen. Sie war, weil sie veränderlich und verletzbar war, um so rührender und um so anziehender, weil sie geheimnisvoll war.

Nun, da er Bescheid wußte, fing Sadok an, Kateb heftig zu verabscheuen, da er die reine Zitouna beschmutzt hatte, das Symbol der Frau im eigentlichen Sinn, gleichzeitig wie seine künftige Gattin, diese beiden Opfer seines ehemaligen Freundes, wenn auch aus verschiedenen Gründen. Die Offenbarung von Fathia hatte eine Verdoppelung des Respektes Sadoks für das weibliche Geschlecht zufolge. Aber er schwieg ziemlich feige, wobei er zugleich gegenüber Kateb einen hartnäckigen Groll hegte, der aus seiner Furcht herrührte, die schwere Verantwortung zu tragen, als der zu erscheinen, durch den der Skandal publik wird. Er hatte es eilig, Fathia zu heiraten, um sie in der Legalität zu entjungfern und triumphierend aus dem Brautgemach hervorzutreten, indem er mit Kraft das einfache Wort aussprach, das alle Familien von Sfax beruhigte: *hannîhâ*[20].

Blut wird geflossen sein. Die Maktoubs werden ein Recht auf die blutige Unterhose von Fathia haben und auf die Kuchenpakete, die unerläßlich sind für die guten familiären Beziehungen. Aber vor dieser Apotheose des Honigmondes verlangt jedes religiöse Fest nach einem halben Hammel, Stoffen, Schmuck, Gebäck und anderen Geschenken, um die Gnade der Braut und der Eltern zu erreichen und die bald darauf folgende Trennung vorzubereiten. In Taparura - und man wird unaufhörlich zu dieser offensichtlichen Tatsache zurückgeführt - wird um alles gehandelt, das Materielle ebenso wie das Gefühlsmäßige. Die einander Versprochenen kannten sich wenig, aber diese Geschichte brachte sie einander näher und in häufigen Briefen an Fathia ließ Sadok seinem Zorn

[20] Jungfrau

freien Lauf. Er versprach eines Tages einen günstigen Augenblick für seine Rache zu finden.
Wenn man von den Seelenzuständen von Sadok absah, blieb das Manuskript der Erzählung, die Kateb geschrieben hatte und welches Tahar, der es mitten ins Gesicht geschleudert bekommen hatte, Dahak gegeben hatte. Von seinem zugleich einfachen, geheimnisvollen und ganz in der mündlichen Überlieferung eingebetteten Inhalt bezaubert, sprach Dahak mit Mansour über seinen Gedanken, das Ganze am Zentralmarkt am Ende der Avenue Er-Raïs zur Aufführung zu bringen. Dieser fand ihn genial.
Durch seinen geheimnisvollen Tod und seine Beerdigung in der Erde von Afrika erhält Kateb eine Art Rehabilitation. Er hat seine Beerdigung nicht inszeniert. Zitouna ist es, die von den zarten Anfängen eines Feminismus geleitet, der bei den neuen Mentalitäten im Keim vorhanden ist, die Riten umgestülpt und sich Vorwürfe zugezogen hat. Über diese Enthüllung ebenso erstaunt wie über eine Liebe, die ebenso plötzlich wie unvorhergesehen ist, ist Dahak ihr auf dem Fuß gefolgt und hat es für richtig gehalten, sie in der Rolle des "Erzählers", die traditionell den Männern zusteht, einzusetzen. Sie wird also der Menge die von Kateb ersonnene Geschichte erzählen, dieser dichten Welt, die in Taparura wimmelt, einer Stadt des Durchgangsverkehrs, die anschwillt und sich leert je nach den Autos, die vor dem Rathaus parken, und die Touristen jeden Ursprungs ausspucken, die von Schuhputzern, Verkäufern von Kunstgewerbe aus Holz, kleinen Kamelen, Vögeln, Löffeln, Gabeln und Mörsern bedrängt werden. Die Tagesbesucher stillen ihren Hunger und Durst in Bäckereien, die in großer Schnelligkeit aufblühen.
Kein Fremder kümmert sich um die kulturellen oder politischen Aktivitäten der Stadt, und die Einwohner leiden unter einer erstikkenden Klaustrophobie in ihrem fest verschlossenen Kuskustopf, aus dem sie nicht entfliehen können. So kann die mehr oder weniger erwartete Sauerstoffwolke einer Wiederaufnahme der Tradition

der Erzähler sie nur befriedigen und von ihrer Seite einen deutlichen Erfolg haben. Die kulturelle Überraschung im Herzen der kommerziellen Verhandlungen selbst erneuern, einzuführen, das ist der Gedanke von Dahak. An welchem günstigeren Ort als dem Zentralmarkt in seiner ländlichen Umgebung, dieser Insel intensiven Lebens par excellence, diesem Ort, der auch mit einer Chechia bedeckt ist, unter der die Ideen brodeln, andere verschlungene Tentakeln, die sich in den Mäandern des Geheimnisses winden.

Kap. 5: Bab El-Farh
Der Zentralmarkt festumkränzt

Oh Zeit, wer kann dir Vertrauen schenken?
(Und du Mensch), wenn sie dich trifft, führe sie in deinen Büchern. Denn sie ist zu einem anderen hin aufgebrochen. Abwechselnd rollen die Zeit und die Tage wie der Reigen der Winde. Manchmal stellst du fest, daß die Quelle versiegt ist.
Und das Meer entzieht sich den Blicken. Manchmal ist es Frühling mit seiner Schönheit in Blüten, dann wirbeln die Winde Massen von Sand auf. Bald gibt es Hochzeiten mit freudigen Festen. Und bald stößt du auf Kriege und Konflikte.
Die Heldentat von Hilal, Version von Bou Thadi, übersetzt aus dem Arabischen von Lucienne Saada.

Neben den winzigen Souks im Inneren der Medina gibt es in Taparura zahlreiche Märkte, darunter zwei große. Der eine ist im Norden der Wälle errichtet worden und vollkommen in die arabische Stadt integriert, und der andere, älter, von den Franzosen in der europäischen Stadt errichtet, gerade gegenüber vom kerkennesischen Hafen. Dakak wählt also das viereckige Gebäude, das mit seinem Dach aus grünen Ziegeln und seinem rechteckigen Hof, der dem Himmel geöffnet ist, Eindruck macht, als Rahmen für das Ins-rechte-Licht-rücken - er verwirft den Ausdruck in Szene setzen - der populären Erzählung, die Kateb geschrieben hat. Tahar hat sie ihm gegeben ohne ein einziges Blatt zu vergessen, wobei er zugleich erstaunt war über den in seinen Augen kindlichen Charakter einer solchen Schrift. Im Gegensatz zu Dahak, der gerne seine Nase in Bereiche jenseits des Faßbaren steckt, sah Tahar nicht weiter als bis zur Motorhaube seiner Limousine.

Der Zentralmarkt liegt in der Verlängerung der Avenue Er-Raïs, führt auf einen Platz, wo die Bauern und Verkäufer ihre Gefährte dem Platzanweiser überlassen, und nach hinten heraus auf das Meer. Das Haupttor mit dem Gitterbogen öffnet seine Flügel auf die Straße mit zwei kleinen Seiteneingängen, während der zum Hafen offen bleibt. Waren und Kunden gelangen durch dieses Haupttor, das nachts geschlossen wird, damit die Großhändler und Bauern nicht ihre Früchte und Gemüse vor Sonnenaufgang ausbreiten. Der Fisch kommt zu Beginn des Vormittags an.

Amar erreicht den Platz aus gestampftem Lehm in einem Wagen, der von einer weißen Stute gezogen wird. Er stellt dort eine große Kiste mit Wassermelonen nieder, die von Gitterkästen mit Pfirsichen, Feigen und Aprikosen umgeben ist. Die Nacht glänzt in ihrer gewöhnlichen Klarheit, und der träge Beduine nimmt sich Zeit, um seine Last von Melonen in kleine Haufen niederzulegen, die von einer offenen Frucht, die in voller Süße im lebhaften Rot ihrer Reife glänzt, gekrönt sind. Dann versichert er sich, daß die drei Kühe, die ihm hinter dem Wagen gefolgt sind, gut angekettet sind. Erst dann zieht er seine Tunika, die bis zur letzten Faser abgenutzt ist, aus, um sich zu bedecken, während er vor der Öffnung des Marktes einen Augenblick vor sich hindämmert.

Amar hat den Wunsch von Dahak genau befolgt ohne sich Fragen zu stellen, und während er das Heraufkommen des Tages und die Ankunft der Menge erwartet, beobachtet er die drei Tiere, deren Hörner er mit Stäben mit bengalischem Feuer versehen hat. Wie werden die Tiere sich verhalten, wenn er sie anzündet? Und welch ausgefallener Gedanke, eine Erzählung von Kateb durch Zitouna vortragen zu lassen, noch dazu an diesem ungewöhnlichen Ort, nicht im Schatten der Wälle, dem Ort, der traditionell den männlichen Erzählern zusteht, den Schlangenbeschwörern und anderen Gauklern. Angesichts des Widerstrebens von Amar, der immer gerade nach dem Markt nach Aïn Fallat zurückkehrt wegen der Hitze, hat Dakar ihm erklärt, daß es sich darum handelt, Zitouna eine Geschichte, die Kateb neu gestaltet hat mit dem Titel: „Der Menschenfresser und die Fischerstocher" erzählen zu lassen. Aus Freundschaftsgründen, aber auch aus Neugier - der Titel hat ihn gereizt - hat er schließlich akzeptiert, die Nebenpersonen zu liefern und etwas länger als gewöhnlich zu bleiben. Nun weiß er, daß er ein wenig vor Morgengrauen die Kühe, bei denen alle Hörner glänzen, in diese Art Arena eintreten lassen muß, die von Arkaden, in denen die Läden stehen, begrenzt sind. An diesem besonderen Morgen wird das Publikum zahlreich sein: die Verkäufer und Käufer werden als Zuschauer dienen, die Menge wird dicht sein.

Was Dahak betrifft, so weiß er, daß es sich um die Geschichte seiner Stadt handelt, die ihm so am Herzen liegt, und die er heute ehren will. Im zwölften Jahrhundert wurde sie in der Tat von den Normannen aus Sizilien besetzt. Die Taparurianer organisierten Freudenfeuer während der Sylvesternacht und überraschten während der Festlichkeiten als Bettler, die bis zu den Zähnen bewaffnet waren, verkleidet die Eindringlinge, die mitten im Feiern waren, und machten ihnen den Garaus. Man hatte an diesem Tag, um die Aufmerksamkeit abzulenken, die Kühe mit Schmuck beladen und angezündete Kerzen auf ihre Hörner gepflanzt. Diese seltsame Tragikomödie hat den "Zisternen der Kühe", die noch heute zwei Kilometer von der Medina entfernt liegen, zur Entstehung verholfen. Und da die Stadt an einer fortdauernden Trockenheit litt, wurde beschlossen, diese Zisternen mit dem Geld zu erbauen, das aus dem Schmuck erlöst wurde, den die Kühe während der unvergeßlichen, an diesen Sieg erinnernden Nacht getragen hatten.

Aus all diesen Gründen hat Dahak vor der Lesung der Erzählung Katebs durch Zitouna Wert darauf gelegt, einen Prolog zu organisieren. In seiner Derbheit und seiner mangelnden Kultur gehorsam, läßt Amar seine Tiere los, nachdem er die bengalischen Lichter, die ihre Köpfe krönen, entzündet hat, wobei er sich zurecht Sorgen macht, wie sie reagieren werden. In der Tat stürzen sie los, reißen im Vorbeistürmen einige Büschel Schneckenklee, überreifes Obst oder Petersilie mit sich, werfen zwei oder drei Kästen mit Feigenkaktusfrüchten um, dann lassen sie sich gerade an einer der drei Ecken des Warenhofes anbinden, während sie weiterhin die Nacht mit ihrer Stirn erhellen, von der ein Kreis von funkelndem, freudigem Licht ausstrahlt, das das Gebrüll beruhigt.
Der Tag zeigt sein Gesicht, und Tahar steigt als erster aus seinem dunklen Mercedes. Mit krausen schwarzen Haaren, die perfekt geschnitten sind, trägt der junge Chef einen Anzug von Cardin. In der Tat hätte er wegen nichts auf der Welt die Gelegenheit versäumt, Zitouna wiederzusehen. Die Schriften von Kateb haben ihn niemals interessiert, noch weniger die Erzählung, die er in den besonderen Umständen, die bekannt sind, gelesen hat, ohne darin Stoff zu finden, ihr zu Ehren soviel Rummel zu machen. Beeindruckt bildet das Publikum eine ehrerbietige Eskorte bis zum Ehrenplatz. Tahar nimmt sich Zeit, läßt sich zwischen dem Hof der öffentlichen Versteigerung und den Arkaden der Kaufleute nieder, wobei er schimpft:
- Was für ein Gedanke, uns hierher kommen zu lassen wegen dieser Geschichte!
- Dahak, Si Tahar hat so entschieden.
- Dieser Theaternarr wird sich doch niemals ändern!
Tahar kehrt wieder in seine Schale zurück, dann läßt er sich von innen her von dem Feuer, das ihn verbrennt, verzehren.

Zitouna, meine Liebe, mein Geist, meine Seele, wann kann ich dich besitzen, wann wirst du aufhören, mich so leiden zu lassen? Ich träume von deinen Zärtlichkeiten, ich bin trunken nach dir... Sieh meine Macht, meinen Reichtum, mein Ansehen. Wie kannst du mich verschmähen, mich, der dir Villen und Reisen anbieten würde? Ich bin nur deinetwegen gekommen und dieses lächerliche Schauspiel ist mir unwichtig!

Aber Zitouna ist noch nicht angekommen und Tahar wird bleich vor Ungeduld, während die Kühe, von ihrer Dekoration belästigt, unaufhörlich den Kopf bewegen, den Platz mitten in den kommerziellen Transaktionen erhellend, die die Atmosphäre schwer machen und sich den Teufel um seine Seelenzustände kümmern. Es ist zugleich Markt mit seinem geschäftigen, wimmelnden Volk, und das Fest mit seiner heiteren Menge. Boudeya und sein Orchester beginnen mit einem Konzert aus Trompeten, Tamburins, Zimbeln, Darboukas. Die Leute drehen und winden sich nach Lust und Laune.

Und Sadok tritt seinerseits in die Schranken, indem er sich seinen Weg mit Hupen bahnt. Er vertraut seinen Wagen der Parkaufsicht an aus Angst, daß ihm seine Scheibenwischer oder seine Reifen gestohlen werden. Er leidet auch noch darunter, daß er auf Zitouna hat verzichten müssen, aber der Tag seiner Hochzeit mit der sanften Fathia nähert sich. Hierhin hat ihn eher seine Neugier gezogen, zu entdecken, ob die letzte Schrift von Kateb so dumm ist wie Tahar versichert. Intuitiv und neugierig, wie er ist, sagt sich Sadok, daß die Erzählung seines künftigen verstorbenen Schwagers vielleicht weniger harmlos ist, als sie zu sein scheint. Er hat den vagen Eindruck, daß die Familien Baccar und Maktoub den Schlüssel zu dem geheimnisvollen Verschwinden des Schriftstellers haben. Aber sie werden kein Wort davon sagen. Wie gern Sadok selbst den Schuldigen finden und auf diese Weise Fathia beeindrucken würde. Und wenn in diesem letzten Werk Kateb selbst verschlüsselt den Namen eines Feindes liefern würde? fängt der klarsichtige junge Mann zu träumen an.

Schließlich ist Dahak an der Reihe, auf einem schwarzen Pferd, das sich tummelt, in das Herz des Marktes unter die Lebensmittel und die Leute vorzudringen, wobei er Geschicklichkeit und Kühnheit entfaltet. Mansour ist da, auch er, aber verloren in der Menge, in einem Winkel kauernd, macht er Notizen und paust in seinem Geist blitzlichtartig über das Bild des Kavaliers Dahak das Thema der berühmten Hinterglasmalerei von Mahmoud El-Fériani. Das Kunstwerk stellt einen Helden aus der arabischen Eroberung dar, die Tochter von Patrice Grégoire raubend. Mit Schnurrbart und Turban versehen, schwingt der Junker seinen Säbel. Die beiden Personen sind von vorn dargestellt, und das junge Mädchen breitet seine reichen Kleider auf der Kruppe des Zaumpferdes aus, trägt viele Schmuckstücke und Ketten sowie eine Krone. Das Paar und das Pferd scheinen über eine Fauna von Haustieren und wilden Tieren zu fliegen, Bogenschützen schicken Tausende von Pfeilen los, die weder die Liebenden noch ihr Pferd treffen. Nahe bei ihnen hält ein riesiger roter Vogel eine blaue Schlange in seinem Schnabel.

Mit stolz erhobenem Kopf und herausgestrecktem Oberkörper, das Gesicht gespannt und mit arrogantem Lachen durchforscht Dahak die Gesichter. Wenn er darauf bestanden hat, daß die Runde auf dem Markt stattfindet, heißt das, daß er einen bestimmten Gedanken im Kopf hatte. Verdächtigte er einen Bauern, der Kateb einen wilden Haß entgegenbrachte, weil dieser ihn indirekt beraubt hatte? In der Tat hatte Kateb - im Gegensatz zu seinen Gewohnheiten eines geborenen Rebellen - das Ansinnen der Direktion unterstützt, die *tabias*, veraltete, mit Feigenkakteen bewachsene Einfriedungen, abzuschaffen, um den Verkehr zu erleichtern. Und die Gartenbauern legen Wert auf diese ländlichen Trennwände, die das Traditionelle mit dem Angenehmen verbanden, indem sie ihnen Material lieferten, ihr gewöhnliches Einkommen durch das von Feigen zu verbessern. Zitouna hatte sich nicht enthalten können, ihm die Frage zu stellen:

- Warum diese Haltung? Unsere Bauern sind fest mit ihren Interessen verbunden.
- Aus Liebe zum Fortschritt, antwortete Kateb.
Es ist noch früh, aber der Tag ist schon in vollem Gange. Die Bauern haben sich vor ihren Auslagen niedergekauert, warten unbeweglich, oder gehen umher und unterhalten sich, nachdem sie ihre Produkte verkauft haben. Der offene Hof leert sich. Alle beugen sich zu den Arkaden, um Raum für das Spiel freizumachen. Dahak als Spahi, als Reiter ebenso gut wie als Schmierenkomödiant läßt sein Pferd, das schnaubt, sich ostentativ aufbäumen. Er kennt die Neigung dieser Leute, die alle in der Seele Intrigenschmiede sind, sich durch eine Uniform beeindrucken lassen, und er benutzt und mißbraucht das für die Dauer einer Illusion.
Mansour, dem durch seine lange kauernde Haltung die Glieder eingeschlafen sind, durchquert den Hof und tritt neben ihn, streichelt den Hals des Tieres.
- Der Tag hat kaum begonnen, und du hast schon dein Tier in Schweiß gebracht.
Verlorene Mühe. Übrigens hört sein Freund ihn in seiner geistesabwesenden Erwartung Zitounas nicht. Sie soll über das Meer kommen. Während er mit seinen Pirouetten fortfährt, die die Menge beeindrucken, fühlt sich Dahak von einer neuen Empfindung für diese von allen begehrten Frau hingerissen. Seine Begierde nach ihr hat sich während der Wiederholungen des Festes enthüllt, während er wachsam ein Auge auf seine Kleidung warf, die er seiner Vorstellung entsprechend gestaltete: einen Hauch von Tradition in die Umwälzungen der Bräuche einbringend.
Zitouna, die von dem modernen Kleidungsstil unabhängig war, war ihm als die Frau aus alter Zeit par excellence erschienen, untergeben und geheimnisvoll, und ihr vollkommener Körper bewegte sich unter dem leichten Stoff. Unter dem Vorwand, hier und dort Änderungen anbringen zu wollen, hatte er sie berührt und hatte dabei bis zum Verbrennen gefiebert.

Auf dem schwarzen Pferd seiner Begierde tummelt sich Dahak mit freudigem Herzen. Er will allen seine Männlichkeit und seine Leidenschaft zeigen, wobei er gleichwohl das Geheimnis seiner Liebe für sich bewahrt. Wie soll er sich in der Tat nicht verraten und Gerede heraufbeschwören, das wohlmeinende Seelen nicht verfehlen würden, bis zu den Ohren von Anne-Marie, seiner jungen Frau, der französischen Krankenschwester, zu verbreiten. Diese hält ihn fest am Zügel. Er hat sich mit ihr vielleicht aus einem gewissen Trotz verbunden, da er nicht mit Kateb rivalisieren konnte, dem Zitouna bestimmt schien. Eine flüchtige Anziehung, die keine Folge haben wird. Deshalb genießt er heute die Freiheit, die er sich zubilligt, während der Zeit eines Prologes, der ebenso lebhaft und erregend ist wie der Flug der Spatzen.
Durch das Risiko, aus dem Sattel geworfen zu werden, zur Realität zurückgeführt, verliert Dahak seine stolze Haltung. Die Leute lachen. Da wird er der Inszenator, der das folgende Schauspiel vorbereitet: die Ankunft der Erzählerin.
Die Sonne geht auf, mächtig in ihrem Glanz. Ihre Strahlen schmiegen sich an das halbe Spinnetz, das ungefähr den Stadtplan darstellt, überragt von der Medina. Der Zentralmarkt zieht die Menge jeden Morgen an, um die Bewohner des großen Taparura mit Nahrungsmitteln zu versehen. Heute nimmt das Handeln dort eine fiebrigere Gangart an. Wie gewöhnlich parkt der Polizeikommissar Hamda sein Auto auf dem Platz, macht seine kleine Runde bei den Detailhändlern, indem er sie hochmütig grüßt, gerade die Hand in Stirnhöhe, dann, wenn die Begrüßungen vorbei sind, geht er zu seinem Auto zurück, das er wie durch ein Wunder voller Vorräte findet. So macht er mit einer nichtssagenden Miene, gleichgültigem Blick, ohne sich im mindesten zu ermüden, seine Markteinkäufe in einem Augenblick ohne einen Dinar auszugeben. An diesem Morgen interessiert ihn nicht das Schauspiel von Dahak und noch weniger das Geheimnis von Kateb, einem isolierten Individuum, mit dem abzugeben sich nicht lohnt. Seine Akte wird so

schnell abgelegt werden, wie sie eröffnet worden ist. Wenn man es zumindest mit einem finanzstarken oder politischen Rechtsstreit zu tun hätte, würde sich das Spiel lohnen, aber im vorliegenden Fall hat er etwas anderes zu tun!
Alle Blicke liegen auf der Lauer nach der mindesten Geste. Als Dahak mit seiner Parade aufhört, stürzt man zu dem Tor, das zum Chott el Kreknah führt, das gerade bei der schmalen Straße liegt, die den Markt vom Meer trennt, an das er grenzt.
Wie gewöhnlich kommen die Fischerboote, um ihre Last abzuladen, ein farbiges und nach einer ganz frischen Flut duftendes Meer. Unter diesen Booten profitiert ein kleines weißes Schiff mit gehißtem Segel vom Meereswind, um sich unter die anderen zu mischen. Endlich bricht der Tag an. Wer nicht gesehen hat, wie die Sonne aufgeht über Taparura, wie sie die Schatten auf dem rötlichen Untergrund durchdringt, hat nichts gesehen!
In blauer Djellaba, die mit weißen Stickereien versehen ist, mit einer Kopfbedeckung, die mit Goldstücken und Perlen verziert ist, einem Seidenschal mit weißen und dunkelroten geometrischen Motiven, setzt Zitouna ihren Fuß auf einen vollgestopften Kai. Sie ist blaß. Auf dieser makellosen Barke, die sie herbeigeführt hat und während des kleinen Umwegs, den sie hat machen müssen, um bis hierher zu gelangen, hat sie geweint, aber sie allein weiß es. Ihre Augen haben ungeschminkt ihre Tränen auf ihr schmerzvolles Gesicht ergossen. Die Inszenierung ist vergessen! Zitouna, die am Ende der taparurischen Nacht auf dem Wasser schaukelt, hat das Universum ihres Schmerzes unter dem magischen, purpurfarbenen Impuls des Morgengrauens durchquert. Sie hat ihn heimlich im Schaum der Wellen, die sie zu dieser wimmelnden Mole getragen haben, ertränkt und nun ist sie friedlich und befreit, um die Erzählung von Kateb all diesen Ohren zu berichten, die sie erwarten. Der tote Kateb, von nun an ohne Macht über sie, hat, wie sie weiß, in seine letzten Zeilen eine Wahrheit einfließen lassen, die zu ergründen bleibt. Von nun an von der Beleidigung gereinigt, wird

Zitouna blaß und entschlossen das Märchen im Tonfall derer sagen, die die Macht haben, das Unsagbare zu entziffern. Es wird ihre Reinheit vollenden, sie wird dort den Schlüssel finden, weil sie darauf verzichtet hat, ihn zu suchen. Sie kleidet sich endlich mit ihrer Verfügbarkeit dem Leben gegenüber.

Heiter und schön lächelt sie, verzaubert schon, Trägerin von Worten, die träumen machen, Wortzauberin auf dem Flügel der Legenden. Sie setzt den Fuß auf die Erde, geht mit kleinen Schritten zum Zentrum des Marktes. Die Königin des Festes ist angekommen, majestätisch und unerwartet. Die Leute folgen ihr, aber aus der Entfernung, beeindruckt. Sobald sie das Nordtor durchschreitet, macht man ihr mit Respekt Platz und das Klirren ihrer goldenen Knöchelringe mischt sich mit den freudigen Jujus, die sie empfangen.

Mansour hat seinen Beobachtungsposten eingenommen und kauert sich nieder, um die Szene zu beobachten und fieberhaft Notizen für seine Zeitung vom nächsten Tag zu machen. Er fragt sich, ob das "Ins-rechte-Licht rücken" des Märchens wohl dem berühmten unveröffentlichten Text von Kateb entspricht oder ob Dahak nicht die Dinge verschönt hat, in diesem langen Warten auf die Heldin, erfüllt von seiner eigenen Leistung als Reiter, um sich die beste Rolle zu verschaffen und das Schauspiel mit seiner Handschrift zu markieren. Mansour fürchtet die Verwirrung, die ihm seine eigene Leidenschaft für Zitouna verursacht und macht sich Sorgen, daß er sich in seinen Traum verkapselt statt sich an die blasse Wahrheit zu heften, die die Erwählte seines Herzens als jedermann unzugänglich enthüllt. Und während sie zu dem runden Becken in Form einer Schale voranschreitet, in die sie steigen muß, um von allen gesehen und gehört zu werden, gelingt es ihm nicht, seinen Blick von der Frau zu lösen, die er mit Inbrunst liebt. Einen Augenblick lang sieht er die Medaillons von Thyna mit ihren pausbäckigen, geflügelten Amorknaben wieder, und dieses junge Mädchen mit der so melancholischen Schönheit, das in der Einschließung in dem unveränderlichen Mosaik durch die Jahrhunderte fortdauert. Die mächtige Anziehungskraft dieser Kunstwerke für Zitouna, die Spuren ihrer Stadt, ist heute in den Prämissen ihres Wortes zu lesen. Es ist die Römerin Thyna, gekleidet auf tunesische Weise, die persönlich bis zum Herzen des Marktes des modernen Taparura vorschreitet, um dort die Wahrheit ihrer Abtrünnigkeit nach dem Bild Katebs zu pflanzen. Es ist Thyna, die majestätische die die Erzählung des Geächteten lesen wird, ein Beweis dafür, daß sie die Undankbarkeit der Männer ebenso wie die Grausamkeit eines einzelnen verzeiht.

Zitouna richtet sich in der großen leeren Springbrunnenschale auf, die die Bühne ersetzt, statt sich auf dem gestampften Boden niederzulassen, wie es häufig die öffentlichen Erzähler tun. Die Neugierigsten lassen sich unter den Arkaden nieder, um besser zu sehen, andere wenden sich davon ab und fahren mit ihren Einkäufen fort, andere schließlich nähern sich, um nicht ein Wort von der Geschichte zu verlieren. Es ist selbstverständlich, daß die Familien und die Freunde der Teilnehmer an dieser ungewöhnlichen Runde partizipieren, die sie um nichts auf der Welt hätten versäumen wollen. Handelt es sich nicht um eine Schrift *post mortem* von Kateb? Der Tod schmückt immer wie mit Magie die, die er aus allen ihren Eigenschaften heraus mit sich fortreißt.

Alles ist bereit. Die Leute lassen sich nieder, beeilen sich, schweigen. Zitouna konzentriert sich und macht sich bereit zu sprechen. Da richtet ein spaßhafter Junge, ein langes Bewässerungsrohr ergreifend, das dazu bestimmt ist, nach dem Markt den Hof reinzuwaschen, den Wasserstrahl zum Himmel und läßt in unvorhergesehener Weise ein vollkommen reines Himmelblau unter einer schon warmen Sonne weinen.

- Das ist wohl der Teufel, der seine Frau schlägt, rufen einige Franzosen aus.

Und Mansour sieht darin ein Vorzeichen für ein immer mögliches Unvorhergesehenes, das den Lauf der Dinge umstürzen und in der letzten Minute ein Projekt umwerfen würde.

- Ich wollte Dir ein Mikro geben, entschuldigt sich beschämt das Kind, das ausgeschimpft wird.

Sie braucht es aber nicht. Der Text wird mit einer nuancenreichen subtilen Stimme rezitiert werden, die wunderbar durch den Umfang, den sie wiedergeben und annehmen kann, trägt. Es besteht kein Bedarf nach Künstelei, der Elan des Herzens spricht Bände:

- Allah ist einzig, und es gibt keinen Einzigen als ihn. Jeder Fischer muß ihn um Verzeihung bitten. O edle Leute, beten wir, daß er uns auf den Weg des Guten und des Glücks geleite. Unsere Worte sind wohlgesagt, angenehm und wunderbar zu hören. Wir wollen zu unserem vielgeliebten Propheten beten... Daß Allah ihn segne und ihm den Frieden gebe.

Es war einmal ein alter Fischer, der mit seiner Frau und seinen drei Töchtern in einer Hütte am Meeresufer lebte. So war er nahe bei seiner Arbeit und verbrachte oft die Nacht damit, seine Palmzweighecken im Halbkreis aufzustellen, um Seebarben zu fischen. Seine Familie blieb tagsüber zuhause, um dem Haushalt nachzugehen; er kam nur dorthin, um zu schlafen.

Die Älteste und Schönste der Töchter hieß Zarzour Aâkal. Sie sang, während sie den Fisch säuberte, ließ die marka[21] *kochen oder die Tintenfische trocknen, nachdem sie Sträuße daraus gemacht hatte, die ihr Vater stolz auf dem Markt verkaufte. Die jüngere, Qalb Méchmèche, krempelte und spann die Wolle, die ihr Vater freitags den Webwerkstätten lieferte. Was die dritte betrifft, Ahlem Ennar, so stellte sie Jasminsträuße her, die sie selbst auf der Straße nahe am Strand verkaufte. Jedermann wußte, daß die Töchter des Fischers fleißig, sparsam, gut erzogen und hübsch waren. Die Älteste sagte*

[21] Bouillon aus verschiedenen Fischsorten

immer zu ihrem Vater: „ein Mundvoll in den Bauch und ein Mundvoll in die Mauer", und sie legte drei darein, um sich das Haus ihrer Träume erbauen zu lassen. Die Jüngere sagte: „ein Stern in den Kleidern und ein Stern im Teppich", und sie legte drei darein, bis sie das Haus ihrer Eltern nach ihrem Geschmack möbliert hatte. Die Jüngste sagte: "ein Dinar um zu essen und ein Dinar, um die Gefahren zu bekämpfen" und sie legte drei darein, die sie sparte, um ihre Zukunft zu sichern.

Ihr Ruf war im ganzen Land verbreitet und selbst im Ausland! Eines Tages kam der Sohn des Sultans als Bettler verkleidet, um nicht wegen seines Reichtums geheiratet zu werden, und hielt um die Hand von Zarzour Aâkal an. Der Vater wies ihn zurück: „Du bist nicht reich genug." Der Sohn des Sultans kam hunderte von Malen mit derselben Bitte zurück. Der Vater gab nicht nach. Da bat der Sohn Sultans die Hexe des Viertels um Rat. Wegen dieser Angelegenheit nahm sie an diesem Tag ihr Aussehen einer alten Menschenfresserin an und kam vor die Tür des Fischerhauses: Tak, tak, tak!

- Wer ist da?

- Meine Töchter, ich bin eure Tante väterlicherseits, öffnet die Tür.

- Welche Tante väterlicherseits? Wir haben keine Tante. Unser Vater ist einziger Sohn..

- Ihr kennt mich nicht. Ich bin die Älteste der Familie, ich habe euren Vater erzogen. Ich komme tief innen vom Land und ich habe euch besuchen wollen.

Sie war so beharrlich und schmeichelte ihnen so reichlich, daß sie ihr schließlich die Türe öffneten. Aber Ahlem Ennar war nicht überzeugt, daß es sich wirklich um ihre Tante handelte. Sie machte sich davon und verbarg sich in der Kammer, wo die Töchter schliefen.

Da der Vater zum Abendessen Fisch hatte auftragen lassen, den man vorbereitet und auf den kleinen Tisch gesetzt hatte, sagten sie zu ihr:

- Tante, bleibe und iß mit uns ein wenig Fisch. Du hast die Mahlzeit gesehen, bei Allah, bleibe.

- Nein, meine Töchter, ich werde meine Waschungen, meine Gebete vornehmen und dann aufbrechen... Bewahrt für mich mein Teil unter dem Bett in einer Holzschüssel, die mit einem Deckel bedeckt ist, auf und legt diese Wolldecke darauf, um sie warmzuhalten.

Die Mädchen bewahrten den Teil der Tante auf, wie sie gebeten hatte, aßen zu abend und gingen nach dem Aufbruch ihres Vaters zu Bett.

Um ein Uhr morgens kam die Menschenfresserin zurück, klopfte sehr sanft an die Tür des Fischerhauses: tak, tak, tak...

- Ya hrem el goula, *werde* meftah[22], *öffne die Tür und lasse deine Besitzerin sich ausruhen.*

Die Tür öffnete sich, sie trat ein, fand ihr Abendessen heiß unter dem Bett. Nachdem sie gegessen hatte, breitete sie die Wolldecke über Zarzour Aâkal, die schlief und murmelte:

- Oh Wolldecke der Menschenfresserin, lasse uns fliegen und führe uns zum Palast des Sultans.

Und sie fanden sich wie durch ein Wunder im Palast des Sohnes des Sultans.

Am folgenden Tag fand die Familie des Fischers Zarzour Aâkal nicht. Sie weinten Ströme von Tränen. Die Mutter, die auf ihre Tochter eifersüchtig war, sagte sich, daß vielleicht ein Liebhaber sie gestohlen hatte. Der Vater wurde davon ganz verwirrt. Verrückt geworden irrte er am Tag in der Medina umher und rief des nachts mit lautem Geschrei nach seiner geliebten Tochter. Ahlem Ennar erriet, daß alles an der Tante väterlicherseits lag und daß sie Unglück in ihr Haus gebracht hatte. Sie sagte nichts.

Auf alle Fälle hinderten die Gewissensbisse den Sohn des Sultans daran zu schlafen. Nachdem er seine Gefangene gezwungen hatte, sich ihm die erste Nacht hinzugeben, wagte er sie nicht mehr zu berühren, sondern schloß sie in seiner schönsten Steinhütte ein. Ein Tag kommt, ein Tag geht... und er fährt fort, sich in seinem Kummer zu

---

[22] Wolldecke der Menschenfresserin, werde Schlüssel.

verschließen... Da sagte er sich: "Warum soll ich nicht die jüngere Tochter des Fischers stehlen für meinen besten Freund, der so gut schönschreiben kann? Sie ähnelt ihrer Schwester wie ein Wassertropfen dem andern. Man wird so den Vater zwingen, sie uns zur Ehe zu geben..." Er fragte die Menschenfresserin um Rat. Sie sagte zu ihm:

- Ich regle die Angelegenheit!

Und sie klopfte an die Türe des Fischers: tak, tak, tak!

- Wer ist da?

- Meine Tochter, ich bin eure Tante väterlicherseits, öffnet die Tür.

- Welche Tante väterlicherseits? Unser Vater hat keine Schwester.

- Ich bin eure jüngste Tante, euer Vater hat mich verlassen. Allah möge ihm verzeihen! Ihr seid meine Nichten und ich bin gekommen, euch zu sehen.

Sie klopfte mit den Füßen und den Händen und es gelang ihr, sich die Türe öffnen zu lassen. Sie verbrachte den Tag damit, ihre Waschungen und Gebete zur angegebenen Zeit zu verrichten, und als die Zeit des Abendessens herannahte, lud man sie ein, zum Essen zu bleiben.

- Meine Tante, ihr habt die Mahlzeit gesehen, bleibt. Oualiahi, ihr müßt bleiben.

- Was habt ihr gekocht, meine Töchter?

- Einen großen Fisch, gegrillte Pfefferschoten, ein bißchen Fladenbrot.

- Hört, meine Töchter, ich muß jetzt aufbrechen, eine kleine Besorgung zu machen. Bewahrt mir meinen Teil unter dem Bett in einer Holzschüssel mit diesem Deckel und legt auf den Deckel diese Wolldecke, um ihn warm zu halten.

Die Mädchen bewahrten den Teil der Tante auf wie sie gebeten hatte, aßen zu abend und gingen zu Bett. Ein wenig später stand Ahlem Ennar heimlich auf, nahm die Wolldecke, verbrannte sie in der Küche, warf die Asche in das Klosett, legte eine andere Wolldecke auf den Deckel der Holzschüssel und kauerte sich wachend in ihr Bett.

Um ein Uhr morgens kam die Menschenfresserin zurück und pochte sehr sanft an die Tür: tak, tak, tak!
- Oh Wolldecke der Menschenfresserin, werde Schlüssel, öffne die Türe und lasse deine Eigentümerin sich ausruhen.
Statt der Wolldecke schloß Ahlem Ennar schnell die Türe auf und kauerte sich in ihr Bett.
Die Menschenfresserin trat ein, fand ihr Abendessen gewärmt unter dem Bett. Nachdem sie gegessen hatte, bedeckte sie Kalb Méchmèche mit der Wolldecke, die auf den Deckel gelegt war, und schickte sich an, ihre Macht anzurufen, als die ganze Familie von den Schreien von Ahlem Ennar aufgeschreckt, erwachte und sich auf diesen Wurm von Tante stürzend, sie mit heftigen Messerstichen tötete. Am folgenden Tag versenkte der Vater den Leichnam der Menschenfresserin in den Abgründen des Meeres.
Es ist also die Tante, die unsere Schwester gestohlen hat, aber was hat sie mit ihr gemacht, wohin hat sie sie gebracht, wohin?
Schade, daß Ahlem Ennar sich so schnell auf die Tante gestürzt hat vor ihrer Anrufung, sie hätte den Namen des Ortes des Raubes hören können. Aber was hilft es, sich zu beklagen? Sie hat die zweite Schwester gerettet und nun müssen wir die erste wiederfinden und zurückbringen.
Als am folgenden Freitag Kalb Méchmène ihrem Vater die Wollstränge gab, um sie den Webern zu verkaufen, begriff Ahlem Ennar, daß die Menschenfresserin sich des kleinen Spruches bedient hatte, den ihre Schwester wiederholte: „Ein Stern in den Kleidern und ein Stern im Teppich!" Mit der Decke, also mit der Wolle hat die falsche Tante meine Schwester entführt, mit der Wolle webt man Teppiche und wo findet man am meisten Teppiche? Im Palast des Sultans."
Aber sie sagte sich, daß die Menschenfresserin sich ebenfalls des Spruchs der Ältesten habe bedienen müssen: „ein Mundvoll in den Bauch, ein Mundvoll in die Mauer". Und wo findet man die dicksten

Mauern? Im Palast des Sultans. Und wo befindet sich der Palast des Sultans? Im Borj[23] *de Bal El Kasbah!*
Ein Tag ist vergangen, ein Tag ist gekommen. In einer Nacht unter Nächten hatte Ahlem Ennar die Vision, daß ihre Schwester im Turm des Schlosses des Sultans eingekerkert war. Da der Sohn des Sultans ihr Kerkermeister war, mußte man ein Mittel finden, um sie aus der Macht des Übeltäters zu befreien! Was tun, ya Rabbi[24]*? In ihrem Traum wurde sie zur Sirene, zog den Sohn des Sultans nach Borj Ennar, und während der die wunderbare Erscheinung verfolgte, legte sie heimlich Feuer an das Schloß, um ihre Schwester Zarzour Aâkal zu befreien.*
Wir wollen die Geschichte nicht in die Länge ziehen. Alles, was sie geträumt hat, hat sie getan. Aber niemand kann glauben, daß ihr keiner geholfen hat. Wer?
Man hat nie mehr etwas vom Sohn des Sultans gehört. Und die Stadt hat Trauer angelegt, da man trotz allem das Verschwinden dieses unruhigen, aber großherzigen jungen Mannes bedauerte. Warum nur hat er sich in diese schmutzige Geschichte gemischt?
Wir sind weggegangen und wir sind zurückgekehrt. Allah segne unsere Eltern und gewähre ihnen sein Mitleid für das, was wir erzählt und ausgelassen haben."
- Sieh *da*, sieh da, stellte Sadok fest, bevor er sich aus dem Staube machte, um an seine Geschäfte zu gehen, glücklich sein Auto unversehrt zu finden.
Tahar applaudierte ostentativ, aber ohne Begeisterung und verließ den Ort zornig und enttäuscht. Zitouna hatte ihn keines auch nur flüchtigen Blickes gewürdigt.
Dahak, damit beschäftigt, Amar zu befreien und zu danken, gab das Pferd seinem Besitzer zurück und zweifelte an dem Nutzen seines Prologs. Im Vorbeigehen hatte jeder der drei Männer Man-

---

[23] Steinhaus
[24] Oh, mein Gott!

sour mit der Hand ein Zeichen gemacht. Mit geneigtem Kopf fuhr dieser ununterbrochen fort zu schreiben.
In dem Augenblick, wo er ihn hebt, schickt sich Zitouna an, von der improvisierten Bühne herabzusteigen. Die Ränder des leeren Bassins sind glitschig von einem Moos, das so glatt ist wie die Seife aus Sfax, die nach Marseille exportiert wird, eine Mischung aus der Asche von Salzkraut und einem schlechten Öl. Das laute Vorlesen der Erzählung von Kateb hat sie so meditativ gemacht, daß sie ganz mit ihren Gedanken beschäftigt einen falschen Schritt auf den verräterischen Rand tut. Aus dem Gleichgewicht gebracht, fällt sie schwer auf den Boden und schlägt dabei heftig mit dem Kopf an den Stein. Alles verwischt sich, Zitouna verliert einen Augenblick das Bewußtsein.
Das Publikum, das sich amüsierte, schreit auf und sein Geräusch läßt Mansour sich aufrichten. Eine Menschenansammlung bildet sich. Tahar, Sadok und Dahak, die einen Augenblick in einer gemeinsamen Erregung vereint waren, jeder auf seine Weise die Fabel von Kateb und die Leistung von Zitouna zu kommentieren, stürzen los, zerteilen die Menge und bemühen sich um sie. Nach und nach kommt sie wieder zu sich. Bleich und stumm macht sie mit ihren geöffneten Armen ein Zeichen, man solle sie nicht der Luft berauben. Durch die Lücke, die sich bildet, erblickt sie in der Ferne Mansour, der an seinen Platz genagelt ist, aber mit einem Gesicht, das eine verräterische Unruhe zeigt. Schwankend erhebt sich Zitouna ohne irgend eine Hilfe und geht gerade auf ihn zu. Ihre Blicke verschmelzen. Diskret zieht sie ein kleines Fläschchen aus ihrer *koufia*[25], fängt einige Tropfen auf den Spitzen ihrer Finger auf und salbt mit großer Sanftheit die Stirn des jungen Mannes. Er erkennt die Mischung seiner Mutter, diese weise mit Öl versetzte Mischung, Extrakt der Orangenblüte und des Zitronensaftes. Plötzliche Reminiszenzen dieses wunderbaren Balsams, der ihn

[25] Weibliche Kopfbedeckung

sofort besänftigt, wie er es mit den Spuren der kindlichen Prügel getan hat, Beruhigung im Schmerz durch die von Zitouna ausgeteilte und enthüllte Zärtlichkeit. Sie hat sich verflüchtigt und hat hinter sich das Parfüm eines geschenkten, dann alsbald wieder weggenommenen Straußes gelassen. Nun hat sie schon die Umfriedung des Marktes verlassen.
Wie durch ein Wunder nahm man später an der Ausdehnung und Modernisierung der Stadt teil. Taparura streckt seine eingeschlafenen Glieder aus, verschönt sich mit Wohnhäusern mit Balkons auf flachen Erhebungen aus Wüstensand, gerade neben dem Hotel de Ville und in der Verlängerung des Zentralmarktes, versieht sich mit einem Ausstellungspark, mit einer Busstation, welche das Zentrum und seine Umgebung bedienen, mit einem Festsaal im Freien und luxuriösen Läden, die unter den Galerien liegen.
Die Leere, die das Grabmal im Basrelief und die Büste aus weißem behauenem Marmor von Hédi Faker gelassen haben, wird nach einer Zeit der Fristverlängerung gefüllt. Wenn man das Herz der Stadt während dieser Nacht, die begonnen hat, Fluch und Beschmutzung der Seelen auszuschwitzen, weggebracht hat, wird die neue Skulptur, ein wahrhafter Olivenbaum, durch einen anderen Italiener lackiert, mitten am Tag auf seinem schwarzen Marmorsockel installiert. Wurzeln, Stumpf und Zweige, die wunderbar gelackt sind, erlegen sich auf, harmonisierend in Ehrbarkeit, die sogar die, die dem Vater der Nation geschuldet wird, aussticht. Dieser vertraute Baum, umgestürzt, auf seinem Kopf liegend, die Wurzeln in der Luft, strahlt von der wirklichen Macht der Verständigung. Ein patiniertes Kunstwerk in der Fremde, das aber jedenfalls die Gegensätze versöhnt und einstimmig die Phantasmen auffängt.
Die Stadt hatte ihre Seele in einem demütigenden Schweigen verloren. Der Losungsgesang und sein Zauber um das aufgehängte Grabmal des Chahid haben sich aufgelöst trotz der heftigen Spektakel seines Wortführers, des leidenschaftlichen Kateb. Diese neue

Karte von Taparura hätte ihm gefallen, diesem Lebenden, dem es so schlecht ging, während dieses Symbol, das von der Natur dargeboten wird, sich nur lediglich ohne irgendeinen Umsturz vom Rathaus und den ihm gegenüberliegenden Arkaden wiegen läßt! Die Verschwundenen haben den Festzug der Meinungsverschiedenheiten in ihr makabres Zurückströmen mit hineingezogen und heute drängt sich der schwarze Sockel des Baums kopfüber kopfunter als Ort der Rendezvous für alle auf. Manchmal beschwören Mansour und die anderen die Vergangenheit und die, die nicht mehr sind, aber die natürliche Gegenwart sucht sie an diesem Ort heim.
Das Leben jedoch nimmt in den knotigen Umwegen dieses künstlerisch versteinerten Olivenbaums, welchen die Einbildungskraft mit seinen umgedrehten Blättern und vielversprechenden Früchten schminkt, wieder seine Rechte auf.

Kap. 6: Bab El Kasbah
Die Festung der Liebe und der Intrigen

Gib dem, der dich mit einem Stein schlägt, ein Stück Brot, das Brot wird zu dir zurückkommen und der Stein auf ihn zurückspringen.

Tunesisches Sprichwort

Das Fest ist beendet. Der Markt leert sich zur großen Erleichterung der Händler, deren Geschäfte gestört worden sind zugunsten einer ungewöhnlichen Vorstellung. Zitouna geht zur Medina, um sich zu ihrer Tante zu begeben, an die Orte zurückzukehren, die sie gebrandmarkt haben und die sie seit so langer Zeit nicht wiedergesehen hat. Noch unter dem Eindruck des Unfalls denkt sie über die sehr deutliche Art nach, die Kateb angewendet hat, um zugleich seine Schande auszumerzen und die Orte der Tragödie bekannt zu machen. Der Palast des Sultans, daran braucht man nicht zu zweifeln, ist nichts anderes als die Festung, die sich ursprünglich im Osten von Bab Ed-Diwane öffnete, die das Meer unter ihrer Aufsicht hielt, den Sitz des Gouverneurs barg und eine Garnison, die die Stadt bewachte. Von den Franzosen in eine Kaserne, dann in eine Polizeistation umgewandelt, wo so viele Kämpfer brutal gefoltert worden sind, ist sie während einiger Zeit vergessen worden. Seit Monaten versucht Zitouna, den Gemeinderat zu überreden, ein kulturelles Zentrum unter ihren gewölbten Dächern zu eröffnen, jeden Autoverkehr im Innern der Befestigungswälle zu verbieten, auf dem ungeheuren, mit riesigen Bäumen bepflanzten Platz, wohin die Kinder aller Altersstufen kommen könnten, um zu spielen, zu lernen, sich in aller Ruhe in die Malerei und die Kunst zu initiieren.

Aber dieses kühne Projekt bleibt unbeachtet, obwohl es von Tahar anläßlich einer der erregten Zusammenkünfte des Rates unterstützt wurde. Seiner Darstellung nach widersetzen sich die Anwohner diesem Versuch, den Platz zu beleben, während zugleich ihren Fahrzeugen untersagt würde, dort zu verkehren. Kateb gehörte zur Opposition und trotzte dem Rat und seinen Mitgliedern, zu denen seine Kusine gehörte. Dieses Projekt, als "unrealistisch und unrealisierbar" eingestuft, hat sich in der Phantasie von Kateb verwandelt..."Was ist der geheime Sinn des Märchens?" fragt sich Zitouna vor Bab El Kasbah vorüberkommend, während sie zur Wohnung ihrer Tante geht, dieser Festung, die für sich allein das Geständnis von Kateb und seine eigene Katharsis verkörpert. So zögert Kateb, alias der Sohn des Sultans nicht, die Gründe des Dramas, das er mit seiner Kusine erlebt hat, zu inszenieren. Und wer hätte erraten können, daß er da nicht nur seine Autobiographie in dem Porträt des Prinzen, der in Versuchung geführt war durch das Fleisch, ausbreitete, sondern ebenfalls seinen eigenen Tod prophezeite, indem er seinen Helden zu einem tragischen Ende verurteilte! Instinktiv hat Zitouna sofort erfaßt, daß dort Stoff zur Entzifferung

vorhanden war, daher die Akzente von Aufrichtigkeit, die in der Emotion ihrer Stimme enthalten waren, das Timbre ihrer Betonung, als sie die Geschichte der Töchter des Fischers erzählte.
Die Erzählung, die aus dem Sagenfundus der Region geschöpft wurde, ist von Kateb in einer Weise umgewandelt worden, die ihm ein anderes Leben eingegeben hat. Er hat versucht, darin möglichst nah das Drama der vorzeitigen Versuchung einzukreisen. Der Text, den Dahak Zitouna übergeben hatte, war in der Tat geschwärzt von Überladungen, verstreuten Anmerkungen, unzusammenhängenden Kommentaren, Gedankenfragmenten, mit denen sogar die Ränder überfüllt waren. Zitouna fragt sich nach dem Ursprung der Wortfetzen mit dem provozierenden Ton, den Beleidigungen und Beschimpfungen, die so persönlich und so durchschlagend sind, daß sie nicht nur aus der literarischen Schöpfung kommen können. Hinter dem fiebrigen Gekritzel, den jeweiligen Leitmotiven erriet man die Besessenheit eines Mannes, der durch die Flut von giftig vorgebrachten Wörtern niedergedrückt ist... Wer hat diese vergifteten Pfeile, die fähig waren, Kateb zu inspirieren, aber auch ihn zu untergraben, losgeschickt?
Nach vielen Überlegungen macht sich Zitouna klar, daß eine dieser Personen den Namen ihrer Schwester Ahlem trägt. Kein Zufall in dieser Wahl von Seiten Katebs, der für seine Diskretion und seinen Widerwillen, Wirklichkeit und Fiktion zu mischen, bekannt ist. Hieße das, daß er absichtlich eine Fährte anzeigen wollte? Indem sie ihr Gedächtnis auf die Haltung von Ahlem konzentriert, erinnert sich Zitouna, daß Ahlem sie seit dem Tod ihres Cousins flieht ebenso wie die ganze Familie. Eine Haltung, die sich während der Vorstellung, wo sie eine kalte, kriegerische und düstere Miene zu Schau trug, nur verstärkt hat. Zitouna war schockiert darüber, dann hatte sie sich gesagt, daß es sich dabei um eine Reaktion der Eifersucht gegenüber der zärtlichen Zuneigung, die sie Ibtisem zeigte, handelte. Sollte sich Ahlem von der Komplizität der beiden Schwestern ausgeschlossen gefühlt haben?

Zitouna läßt ihre Fährte nicht los, wider Willen dahin getrieben, ihrer Intuition folgend, die ihr Flügel verleiht. Wohlgemerkt, Kateb gibt Ahlem eine Retterrolle. Hätte er sie für fähig gehalten, ihr allein gegenüberzutreten? Wenn ja, dann aus welchem Grund? Zitouna kannte die Animosität von Ahlem Kateb gegenüber. Sie fand ihn arrogant und eingebildet, seiner Talente zu sicher.
- Aber warum setzt sie Kateb als *deus-ex-machina* des Dramas ein? Warum läßt er sie alleine handeln, fern von den anderen Familienmitgliedern? Vielleicht für einen besonderen Kampf, in dem jeder Protagonist in die Umfriedung seiner eigenen Mauern eingeschlossen wäre, um den Kampf um so hartnäckiger voranzutreiben. Es ist auch seltsam, daß Kateb den Einsatz eines Erzählers abgelehnt hat und es vorzog, daß das Märchen von einer Frau erzählt werde. Dachte er an Zitouna? Mußte seine Botschaft so gebieterisch sein, damit er der Tradition zuwiderhandle, die gebot, daß niemals eine Frau öffentlich diese Rolle übernehmen dürfe, sondern nur zu Hause. Aber sehr wahrscheinlich versicherte er sich durch diesen riskanten Umweg, daß sein Text auch bestimmt von seiner Kusine gelesen würde, die er als einzige für fähig hielt, die Forderungen von Dahak zu erfüllen, was die schauspielerische Fähigkeit betraf. Das Puzzlespiel vereinigte sie wie durch Magie. Alles war gut erkannt und vorbereitet.
Diese vielfachen Fragen, die sich aufdrängen, beunruhigen Zitouna, während sie zur Mädchenkammer ihres Alptraums vordringt. Für einmal sieht sie sich nicht wie gewöhnlich in die Höhle des Schmerzes vordringen. Sie beharrt im Gegenteil darauf, einen Augenblick im Zimmer von Kateb verbringen zu dürfen, dort, wo sie Mansour zum ersten Mal getroffen hat. Die Tante täuscht sich und glaubt, daß sie zu ihr wie zu einer Pilgerfahrt kommt, um das noch einmal zu erleben, was sie für eine Leidenschaft hielt. Aber die Erinnerung an Kateb verwischt sich schon bei Zitouna. Der schmerzliche Zusammenstoß der Vergangenheit verflüchtigt sich. Sie möchte sich ihrerseits an den Orten ihrer ersten Begegnung mit

Mansour wiederfinden, als sie beide noch so jung waren. Sie sieht ihn in dem Zimmer wieder, verletzt und furchtsam, schwach, aber aufmerksam auf ihre flüchtige Gegenwart, von der er zweifellos geprägt wurde. Sie sah ihn an diesem Tag, so charmant, so rührend auf sich selbst zurückgezogen, sogar zusammengeschrumpft, so verschieden von all diesen Männern mit der hochmütigen Arroganz, denen man an jeder Straßenecke begegnet. Sollte sie dabei sein, eine Verliebtheit zu entwickeln? Der kleine Tisch, auf den er sich stützte mit seinem Freund, ist heute noch vorhanden, und Zitouna fängt an, an diesem Schreibtisch zu träumen, wo jeder dieser jungen Männer seinen Geheimnissen und Wünschen folgte...

Seines Charmes und seiner schauspielerischen Reputation sicher war Dahak überzeugt davon, daß seine improvisierte, frei erfundene Leistung einen guten Eindruck machen würde. In Wirklichkeit zählte er darauf, von Zitouna bemerkt zu werden, naiv hoffend, daß er vom Blick aller verfolgt, deswegen nur um so verführerischer wäre. Von seinem eigenen Spiel gefangengenommen und erregt durch seine Illusion der Allmächtigkeit während der Zeit eines Prologs hatte er nicht die Klugheit, es dabei zu belassen, und ging weg, ihr seine Zuneigung zu erklären, während er ihr nach dem Schauspiel hartnäckig den Hof machte. Um nicht seine Eigenliebe zu kränken, antwortete Zitouna ihm:

- Dahak, du bist zu rätselhaft. Du spielst ständig und ich weiß nie, an welche Person ich mich wende, wenn ich Gelegenheit habe, mit dir zu sprechen. Jedermann ist auf dem Laufenden über deine Erfolge als Schauspieler, aber niemand kennt dich wirklich.

Wenig daran gewöhnt, sich so anfahren zu lassen, er der seine Gesprächspartner leicht durch sein geschicktes und überschwengliches Mundwerk drankriegte, antwortete er ihr mit Prahlereien und brach verärgert, bitter und voller Groll auf. Alles in allem war das Übel nicht sehr groß, er hatte nur eine Riesenlust, von Zitouna einen bewundernden Blick zu erhalten, der ihm erlaubt hätte, sich vorzustellen, daß er unter anderen Umständen - war er nicht der Gatte von Anne-Marie? - jede Gelegenheit gehabt hätte, den Platz des Verlobten einzunehmen, den Kateb innehatte. Sie hatten sich zu dessen Lebzeiten zerstritten, es bot sich eine Art von Revanche an.

Kateb hatte ihm entgegengeschleudert:

- Was habt ihr alle gegen mich und du im besonderen?

- Du ähnelst mir zu sehr, du lebst in der Verkleidung, ruhmsüchtig. Ich habe dir beigebracht zu sprechen. Der Spatz füttert nicht den Albatros!

- Deine Lügengeschichten werden an allen Ecken der Stadt erzählt... weißt du, wozu das dient?

- Dazu, dich zum Schweigen zu bringen.

- Immer unverschämt, du wirst nicht lange verbleiben in dieser Stadt, wo die Schmeichelei so beliebt ist...

Während dieser *Erhabene Komödiant* mit Hilfe verbaler Produktivität wie ein Pfeil in des Herz seiner Bürger eindringt, stellt Kateb seine Bücher in baufälligen Vitrinen am Haus der Kultur aus und glaubt, daß er sich so angesichts der eisernen Hand von Tahar, der mit einer "zerschmetternden Mehrheit" "erwählt" worden ist, durchsetzen kann. Zwischen dem berühmten Schauspieler und dem mächtigen Chef eingekeilt, versucht Kateb sich durchzusetzen, schluckt Demütigung auf Demütigung. Seine Bücher wirken so, als stammelten, sie das, was niemand hören will. Die Finanzen wieder aufrichten und Ströme kanalisieren, um die Obstgärten und die Äcker zu bewässern, dafür tritt er ein. Nur die Schulmädchen in blauen Blusen blättern in seinen Werken und ziehen einige Gedanken daraus, die sie in die Praxis umsetzen werden. Zitouna greift also als Vermittlerin ein, fein und intelligent, um die beiden Freier zu versöhnen, die darauf beharren, sich ihr Leben lang in einem Kampf aufzureiben, der einen faden Geschmack hinterläßt.

Einige Tatsachen haben die Aufmerksamkeit von Zitouna auf sich gezogen: der Streit zwischen Kateb und Dahak, dem Schriftsteller und dem Regisseur, geht über den Tod hinaus weiter. Dahak verzichtet nicht darauf, sie mit all dem Gewicht seines dramatischen Talents zu beunruhigen, während sich Mansour immer mehr in seine journalistischen Artikel zurückzieht. Dabei entgeht ihm nichts von der Inszenierung und dem Geschick der Heldin. Gerade seine Gleichgültigkeit macht ihn anziehender in den Augen der schönen Zitouna, die es leid ist, von allen Seiten bedrängt zu werden. Die Schüchternheit des Journalisten wurde ein Trumpf für sie, einfach weil er anders war als die anderen! Sie hat also selbst die Initiative ergriffen, aus freien Stücken nach dem Ende der Erzählung auf natürlichste Weise der Welt die Wahl zu erklären, die ihr Herz getroffen hatte.

Sie fragt sich zuerst, warum sie sich entschlossen hat, Mansour aus den Abgründen des Nichtbeachtens zu ziehen, die er als eine Zurückweisung interpretiert hatte, er, der nur der objektive Beobachter am Rande der aktiven Sphäre war. Nun ist er von jetzt an im Blickpunkt aller. Weder Kateb noch Dahak haben den "schwebenden und ambivalenten" Freund in Betracht gezogen, diesen Schüchternen, der sich nie vorwagt, um den Grund seiner Gedanken zu enthüllen! Sie ist gerade auf ihn zugegangen wie eine Komplizin, die ihren Partner erkennt, einen Verbündeten, auf den man zählen kann. Zitouna mußte sich an das gegenwärtige Publikum richten ohne jemanden auszuzeichnen. An jenem Tag hat sie Mansour gesucht, der über seinen Notizen zusammengekauert war wie ein Fakir, der eifersüchtig ist auf das Angebot, das man ihm soeben gemacht hat. Sie hat sich zur westlichen Ecke der Arkaden begeben, wo Amar neben ihm saß und mit den Füßen auf die kleine Mauer hämmerte, die ihnen beiden als Sitz diente. Bevor sie ihn mit der Waschung - oder dem Zaubertrank - "segnete" hat sie ihm gerade in die Augen gesehen, um ihm die Botschaft des Verstehens und der Intimität zu übermitteln, diese zärtliche Mitteilung, die in der gegenseitigen schweigenden und miteinander konkurrierenden Schätzung des ich und des anderen zu lesen ist. Zum ersten

Mal war das Spiel keine Maske, sondern ein Durchschimmern von Authentizität.
Sie verstehen, daß sie sich gegenseitig vollkommen vertrauen können. Die Zärtlichkeiten mit Olivenöl gleiten wunderbar über die Haut, ergreifen nach Gefallen Besitz davon und verraten aufkeimendes Glück. Das Öl ist ein Balsam, der ihre Verletzungen heilt, und sie mit Ruhe und Friede nährt. Ein unerwartetes Geschenk, das dazu beiträgt, die Sinne von Mansour zu erwecken, ihnen eine samtene Süße verleihend, eine frühlingshafte Milde, die bewirkt, daß sich die Welt um einen wandelt und daß man vor Freude platzt, sie so zu sehen.
Zitouna weiß nun, daß Kateb sich auf dieselbe Ebene gestellt hat, wie der Sohn des Sultans, als sie zur Episode der Person, die ihn holen wollte, gekommen war, heftete sie ihren Blick auf die beiden Freunde. Amar wurde blaß wie der Tod, er, der gebräunte Beduine, der selten die Farbe wechselt. Bei dem Gefühl, daß jemand den Blick auf ihn heftete, wurde er von einem nervösen Tick erfaßt, fing an, sich auf dem Platz, an dem er stand, zu bewegen, deutete ungeschickte Gesten an, die ihn verrieten. Plötzlich verkündet er, daß er vor der Mittagshitze aufbrechen muß, und verschwindet spurlos. Wie hat Zitouna die Intuition haben können, ihre stumme Anschuldigung auf Amar zu richten, der noch einen Augenblick vorher ruhig und sicher schien? War er schuldig, oder verbarg er sein Spiel unter einer vorgetäuschten Ungezwungenheit?
Zitouna hätte sich beinahe wehgetan, als sie auf dem schleimigen Rand der Bühne ausrutschte. Anläßlich dieses Sturzes am Ende der Erzählung hat nur Mansour nicht mit der Wimper gezuckt. Die Schwestern von Kateb und Ibtisem, Ahlem, Fathia, all diese jungen Frauen, die hervorgetreten waren bei der Beerdigung des Schriftstellers, bildeten eine freudige Runde um die Bassinschale, als Zitouna mitten unter sie fiel. War dieses Stolpern Zufall oder Zeichen der kommenden Schwierigkeiten? Oder eine Prüfung, die Zitouna von innen auferlegt wurde, um Mansour dazu zu bringen,

aus seiner Stummheit und Reserve herauszugehen? Alle waren gegenwärtig, aber Mansour hat nicht mit der Wimper gezuckt. Von einer unwiderstehlichen Kraft bewegt wählte sie ihn hier, in diesem Augenblick, wobei sie sich vielleicht der Glut, die ihre Geste ausdrückte, gar bewußt war. In diesem Zusammenhang einander widerstrebender Leidenschaften konnte der Sturz wohl gewollt sein durch das Schicksal als Zündkapsel. Da ist Zitouna noch wankend und in einem benommenen Zustand zu ihm gegangen, um ihn durch die Geste zum Helden des Tages zu machen.

In dieser Region, die so stark gefärbt ist durch die Geschichte, so wunderbar reich an verschiedenem kulturellen Erbe, empfinden die Bewohner die tiefste Geringschätzung, um nicht zu sagen Verachtung gegenüber den historischen Grundlagen, die das Genie des Volkes ausmachen, das zu allen Unternehmungen geschickt ist außer der, sich zu kennen und sich mit seiner Vergangenheit vertraut zu machen. Sie hetzen sich ab, möglichst schnell die Frucht ihrer Arbeit zu ernten ohne sich allzu sehr darum zu kümmern, von Zeit zu Zeit ein Auge auf die Verkettungen der Legenden zu werfen, aus denen sie hervorgegangen sind. Für Si Mokhtar und seine Generation ist es peinlich, nach ihrem Geburtsdatum gefragt zu werden. Sie haben sich in der Tat nie amtlich eingeschrieben und zwar aus mehreren Gründen. Ohne zivilen Status zu sein ist keine Schande, die Zeit, die nach der Stunde oder dem Monat gemessen wird, hat keinerlei Wert. Es hieß nur, daß Si Mokhtar in dem Jahr der außergewöhnlichen Ernte, in dem die Oliven die Größe einer Faust hatten, geboren wurde, der Vater von Mansour in dem der katastrophalen Überschwemmungen, der von Sadok am Ende des Ersten Weltkriegs... Die historischen Anhaltspunkte wurden von dem Ereignis aus angesetzt, das sie in den Bereich der Phantasie rückte. Außerdem bedeutete, seinen Namen ins Register der Regierung einzutragen, daß man sich der Erfassung zum Militärdienst aussetzte. Die Besitzer des Studienzeugnisses waren davon ausgenommen. Es ist zu verstehen, warum alberne Legenden evoziert

wurden, nicht um "einzuschlafen", sondern um sich einer Last zu entledigen. So zieht die Zeit sich zusammen und streckt sich wieder aus nach einem Einfall, der auf den ersten Blick verrückt erscheint, aber für den Taparurianer immer in jeder Hinsicht rentabel ist!
Was Zitouna betrifft, so scheint diese kurzfristige Logik, die Umgebung zu nützlichen und in Geld umzusetzenden Zielen zu gebrauchen, keinen Einfluß auf sie zu haben. Sie hat immer ihre Großmutter fabelhafte Geschichten über das Besitztum Thyna, das sich nahe bei ihrem Obstgarten in Aïn Fallat befand, erzählen hören. Das war eine freie römische Stadt, nicht ohne Bedeutung, obwohl sie nicht durch die Hauptstadt anerkannt wurde, eine Stadt, die geräumiger war als die gegenwärtige Medina mit einem häufig besuchten Hafen, in dem Horden von Soldaten und römischen Bürgern, die aus Italien kamen, ausschifften. Ihr strategischer Platz, um den sie beneidet wurde, situierte sie an der Grenze der ehemaligen Provinz Afrika und der Neuen Welt. Diese Grenze war bezeichnet durch einen breiten Graben, der in Thyna begann und sich sehr weit ins Innere des Landes erstreckte. Dieser Graben, eine Wunde im Leib des Kontinents, auferlegt durch die Eroberung Cäsars, schnitt deutlich in die Gebiete der Region zwischen Africa Vetus im Norden und Africa Nova im Süden ein.
- Die Fremden haben uns immer geteilt, um zu herrschen, sagte die Vorfahrin, die hinzufügte: Diese schöne strahlende und wohlhabende Stadt wurde durch die ersten arabischen Invasionen zerstört. Die Sandwinde der Wüste haben sie von der Karte des Landes verschwinden lassen. Und nach und nach hat man die Ruinen eines großen Dorfs mit seiner Nekropole, seinen Thermen, seinen Zisternen, seiner christlichen Basilika und seinem kolonialen, fünfzig Meter hohen Leuchtturm aus Beton entdeckt. Das Wasser öffnet die Städte und liefert den Bewohnern, die sich um es ansiedeln, die physische und geistige Substanz. Dieser Schatz von Allah lag in dieser Region, die mit allem versehen ist außer mit Wadis vor un-

serer Tür. Und die Römer haben sie gefunden... Heute besitzen wir die Reste eines Aquädukts, aber es ist uns unmöglich, seinen Ausgangspunkt wiederzufinden. Es mußte dort Stauwehre geben, um die Wasser der Wadis abzuleiten und zu kanalisieren. Mit derartigen Elementen kann man träumen...
Zitouna weiß nicht mehr, ob sie diese Informationen über Thyna in ihren Nachforschungen aufgelesen hat, oder ob die Großmutter sie in ihren Gutenachtgeschichten erzählt hat. Sie erinnert sich an diese Anhäufungen von Erde und Steinen über den Gräbern, die Anhöhen darstellten, die sie mit wunderbaren Mosaiken schmückte wie es die Großmutter mit den Ruinen von Thyna tat, indem sie sie mit geheimnisvollen Anekdoten schmückte. Und als ein jämmerlicher Buchhalter in der Nähe von Henchir Thyna mit seinem Bulldozer die Reste der Ausgrabungen herausriß, um sein Terrain zu vergrößern und angeblich das unbebaute Land zu bebauen und fruchtbar zu machen, war Zitouna zutiefst verletzt und zwar um so mehr, als die Aggression lange Zeit unbestraft blieb.
Sie fühlt noch den Schmerz, den man ihr auferlegt hat. Die Bewohner der Region wissen nicht, daß dieser wunderbare Ort eine Seele hatte und daß man ihn gerade vergewaltigt hat, indem man ihn mit einer groben Planierraupe den Bauch aufriß. Eine befestigte Umfassungsmauer, die von halbzylindrischen Türmen flankiert ist, die in regelmäßigen Abständen aufgepflanzt sind, ist Thyna lächerlich gemacht, um nicht zu sagen, massakriert worden von einem eingeborenen Unwissenden, der sein Land erniedrigt, indem er es seiner Symbolik beraubt. Die Obstgärten von Aïn Fallat sind aus der Verachtung des Bodens der Vorfahren zwei Schritte entfernt von den Ruinen von Thyna entstanden, einem kulturellen Erbe, das durch das natürliche beraubt wurde. Verwirrt und wütend hat Zitouna angefangen, diese beleidigende Geste gegenüber dem Boden, der sie entstehen hat sehen, zu hassen, daher rührt ihr Militantismus, um Thyna und sein Erbe zu retten. Eine demütige Aufgabe ist es, ihm neue Pickelschläge zu ersparen und dennoch

fruchtbar, weil dadurch noch zu entdeckende Mosaiken gerettet werden.
Was Thyna betrifft, so sind einige französische Historiker der Ansicht, daß es dort keine "archäologischen Schlachten" zu schlagen gibt. Sie haben ganz einfach die schönen Weingärten bemerkt, die an die ehemalige römische Stadt und die Rebenart Asli grenzten, aus der man einen ausgezeichneten süßen Weißwein macht, der unter dem Namen *Vin de Thyna* berühmt ist. Die Herren de Lespinasse und Pic haben die Weinstöcke an der Straße nach Gabès gepflanzt, weiter entfernt als die Sumpfzone und die Gärten. Zitouna war glücklich, den Ursprung des Namens, der am Beginn des Vorortes von Picville steht, wo sie ihre ganze Jugend verbracht hat, zu erfahren. War es vorherbestimmt, daß sie in Aïn Fallat ganz nahe bei Thyna geboren wurde und in einem Vorort an derselben Straße aufwuchs? Dahin verpflanzt worden zu sein auf die Abhänge dieses "berühmten Grabens, den Scipio der Jüngere anläßlich der Teilung von Numidien zwischen den Söhnen von Massinissa gegraben hatte, um die Grenze zwischen dem römischen Territorium und dem Land der Numidier zu bezeichnen!“ Sporadische Erforschungen, die ebenso unauslöschliche Verletzungen sind, aber in denen man zwei monumentale Tore entdeckt. Das eine öffnet sich Richtung Tacape, das heutige Gabès, das andere Richtung Taparura, dem gegenwärtigen Sfax, ohne daß man die alte Stelle des Hafens fände. Eines Tages legt man eine Nekropole im Nordwesten außerhalb der Wälle frei, eines anderen Tages die Thermen der Rotunde. Keine systematische Ausgrabung, die kunstgerecht ausgeführt worden wäre, damit sich feste Bindungen ergeben können, und die Wirklichkeit der Vergangenheit, in Traum verwandelt, in Erscheinung treten könnte.
Dieses Mal hat Kateb, der das nationale Unrecht für gewöhnlich wieder gutmacht, keinen Finger gerührt. Zitouna hatte ihm einen empörten Bericht abgestattet. Sie hat ihn gebeten einzugreifen, um den Buchhalter-Bauern, den Würger von Thyna, der Wunderbaren,

zu verfolgen oder zumindest die Gerechtigkeit auf den Plan zu rufen und den Schuldigen bestrafen zu lassen.
Kateb hat sich nicht einmal empört.
- Es ist pure Dummheit und Unwissenheit, hatte er gesagt und er wendete sich Bab El-Kasbah, der anderen Zitadelle in Trümmern zu, um eine Sendung vorzubereiten, in der er ohne ein Wort über Thyna, die Aufgeschlitzte, zu verlieren, eine ganze Strategie einer Finanzkampagne für die Grabungen ausarbeitete. Die Taparurianer trennen sich nur selten von ihrem Vermögen aus zivilen Ursachen von allgemeinem Interesse. Sie hätten den Eindruck, sich öffentlich zu entkleiden und nackt mitten im Zentrum der Stadt zu erscheinen. Wenn sie losstürzen, um alle Hilfsmittel aus ihrer unmittelbaren Umgebung herauszuziehen, dann weil sie damit rechnen, es mit einem kolossalen Egoismus bis zur Erschöpfung zu tun zu haben. Wenn erst einmal der Reichtum versiegt ist, legen sie ihr Geld in Immobilien an. Palastvillen in Gärten von Tausend-und-einer-Nacht zu errichten ist der Traum eines jeden Taparurianers, verstehe er sich auf Geschäfte oder nicht. Die goldene Regel besteht darin, daß man seinen Erfolg zeigt. Mit dieser materiellen und ostentativen Seite stellt der Neureiche seine glänzende Behausung, die üppig möbliert ist, zur Schau, selbst wenn er weiterhin auf beengtem Raum wohnt. Zum Beispiel, daß er die Garage in eine kleine Wohnung verwandelt, in der die Familie kochen und leben wird, um nur in der Villa zu schlafen, wenn die Nacht gekommen ist!
Die Stadt lag beinahe tot da unter der vernichtenden Sonne am Anfang des Nachmittags, als Kateb nach Bab El Kasbah gegangen war, um an seiner Sendung zu arbeiten, nachdem er Zitouna verlassen hatte, die enttäuscht war, daß sie keine positive Antwort von seiner Seite erhalten hatte. Es lag nicht in seiner Gewohnheit, sich diesen Ort auszusuchen, um sich zu sammeln und zu meditieren. Und wenn diese Geste nur ein Beharren darauf war, die Nachforschungen nach dieser Seite zu richten? Bei diesem Gedanken über-

raschte sich Zitouna, aber er verließ sie sehr schnell wieder. Es handelte sich weder darum, sich in Verfolgungen der Gerechtigkeit, die lange und nichtig waren, zu stürzen, noch darum, die Vergangenheit wieder aufleben zu lassen, da die Taparurianer sich nicht dafür interessierten. Ihrerseits trug sie Thyna in sich wie ein inneres Juwel, das soeben zerbrochen ist. Kateb hat nicht das Zerreißen bei dieser sensiblen und ratlosen Frau bemerkt, die nicht einmal fähig war, die Gewalt, die man ihrem Fleisch antat, zu rächen. Thyna, erinnert es uns nicht an diesen vertrauten Namen der Feigen, "*tîn*", die die Taparurianer so schätzen, und welche der Koran in einer Sure verewigt hat: "durch den Feigenbaum und durch den Olivenbaum und durch den Berg Sinai..."? Fruchtige und gesegnete Wohlklänge, die Teil ihres Körpers sind und sich im visuellen Gesang, in der Stimme ihrer Großmutter, die sie während langer Jahre gewiegt hat, konkretisieren. An die Quelle des Übels zurückkehren in diesem buschigen Laubwerk der Geschichte ihres Lebens, ohne ihr Wissen zwischen der heiligen Familientradition und den Maßlosigkeiten einer entstehenden Modernität hindurchgleiten.

Es war kein Dialog möglich zwischen dem Cousin, der blockiert war durch seine Schuldgefühle und seinen Egoismus, und der Kusine, die von dem mächtigen Wunsch bewegt war, ihre ferne Vergangenheit wieder aufleben zu lassen. Zitouna will El-Kasbah in ein Kulturzentrum verwandeln, um darin Thyna zu schützen, um in den Bauch der Zitadelle an die Stelle des Kindes den Vorfahren zu setzen, und so Taparura aufs neue entstehen zu lassen. Aber Kateb möchte ein literarisches Café daraus machen in der Art der *Deux Magots* oder des *Café de Flore*, um ein ausgewähltes Publikum dahin zu ziehen und ihm aus seinen Schriften vorzulesen...

Das Wort geht nicht mehr von Mund zu Mund. Die Medina schließt sich um ihre mit Antennen bestückten Häuser, die sich in der größten Anarchie kreuzen, Häuser, die ausgerichtet sind, um das offizielle Wort, das hypnotisiert, aufzufangen. Weder Kateb noch Zitouna haben die Macht, es abzuwenden. Eine schreckliche Strafe, die sich gierig an ihre Eingeweide heftet, gleich dem mit Zinnen versehenen Wall, der ihre Stadt mit Bollwerken versieht. Da hat sich der Plan, ihre Stadt neu zu formen, ihnen auferlegt: Bab El-Kasbah zu restaurieren und ein Kulturzentrum daraus zu machen, in dem neue Ideen diskutiert werden! Vorläufig eine Zwischenlösung. Verwaltungsrat über Verwaltungsrat... ein verlagertes Budget, Vortäuschungen, Taktiken, Klagen. Dann ein Dekret, das Tahar aus Trotz billigen läßt, nachdem er seine Scham und seine Niederlage bei Zitouna hinuntergeschluckt hat, die so kämpferisch ist wie eine römische Statue in einem lokalen Schaukasten.

Bab Ed-Diwane in ein Café oder vielleicht in ein Zentrum zu verwandeln, in dem die Debatten sich wie saubere Wäsche auf den Schnüren ausbreiten könnten. Dieses weitere Projekt, das der Schriftsteller und seine Kusine ins Leben gerufen haben, ist gekennzeichnet von Alpträumen und Einschüchterungen. Kateb erhält sogar anonyme Briefe, die ihm nahelegen, Taparura zu verlassen. Von allen Seiten verfolgt, flieht Kateb zu den Inseln Kerkennah, auf denen er seinem Traum in der Einsamkeit nachgeht trotz der Unterstützung von Mansour und Moses, den wenigen Taparurianern, die weiterhin denken, daß das Ökonomische nur über das Menschliche geht. In einer Sendung, die der "Ermordung der Kultur" gewidmet ist, hatte Kateb gezeigt, daß man dabei war, ihr die Flügel zu beschneiden, um in den nicht rentablen Zement zu investieren. Lieber die zusammenbrechenden Grundrisse des Walls in Kauf nehmen und ihre jahrhundertealten Steine hervorheben. Die empfangsbereiten Gewölbe könnten Kinder aufnehmen, ihnen eine Lektion in der Geschichte vom aktiven und kontemplativen Leben anbieten. Was den äußeren Raum betrifft, so mußte man ihn mit Bäumen bepflanzen, um Ferienkolonien unterzubringen, einen Durchgangsort daraus machen, einen Spazierweg in diesem Freiluftrundtheater, etwas, wonach alle Mitbürger verlangen. Mit ei-

nem Wort, die Grenzen zwischen Leben und Tod, Vergangenheit und Gegenwart, Traum und Wirklichkeit niederreißen.
Zitouna versuchte es noch einmal mit ihrer Aufgabe. Sie bringt Tahar bezüglich des Themas El-Kasbah wieder in Schwung, um dort ein Thyna-Museum unterzubringen, aber zuvor möchte sie das Mosaik *Löwin und Pferde* genau am Eingang des Rathauses aufstellen. Sie spricht mit ihm noch einmal über die Eroberung von Thyna und versucht, ihm die Gewissensbisse einzuflößen, die die Geister heimsuchen und die der Sohn des Sultans in dem Märchen hat empfinden müssen. Sie hat Erfolg in ihrer heiklen Mission, und ihr Schmerz wird deshalb ein wenig gemindert. Mansour hat genau ihr Kommen und Gehen bei Tahar verfolgt. Heute trifft er sie zufällig und lädt sie ein, eine Erfrischung und ein Blätterteiggebäck, das sie liebt, zu sich zu nehmen.
- Thyna bleibt immer noch meine wesentlichste Sorge, sagt Mansour mit dem Wunsch nach Billigung, die man von dem geliebten Wesen erwartet!
- Ja, Tahar sagt, daß er nichts tun kann, um diesen dummen Angreifer zu bestrafen, aber er ist bereit, ein Mosaik gegenüber vom Rathaus genau vor der Avenue El-Raïs auszulegen.
- Welches Mosaik?
- Das, das die fliehenden Pferde darstellt und eine Löwin, die auf eines von ihnen springt, um es zu zerreißen!
- Das ist ein sehr sprechendes Motiv, die Revanche des Weibchens in seiner Einsamkeit an der Zahl, die die Kraft der Männer ausmacht.
- Auch eine Art, die Dinge zu sehen! In diesem Kampf werden immer Pferde, die frei sind, bleiben, während die Löwin allein jagt!
- All das ist eine Lektion, die der Sicht und dem Wissen der Öffentlichkeit anheimgegeben ist. Um den Kampf zu beenden, muß man das Mosaik zerbrechen, man kann es nicht verwischen... In

einem gewissen Sinn ist jeder, jede von uns mit seinem eigenen Kampf verbunden.
Das widerfährt dem Sohn des Sultans in dem Märchen. Kateb hat es wohl begriffen.
- Er hat seine Gefangene mißbraucht wie der Buchhalterbauer es mit Thyna gemacht hat.
Ein langes Schweigen folgt auf diese Unterhaltung. Sie trennen sich vollgestopft mit Süßigkeiten und Zwischentönen, die jeder nach seiner Façon analysieren wird.
Der Heiratsantrag an Fathia hat seine Früchte getragen. Sadoks Mutter hat mit Takt und Diplomatie die schwere Aufgabe vollbracht, die Familie von Kateb anzusprechen und das Jawort ist freudig gegeben worden trotz des Schimmers von Traurigkeit, den das Verschwinden des Bruders verursacht. Sie hatten den "Vertrag" im Rathaus niedergeschrieben, dem Ort des Feierns und der Intrigen, die nicht aufhören, die zu quälen, die sie praktizieren. Gegenwärtig wird die Hochzeit vorbereitet. Die beiden "Nächte des Hennastrauches" sind schon glücklich vorüber. Während der ersten ist die Familie von Sadok zu der von Fathia gegangen, um die Braut, ihre Freundinnen und die ihr Nahestehenden mit Henna zu salben, und in der folgenden Nacht, der der *btala*[26], hat man sich entspannt und die Vergnügungen wurden fortgeführt. In der dritten Nacht, *leilat en-nouzoul*[27], hat man die Braut mit den verschiedenen traditionellen Gewändern, mit Gold und Schmuck überladen, bekleidet. Auf eine Bank oder einen runden Tisch gehoben läßt man sie sich um sich selbst drehen, um bewundernde Lobsprüche hervorzurufen. Eine Konkurrenz an Schmeicheleien. Die Musiker und Schminkerinnen singen und sprechen das Lob von Fathia aus, lassen sie wieder herabsteigen und mehrmals wieder hinaufsteigen auf das Podest, das an Stelle eines Thrones vorgesehen ist, wäh-

[26] Abend der Ruhe nach der Hochzeit
[27] Hochzeitsnacht

rend alle anwesenden Leute sie buchstäblich mit Banknoten von fünf, zehn und zwanzig Dinaren tapezieren. Immer diese Multiplikation mit fünf, um die guten Eigenschaften der Braut zu rühmen und gleichzeitig den bösen Blick zu verjagen. Das Ganze ist weise kalkuliert, um die Leute in Erstaunen zu versetzen, die sich drängen, um das kleinste Detail des am Vorabend ausgestellten Reichtums zu berichten.
Am folgenden Tag, dem Eintritt oder der "Nacht des Vollzugs" werden mehrere Hammel geschlachtet, um den beiden Familien, den nahen Verwandten und Freunden von vier Uhr nachmittags bis zweiundzwanzig Uhr zu essen zu geben. Sadok hat seinen Mercedes mit einem erleuchteten Eiffelturm versehen, der auf dem Dach des Wagens mit seinen blinkenden Scheinwerfern montiert ist, die die Passanten in Erstaunen versetzen. Die Erfindung scheint ihm genial in ihrer Auffälligkeit. Aber man muß die Monotonie zerbrechen, die Stadt kitzeln, die in Routine verfällt. Der Mercedes, der auf diese Weise geschmückt ist, umfährt sie fünf Mal mit Gehupe, das das Zentrum von Bled Essouri auf die Beine bringt. Dann kehrt der Festzug der Wagen zum Festsaal zurück, wo ihn ein Orchester erwartet. Als er aus seinem Eiffelturm-Mercedes steigt, erscheint Sadok am Arm von Fathia. Sie schreiten wie mechanische Puppen vorwärts, die man schon gesehen hat, funkeln von Schmuck und Freude. Die Anwesenden, die in zwei Reihen geteilt sind, empfangen sie mit Applaus und Jujus, während der Orchesterchef ein Lied anstimmt, das für den triumphalen Empfang des Paares vorgesehen ist, während er zugleich versucht, die Parasiten und das Knistern der Lautsprecher zu vermindern. Unter einer ganz aus Licht bestehenden Laube lassen sie sich auf zwei großen Sesseln mit Seidenkissen und Stickereien gegenüber dem Orchester nieder. Gegenwärtig beugen sie sich den Vorschlägen des Berufsfotografen, der sie gekünstelte Positionen einnehmen läßt, um das Ewige in ihnen festzuhalten, diese unvergeßliche Erinnerung an eine Hochzeitsnacht.

Während die Sänger sich die Seele aus dem Leib singen, um im Chor zu wiederholen: „Oh, welch eine Nacht... Oh, welch eine Nacht!" bewahrt das Brautpaar Schweigen, sieht sich verdutzt an. Da rivalisieren die Birnen hinter ihren Köpfen mit den Stimmen, strahlen gelbliches Licht aus, das niemals mit den mächtigen Neonröhren, die sie umgeben, konkurrieren kann. Zwischen dem Gerüst der Brautleute und dem des Orchesters, die einander diametral gegenüberliegen, bilden die Gäste Inselchen, die um kleine Tische, die mit Flaschen frischen Wassers und kohlesäurehaltigen Getränken garniert sind, plaudern. Man wird später eine Runde von Zuckerwerk, kleinen Kuchen aus Mandelteig und Salzigem, kleinen Leckerbissen servieren, um den Zyklus der nahrhaften Festivitäten zu schließen.

Das Dekolleté macht Furore, aber es gelingt ihm nicht, die Blicke, die auf den Schenkeln und den Hüften verweilen, abzulenken. Der Schmuck auf der Brust und an den Armen erregt mehr als einen. Faouzia, die verhexende Sängerin, wird angekündigt. Die Atmosphäre lädt sich noch mehr auf, und man geht vom klirrenden Wollüstigen zu den libidinösen Frustrationen über. Während sie die Liebhaber weiblicher Stimmen entzückt, stürzt Amar zu dem Thron des Brautpaars und versucht es zu beglückwünschen. Nachdem er Fathia die Hand geschüttelt und Sadok zweimal auf die Wangen geküßt hat, zieht er ihn an sich, um ihm den Rat zu geben, den man frisch Vermählten gibt:

- Du weißt, was du heute nacht tun mußt: nimm deine Chechia, werde zornig, zerreiße sie, um deine Kraft und deine Autorität zu zeigen. Deine Frau wird Angst haben und wird gehorsam sein. Vergiß nicht, sie zu beugen, sonst wirst du später Schwierigkeiten haben!

Sadok lächelt, erinnert seinen Freund daran, daß er keine Chechia trägt, und kehrt zu seiner Gattin zurück. Amar nimmt wieder seinen Platz bei Mansour ein und will sich entschuldigen, um vor dem Ende des Abends aufzubrechen, aber dieser hält ihn zurück:

- Neulich habe ich dich befangen gesehen, während der Vorstellung der Erzählung von Kateb auf dem Zentralmarkt, warum bist du so schnell aufgebrochen?
- Ich wollte vor der großen Hitze nach Aïn Fallat zurückkehren.
- Sag mir die Wahrheit. Du hast dich von Zitouna angesehen gefühlt, die zu glauben scheint, daß du es bist, der Kateb abgeholt hat.
- Ja, ich kam ihn immer besuchen, um ein bißchen zu rauchen und um ihm Nachrichten von Zitouna zu geben, wenn sie auf dem Land in den Ferien war.
- Das wissen wir alle. Aber du warst auch an dem Abend vor seinem Tod da.
- Ich wollte es Euch nicht sagen, weil ich Angst hatte, daß man mich beschuldigt, ihn getötet zu haben. Und du weißt wohl, daß ich es nicht war.
- Dann erzähl mir, was wirklich geschehen ist.
- Kateb ging gern nachts aus, mit mir oder anderen zu rauchen. Mich störte das nicht. Ich kam oft weit vor Morgengrauen, um meine Früchte zu verkaufen, und ich ging vor seiner Türe vorbei und klopfte. Kateb blieb sehr lange auf, bis drei oder vier Uhr morgens. In dieser Nacht habe ich ihm einen Kasten mit Feigen und einen Brief von Ahlem, der Schwester Zitounas, gebracht. Sie hat mir den Auftrag gegeben, ihm den Brief auch bestimmt persönlich zu übergeben. Ich weiß nicht, was er enthielt, aber Kateb wurde so zornig, daß ich ihn nicht wiedererkannte! Er hat seine Pfeife zerbrochen und fortgeworfen. Er hat den Brief mit einer wütenden Geste in seine Tasche gestopft. Umsonst versuchte ich ihn zu beruhigen, er wollte nichts hören. Ich habe ihm beinahe eine halbe Stunde auf den Rändern des Walls Gesellschaft geleistet. Es saß zwischen zwei Zinnen, rauchte Joints und gab sie mir weiter. Ich saß auf der Terrasse innen im Wall unten auf der Erde. Plötzlich beginnt er irre zu reden. Ich verstand nicht, was er sagte. Er wurde zornig gegen mich, hat mich als armen Nomaden, unwis-

senden Fellachen beschimpft. Es war das erste Mal, daß er mich so beleidigte. Ich habe ihn eine Weile gewähren lassen, dann habe ich mich geärgert. Ich hätte Lust gehabt, ihn zu töten, aber ich wußte, daß nicht er es war, der sprach. Der Haschisch stieg ihm in den Kopf. Was tun?... Ich habe also nicht geantwortet und bin zum Markt aufgebrochen. Es war dunkel, die Nacht war schwarz und trüb. Schwarz wie Brombeeren. Mir schien, daß Schatten oder Silhouetten an den Mauern entlanggingen... Zonen von schwarz, noch schwärzer als die schwarze Nacht. Ich habe die Beine unter die Arme genommen und bin von dort weggerannt wie ein Blitz... Und ich weiß nichts weiter. Ich habe die Nachricht von seinem Tod viel später bekommen.

- Und du hast nicht versucht, deine Geschichte bei der Polizei zu erzählen?

- Du bist verrückt. Sie hätten geglaubt, daß ich der Schuldige bin!

- Ich weiß, daß du unschuldig bist, ich halte dich nicht für fähig, einen Freund zu töten, selbst wenn er dich übel behandelt hat.

Amar bricht beruhigt durch das Verständnis von Mansour auf, genau in dem Augenblick, als der Kommissar Hamda von einer Runde bei den Haudegen und den Strolchen zurückkommt, die er dabei überrascht hat, wie sie um das Hochzeitsfest schlichen. "Immer gleich unfähig", denkt Mansour, während er sich Hamda zuwendet:

- Es ist dir nicht gelungen, diese Strolche zu vertreiben, die auf das kleinste Anzeichen eines Festes aufpassen, um sich einzumischen...Und die Nachforschungen über den Tod von Kateb, wieweit bist du damit?

- Wir sind auf einer Spur. Wir verdächtigen einen Bauern, den du kennst, aber wir haben keinen Beweis, so überwachen wir ihn weiterhin.

- Gib acht, daß du dich nicht auf falsche Fährten begibst.

- Wir haben noch andere. Kateb hat die sozialen und politischen Karten derart verwischt, daß es nicht an Motiven mangelt.

Zum Beispiel?
- Viele haben ihm seine offene Redeweise übelgenommen, die sie schockierte. Außerdem wird sich der ganze Verwaltungsrat des Direktionsbüros, dessen Sympathien er sich mehr oder weniger verscherzt hat, nicht darum reißen, Kateb zu rächen, wenn er überhaupt getötet wurde. Da Zweifel in ihren Köpfen herrscht, werden diese guten Bürger nicht übereifrig sein...
- Wie du, was!
Das Hochzeitsfest geht seinem Ende zu, aber der Schatten von Kateb lastet noch auf den Geistern. Übrigens überlagert der Trauerzug sich mit dem "Eintritt der Hochzeit", die er gerne für sich ausgerichtet hätte... aber leider! Keine Zuflucht in der Freundschaft, während die höllische und mächtige Musik den Gästen derart in die Ohren gellt, daß sie sich nicht mehr verstehen können. So erwachen Knäuel von Enttäuschung, die mit dem Zwischenfall am Wall verbunden und durch die Festivitäten der Nacht bloß verdeckt sind. Der Geist von Kateb hält die Köpfe besetzt: ein kokettes Zusammentreffen zwischen dem Tod und dem Beginn eines Lebens, der gefeiert wird. So etwas wie eine Paarbeziehung hat sich durch die Tragik dieses verkürzten Lebens aufgelöst, während ein anderes Paar sich mit der Schwester des Verstorbenen bildet, die ihren Bruder nicht vergessen kann.
Einige Tage nach der Hochzeit erfährt man, daß Dahak das Land verlassen hat, um nach Frankreich zu gehen. Sein Talent scheint in seiner Stadt nicht mehr gefragt zu sein, die von Worten, die nichts einbringen, gesättigt ist. Er ist weggegangen, um ein besseres Glück zu suchen... vielleicht kann er mit seinem Mundwerk den Fortschritt auf den Fähnchen erscheinen lassen, die den populären Festen vorbehalten sind. Der Aufbruch eines Intellektuellen wird in dem stur materialistischen Taparura nicht einmal wahrgenommen. Die Leitung hat beschlossen, die Statue, Wurzel des Olivenbaumes vom Zentrum der Stadt, zur westlichen Seite des Walls zu verlegen. Sie öffnete den Taparurianern zu sehr die Arme, erin-

nerte sie an ihre Herkunft und ihren Stolz. Man hat also beschlossen, sie von ihrem privilegierten Platz zu holen, um sie an der Straße, die an die mit Zinnen versehene Mauer grenzt, in einem kleinen öffentlichen Garten unterzubringen, nach einem Tennisplatz und dem Totendenkmal am Platz des 5. August. Die Gründe für diese Versetzung bleiben unbekannt. Schon gehen die Taparurianer um einen leeren runden Platz herum, dieses ausgerissene Herz, von dem man nicht weiß, durch was oder wen es ersetzt werden wird...

Kap. 7: Bab El-Gharbi
Die Versuchung des Okzidents

Geduld, und mache aus der Geduld eine Waffe,
Das ist eine sichere Sache.
Die Tage werden blühen und du wirst dir eine Atempause gönnen.
Ich sehe den Blitz am Himmel glänzen
Und die Wolken sich neben dem Zelt von Rmila verdunkeln,
Sie erscheint und gräbt die Rinne.
Ich höre das Klirren der Schmuckstücke und der Ringe, die klingen.
Die Engel, überrascht von ihrer Schönheit, entfernen sich von ihr
Und bitten Gott um Verzeihung.
Und sie verbringt die Nacht damit, das Rinnen der Wasser zurückzudrängen.
Das Heldengedicht von Hilal.

Die Braut ist groß
Und die Tür des Hauses
Ist so klein.

Tunesisches Sprichwort

Auf der anderen Seite von Bab el-Kasbah öffnet sich Bab el-Gharbi auf das Land des Sonnenuntergangs, läßt vom "Exil und dem Königreich" des Fremden träumen und verschafft den Befürwortern der Sklaverei jeglicher Couleur Alpträume. Welch eine Umwälzung, als die Autoritäten beschlossen haben, ihre Optik zu ändern, von einer blühenden Marktwirtschaft zum Kollektivismus, der heimlich durch einen mit fünf Ministerien versehenen Minister eingeführt ist, überzugehen! Jedermann ist eines Morgens erwacht, dazu gezwungen, sich in Kooperativen neu zu gruppieren. Sadok hat wie jeder Händler oder Besitzer dieser Geißel nicht entgehen können. Die Vermögen ausbalancieren, eine exemplarische Gleichheit errichten, sind Hauptmotive der Politik, jener Gruppe seit rund zehn Jahren. Dazu gezwungen, widerspruchslos diesem Regime, das eingesetzt wurde unter dem Vorwand, eine soziale Justiz zu errichten, anzuhängen, legt Sadok sein Geld auf einem Konto an, das für den nicht erklärten Träger blockiert ist und fängt an, Däumchen zu drehen, um seine Zeit auszunutzen und nicht die Geduld zu verlieren! Er wird doch nicht die Regierung fett machen, wie den Hammel von Aïd, der am Ende des Ramadan geopfert werden wird! Er kann nichts unternehmen oder vorbringen angesichts der Gefahr, verbrannt zu werden wie ein Achourafeuer. Als Stadt der Initiativen und der Produktion stirbt Taparura dahin. Der Taparurianer akzeptiert keinen Harnisch, woher er auch kommen möge. Er hat eher die Tendenz, die Ordnung umzukehren, um seinen Einfallsreichtum und seine Hartnäckigkeit, jede Direktive zu umgehen, zu zeigen.

- Die Stadt stirbt wie ein Meerwolf, sagt Mansour zu Sadok, während sie beide im Café des Hotel Mabrouk Palace am Tisch sitzen.
- In der Tat müßtest du sagen, daß ich dabei bin, auf dem Trockenen zu schwimmen. Wenn er erst einmal aus dem Wasser gezogen ist, zuckt der Seehund nicht einmal!
- Und was machst du?

- Ich warte darauf, daß der Raïs seinen Adjutanten tadelt, und wenn erst einmal der Sündenbock geopfert ist, wird man die Türen öffnen.
- Du scheinst die Dinge gut vorherzusehen. Und Moses, wie wird er sich nun benehmen, wo er seine Gesellschaft zum Export des Zitexöls gegründet hat?
- Er ist der reichste Ölexporteur von Tunesien. Ich mache mir keine Sorgen um ihn, besonders da er Filialen im Ausland besitzt. Aber wie wird er sein Geld aus dem Land schaffen, wenn er zur Abreise gezwungen wird?
- Du weißt das besser als ich. Es wird Handel geben!
- Ja, es scheint, daß ein "sehr bekannter" Arzt um die Genehmigung gebeten hat, den Fonds der Zentralbank zu transferieren, um medizinisches Material in Frankreich zu bestellen. Man macht ihm eine Rechnung pro forma und er stürzt zu dem französischen Verkäufer, um die Ware zu blockieren, die niemals nach Tunesien geliefert werden wird. Der Arzt ist also aufgebrochen, nachdem er sein Kabinett aufgegeben hat, um von den hundertzwanzig Millionen, die ihn auf der anderen Seite des Mittelmeeres erwarteten, zu profitieren!
Zitouna bewahrt ein idealisiertes Bild des Zaïm, den sie bei sich zu Hause traf, als sie kaum sieben oder acht war. Sie erinnert sich, daß sie ihre Schwester Ibtisem gebeten hatte, sie früh am Morgen zu wecken, damit sie ein Geschenk für ihre Freundin Hayet kaufen könne, die ungerechterweise von der Lehrerin Madame Chrochet in die zweite Reihe zurückversetzt worden war. Zitouna wollte diese Ungerechtigkeit ausgleichen, indem sie ihr ein schönes Buch in der Buchhandlung Aymerie kaufte. Als sie aus ihrem Zimmer kam, die Augen noch verschwollen vom Schlaf, bemerkte sie einen Fremden, der im gegenüberliegenden Zimmer schlief. Ein nackter Fuß ragte aus einer Unterhose und unter der Decke hervor. Der Zaïm bemerkte sie, die sich davonschleichen wollte, und bat sie mit lauter Stimme, ihm einen frisch gepreßten Orangensaft zu

bringen. Er war zweifellos wegen einer Versammlung nach Taparura gekommen, bei den Baccar in Picville nach der Stunde, zu der die Kinder zu Bett gingen, abgestiegen. Der Vater von Zitouna und er waren Freunde. In dieser Zeit versteckte Si Mokhtar Waffen bei sich und trug finanziell zum Unabhängigkeitskampf bei.
Da es keine Orangen im Haus gab, schickte der Vater sie in aller Eile zum Gemischtwarenhändler an der Ecke, damit sie welche kaufe. Sie bringt zwei Kilo Orangen der Marke Thompson, bereitet den Saft und bietet ihn dem Zaïm an. Da erfährt sie, daß sein jüngerer Sohn Ali auch anwesend ist. Er hat die ganze Nacht kein Auge zugetan wegen der Standuhr Big Ben, die alle Viertelstunde geschlagen hat. Zitouna sieht das Gesicht des Leaders wieder vor sich, entspannt und väterlich, sie kann nicht glauben, daß derselbe Mann eines Tages fähig sein wird, seine Mitbürger zu enttäuschen. Warum versieht die Macht die sanfteste Natur mit einem häßlichen Gesicht? Das unversehrte Bild des Vaters der Nation, das sie in Erinnerung behalten hat, entspricht nicht mehr der Wirklichkeit. Das Porträt wird schwammig, distanziert und deformiert durch den Spiegel der Zeit.
Der Zaïm, Freund der Familie, hat ihre Wange gestreift, hat sie darum gebeten, ihn auf der Terrasse zu bedienen. Er hat sich an sie mit einem gewissen ansteckenden Enthusiasmus gewandt, wobei er sich zugleich bewußt war, daß das Räderwerk sie in der Geschichte ihrer Stadt, anschließend der ihres Landes ergreifen würde. Diese einfache Geste einer Persönlichkeit, die stark an Ausdruck und Prestige ist, hat sie in der Folge enttäuscht. Sie sah Taparura in Unruhe und Unbeweglichkeit tauchen, unfähig, sich daraus herauszureißen, wie die Statue des Olivenbaums, die in den Schatten der geschnittenen Lorbeeren verpflanzt ist, sich in eine dunkle Ecke der Stadt versetzt sah. Zitouna fühlt sich ausgeschlossen, dazu verurteilt, sich ganze Nächte in der Hölle des Dirigismus zu drehen. Sie kann sich nicht wie ihre Vorfahren unter die Fuchtel

eines Marabout[28] flüchten, indem sie darauf wartet, daß die Stadttore geöffnet werden. Ihr Urgroßvater hat erzählt, daß er das schwere Tor der Befestigungsmauer geschlossen fand, wenn er den Acker erst spät verließ. Er war dann gezwungen, außerhalb der Wälle zu übernachten, in der Dunkelheit tastend die Wohnung von Sidi Ali El-Ouichi zu suchen, um die Nacht unter seinem Dach zu verbringen. Alle Passagiere, die überrascht wurden, wurden in dem Mausoleum von Ouli Essalah aufgenommen, das nur noch als Ruine dastand, aber man mußte sich noch den Schlüssel auf dem Vorplatz des Marabout besorgen. Und heute kann man sich nicht irgend etwas unter dem Zwang, den der Minister Ben Malah auferlegt hat, beschaffen. Wie soll man nicht die Gefräßigkeit der *houkouma*[29] fühlen, die als gierige Krake die Früchte aller Initiativen verzehren will?

Zitouna ist schockiert vom Schrecken des Endes des Dezenniums der sechziger Jahre nach der Begeisterung und den Aufschwüngen der Unabhängigkeit. Hat der Zaïm nicht revoltiert gegen die Anklage "des Verrates", die Si Mokhtar gemacht wurde? Sie erinnert sich an ein anderes Treffen mit dieser bedeutenden Persönlichkeit. Man bereitete ihm ein Fest in Taparura vor, und ihr Vater war nicht auf der Liste der Geladenen. Der Leader hat wütend geschrien:

- Ich werde nicht essen, bevor Si Mokhtar Baccar an meiner Seite sein wird.

Der Befehl wurde ausgeführt, aber nicht ohne Hin und Her und Furcht. Zitouna, die stolz war auf diese Umkehrung der Norm, konnte sich nicht enthalten zu denken, daß manche nicht die Chance haben, auf diese Weise Gerechtigkeit zu erfahren. Wenn Unschuldige wegen Verrats angeklagt und verurteilt werden, wird der Raïs gegenwärtig nicht antworten!

---

[28] Lokalheiliger

[29] Regierung

Die Familie Baccar verbrachte die Sommer damit, "jede Frucht der Mutter zu ernten und zu essen" in Aïn Fallat, die reine Luft "bei Allah" zu atmen. Heute ist diese ganze Enklave von Obstgärten nur noch eine entsetzliche Wüste. Die NPK raffiniert den Schwefel, die SIAP behandelt die Phosphate, beerdigt bei derselben Gelegenheit die Stadt unter einem gelben Leintuch, das ungestraft den Krebs in die Lungen der Bewohner trägt. Eine selbstmörderische Luftverschmutzung ebenso für die Wesen wie für die Pflanzen. Die Taparurianer, die in die Intrigen des Verdienens verstrickt sind, unempfindlich gegenüber der Veränderung der Luft, die sie atmen, verfolgen mit ruhiger Seele ihre Konstruktionen von Wohnblocks und Häusern. Gerade die Wohnungen gegenüber dem Kranz der mittleren und großen Unternehmen stehen das Ufer entlang im Südwesten an der Straße nach Gabès und im Nordosten an der Straße von Sidi Mansour. Eine Industriezone, der es gut geht, ein lichtvolles Band, das die Stadt und seine Einwohner mit seinen Lymphknoten, die am Hals von Taparura hängen, in ihrer ockerfarbenen, schmierigen Umzingelung erwürgt. Die beiden großen Fabriken, Brüste der Unordnung, stoßen schwarzen Rauch aus, der die Reinheit des Himmels mit seiner Schädlichkeit umrahmt.

Da Aïn Fallat dezimiert worden ist, hat sich Si Mokhtar mit dem Gedanken ausgesöhnt, ebenfalls einen Bungalow im neomaurischen Stil gegenüber dem Strand von Chaffar - dreißig Kilometer von dort - zu erbauen, um der Luftverschmutzung, der großen Hitze von Picville zu entgehen und einen Ort zu finden, der geeignet ist zum Baden. Kein Taparurianer kann aus seinen Adern die Liebe zum Meer entfernen. Eine symbiotische Liebe... Nur der Tod kann ihn dieser Liebe berauben. So empfindet er das Bedürfnis, sich dem Meer um jeden Preis zu nähern. Der Vater von Mansour hat eine Villa an der Straße von Sidi Mansour neben dem Strand, der für das Baden der Tiere vorgesehen ist, errichtet, weiter entfernt als der Ort, der den Kamelen, die es nach dem Meer gelüstet, bestimmt ist, den Pferden, die im von Algen und Tang verschmutzten Wasser wiehern, den lethargischen Eseln und ausgehungerten Hunden, die als einzige das Tauchbad genießen, das ihr Fell aufrichtet. Selbst während der Wirtschaftskrise, diesem Schraubstock, der seiner Beute sicher ist, investieren die Taparurianer in den Stein, der als einziger ihre Angst vor dem Verschwinden mildern und eine wirksame Garantie liefern kann, daß sie wieder zu ihrem Vermögen gelangen... Anarchistische Konstruktionen, die die Stadt und die sie umgebenden Gärten entstellen.

Auf der östlichen Küste, im Norden des Golf von Gabès, besitzt Taparura das am meisten vergiftete Meer der tunesischen Küste. Als Hauptstadt des Südens ist sein Exporthafen der erste des Landes. Seine Bewohner lieben das salzhaltige Knabbern, das sie aufmuntert, während es zugleich das Interesse, das ihre Stadt erweckt, die staubigste von Tunesien, auf Hochglanz bringt. *Iß den Fisch nur lebend aus dem Herzen des Meeres*, sagt das Sprichwort. So nisten sich die Bürger an den Stränden ein, an denen sie ein Schloß nach dem anderen errichten, an eben der Küste, die sie mit dem "besten Fisch" des Mittelmeeres nährt. Da sie es auch lieben, Residenzen zu sammeln, lassen sie die kleinen Wunder der Villen im Inneren von fruchtbaren Gärten wuchern: eine homöopathische Vermischung mit den Früchten, die die Ausländer erstaunt. Und man wird ihnen sagen, daß die besten Aprikosen, die besten Feigen, die besten... aus Taparura stammen. Eine ständige Hochzeit zwischen Erde und Meer, die ihre Leidenschaft für ihre Stadt intensiver macht, die oft beneidet und deshalb geschmäht wird.

Am Ursprung hieß die Stadt Taparura, was auf berberisch "Festung" heißt. Sarazenische Festungen mit Zinnenmauern und Türmen mit verschiedenen geometrischen Mustern. Zuerst Durchgangsort, dann Ruhestation für die großen Nord-Süd-Reisenden des Kontinents, funktioniert ihr Verteidigungssystem durch das Fluten und Zurückfluten, das mondabhängige Verhalten der Gezeiten. Die beiden Straßen am Ufer sind gepunktet von Vorstädten, die sich zur Stadt hin öffnen. Am Ausgang zur Straße von Gabès durchquert man Picville, dort, wo Zitouna inmitten einer kosmopolitischen Bevölkerung aufwuchs, die ihr Geschmack für das kulturelle Mosaik, seine ethnische und religiöse Verschiedenartigkeit vermittelt hat. Es ist auch die Straße nach Thaenae, einer römischen Stadt, die bedeutender war als Taparura wegen ihrer strategischen wie politischen Situation. Thyna, das am äußersten östlichen Ende der Staaten von Juba lag, revoltierte und übergab sich Cäsar; es wurde Kolonie unter Hadrian. Der Graben von Scipio, die Grenze zwischen dem karthagischen Territorium und dem numidischen Königreich, verlief auf den Norden dieses Punktes zu.

Thyna, das in das Fleisch der Taparurianerin, die an ihrer Flanke geboren wurde, eingeschrieben ist, ist geplatzt wie ein zu reifer Granatapfel, vergewaltigt von Feiglingen, denen es an Geld fehlte, aber seine Sonne bescheint noch alles mit ihren Feuern. Sich total mit ihrer Stadt identifizierend und revoltierend wie diese, hat sich Zitouna von dem schüchternen Mansour angezogen gefühlt. In einer Ecke des Zentralmarktes kauernd, sehr aufmerksam dem gegenüber, was sie erzählte, ist ihm kein Hauch ihrer verzaubernden Stimme entgangen. Trotz der Traurigkeit des Märchens ist er den Peripetien mit Interesse gefolgt... und die Stimme der Erzählerin hat sich in sein gieriges Herz gegraben, in dessen Tiefen die freudigen Furchen der Hoffnung grabend. Die sind selten, die die Kraft besitzen, sich zurückzuziehen, um die anderen glänzen zu lassen, die bereit sind, die Ungläubigen und die Unschuldigen zu betören. Mansour verabscheut es, die Aufmerksamkeit auf sich zu ziehen, selbst wenn es darum geht, sich selbst ins rechte Licht zu rücken. Nun, die Aufmerksamkeit wird auch oft als Geißel von denen genommen, die irgendeine Autorität zu repräsentieren glauben.

Der junge Mann ist immer vom Spiel der Gesten und der Worte fasziniert. Unmöglich, ihn aus der Arena der *fdaouis*[30] herauszuziehen, diesen Schönrednern, die alles verkleiden, nicht um euch zu ködern, sondern um der Realität, die sie umgibt, mehr den Charakter der Wahrheit zu verleihen. Er hat immer die Nase in die Angelegenheiten dieser Erzähler gesteckt, die mehr die Kunst des Wortes als die des Geldscheffelns beherrschen, wie es unsere guten Taparurianer tun. Er hat sich einen Haschischraucher zum Freund genommen, der ihn in das Reich des Traums und der Halluzinationen mitgezogen hat. Nun ist er verloren in den Arkaden einer verliebten Beziehung mit Zitouna, trunken davon, die Größe seines vielfachen und differenzierten Erbes zurückzuholen. Und diese Stadt, die aufgeblüht ist von Vorstädten, sich mit Schwefel- und Phosphatraffinerien erstickt, erschöpft sich damit, ihre Produkte und ihre Söhne sowohl in das Land als in die Fremde zu exportieren. Sie hält sich für das Zentrum der Welt des Glücks und der Freude, in Wohlstand und Zwietracht zu leben! Aber die kleinen Streitigkeiten führen oft zum Krieg... und Mansour will nur durch Selbstbeherrschung siegen.

Anläßlich eines langes Abends bei Sadok und Fathia hat man sich auf der Veranda der Villa in bequeme Sessel gekauert und hat angefangen, sich mit Zuckerwerk und Früchten vollzustopfen und mit Geschwätz zu sättigen, zwei Elementen, die notwendig sind zum Funktionieren des Bewohners von Sfax. *Petits fours* aus Mandelteig, bezuckerte Mandelstückchen, Plätzchen aus Rosinen und getrockneten Feigen, Mandelhoniggebäck und Mandelhörnchen kreisen zwischen Gläsern voll hausgemachtem Erdbeer- oder Melonensaft, Pfefferminztee und Tee aus Pinienkernen. Nun sind die gegrillten Mandeln und Erdnüsse abwechselnd mit salzigen Kürbiskernen, die mit anderen frischen Getränken serviert werden, an der Reihe und weitere Gläser voll Tee, die noch süßer sind! Um

---

[30] Öffentliche Erzähler

der Abwechslung willen bietet man Pflaumen, Pfirsiche, Äpfel, Birnen, Früchte von Feigenkakteen, Trauben und allen Arten von Feigen an: *kahli, tauri, sultani...* das alles von Wassermelonenscheiben begleitet, um den Durst zu löschen.

Von einundzwanzig Uhr bis drei Uhr morgens keinerlei Ruhe für die Kiefer, und jeder gibt seine Geschichte vom Geld und kommerziellen Transaktionen zum besten. Aber da die Zeit nicht geeignet ist für Gewinn, und das Unglück über den Köpfen schwebt, wagt man sich soweit vor, über die Frauen zu diskutieren und darüber, wie man sie demütigt, indem man sie daran erinnert, wenn es nötig ist, daß sie niemals vergessen sollen, wer die Quelle jeder Macht in welcher Familie oder Institution auch immer ist. Kein politisches Thema wird angesprochen (ohne Zweifel aus Angst wegen der Meinungen, die man im Feuer der Konversation geäußert hat, denunziert zu werden.) Dagegen beschäftigt el-Khârij[31], privilegierter Ort, wo man ohne Gefahr diskutieren kann, alle Geister.

Wenn Zitouna energisch auf den Nonsens und die Eseleien über die Frauen reagiert, setzt Mansour sein Talent ein, um seine Gedanken so zu resümieren:

- Zwei Dilemmas untergraben unsere Gesellschaft. Wir glauben, wir seien unschlagbar auf allen Gebieten. Diese Selbstgefälligkeit hindert uns daran, dem, was wir unternehmen, auch nur die geringste Kritik entgegenzubringen. Wir stellen uns niemals in Frage. Unserer sicher zu sein, läßt uns alle erstarren und tötet uns. Unmöglich, Fortschritte zu machen.

- Nein, nimmt Tahar wieder auf, niemand will seine Verantwortung auf sich nehmen.

- Du hast gut reden, sagt Sadok. Anstatt voranzuschreiten, weichen wir zurück. Die Taparurianer waren die einzigen, die Industrie und Handel vorantrieben. Sie werden heutzutage von den Bewohnern

[31] Der Ort ihrer Freunde

von Djerba, ihren alten Konkurrenten, überholt, und von den Bewohnern von Msakénia, diesen Neuankömmlingen, die alle Arten von Tricks anwenden, um unerhörte Reichtümer anzusammeln.
- Warum?
- Weil die Taparurianer die direkte Aktion und die reine Schöpfung mit dem Bluff und dem leeren Wort vertauscht haben!
- Sprich für dich, gibt Zitouna zurück, die an die Erzählung von Kateb und die Lektionen, die man daraus ziehen könnte, erinnert.
Mansour profitiert davon, um die Angelegenheit auf den Nenner zu bringen:
- Wenn Amar mir anvertraut hat, daß es Schatten in der Umgebung der Wälle gab, heißt das, daß mehrere Personen in die Angelegenheit verwickelt sind? In diesem Fall handelt es sich um ein Verbrechen! Ich bin überzeugt, daß Freund Amar unschuldig ist. Seine Beichte enthält eine aufwühlende Wahrheit. Und man muß sie auf der persönlichen, sozialen und politischen Ebene verfolgen.
Mansour hält hier inne, aber er besitzt weitere Informationen, die er für sich behält. Sadok war sehr in Verlegenheit, als er ihm das Geheimnis von Fathia erzählte, er hat aber nicht widerstehen können, um so mehr als seine Hemmung als eine schädliche Handlung gegenüber Kateb interpretiert werden konnte. Um jedes Mißverständnis zu vermeiden, hat er vorgezogen, lieber die Wahrheit zu sagen, als sich des Mordes verdächtigt zu fühlen. Deshalb hat er von der "Gemeinheit" von Kateb gegenüber Zitouna gesprochen. Gegen seinen Willen aggressiv ist Kateb, dessen psychische Gesundheit nicht zu den glänzendsten gehörte, in Reue und Schuldgefühlen verkümmert. Er war sicherlich vom Selbstmord versucht. Aber besaß er den Mut, es zu tun? In der Gasse Aânakni ist Sadok die schmerzliche Last losgeworden, ein bißchen in aller Heimlichkeit, um im Geist von Mansour die Frage offen zu lassen: und die anderen Eifersüchtigen der Geschichte?
Während der festlichen Soirée bei den Freunden ist sich Zitouna klargeworden über die Charakterstärke und das wohlbegründete

Denken von Mansour. Dieser junge Mann hat ihr gefallen und sie hat seine Ehrlichkeit, seine Geisteshaltung, die idealistische Gesinnung, die sie in ihm fühlte, bewundert. Ihre in sich gekehrten Augen, eine Qualle, die sich zusammenzieht, um sich besser zu entspannen, konzentrierten sich, um das Geheimnis dieses großen Schweigsamen mit dem verführerischen Blick zu durchschauen. Plötzlich überkam sie Lust, sich an ihn zu kuscheln und ihm ihr ganzes Leid vorzuweinen, aber die Schicklichkeit und die Tradition hinderten sie daran. Sie hätte so gerne diese anziehende Schüchternheit mit ihren Tränen begießen und ihm so nahebringen wollen, wie einfach die Intimität ist.

Während die kleine Gruppe fortfährt, in den Schleckereien herumzukramen, die übrige Familie weiterhin die Augen auf das Fernsehen gerichtet hat, beobachtet Mansour den Blitz des vielfachen Dialogs, wie er sich stumm und friedlich auf dem Gesicht von Zitouna fortsetzt. Er entdeckt den geheimnisvollen Reiz ihrer Weiblichkeit und versteht gleichzeitig die Verbundenheit, die sie für ihre verschiedenen Wurzeln fühlt, deren mindeste Faser zu verlieren sie sich weigert. Dieselben Abgründe ziehen sie an. Zitouna hat etwas in Kateb geliebt, er weiß nicht genau, was, aber er ist nicht eifersüchtig darauf. Bei jeder Liebe eine andere Färbung. Für jedes Gefühl eine besondere Stimmung, für jede Emotion ein besonderer Raum. Mansour fühlt sich weder bedroht noch in seiner Männlichkeit getroffen. Im Gegenteil, er "betet" diese Liebe an, die sie für ein Wesen, das er liebte, gefühlt hat. Er bleibt in der Familie.

Später erfuhr Zitouna mehr über die Familie von Mansour. Von seinen Eltern war einer in Sakiet Ez-Zit an der Straße nach Tunis, der andere in Sakiet Ed-daïer an der Straße nach Mahdia geboren. Glücklich machte es sie zu erfahren, daß seine Mutter einen Heiligen, Sidi Makhlouf, zum Vorfahren hatte, dessen Mausoleum sechsundzwanzig Kilometer von Taparura entfernt liegt, genau an dem Ort, wo man byzantinische Trümmer entdeckt hat, die für die

Reste einer ehemaligen römischen Stadt namens Usilla gehalten wurden, und die die Araber Inchilla nennen.
Die Hachem hatten vier Söhne und zwei Töchter, alle in Moulinville, einem Vorort, der Taparura an der Straße nach Tunis hin fortsetzt, geboren. Sie wohnen da seit der Geburt von Mansour, dem ältesten Sohn, dem man zuschreibt, er habe "ihnen Glück und Gutes" gebracht. Als er auf die Welt kam, hatten sie gerade ihr Geschäft eingerichtet, das vor ihrem Haus lag. Moulinville ist an der Kreuzung zweier Straßen gelegen, wovon die eine zum Bahnhof und zur europäischen Stadt führt, die andere nach Bahr el-Jebli und zur Medina. An dem Punkt, wo sich die Straßen treffen, besitzt einer der Einwohner von Kerkennah eine Shell-Tankstelle. Mansour erinnert sich, daß es in seiner Kindheit schwierig war, nachts über diese Kreuzung zu gehen, um sich zum Weg der Räuber oder El-Boustane zu begeben. Eine gefährliche Straße, die zur Hauptstadt führt, wo rechts das Tabakgeschäft von Kraïem liegt, das neuralgische Zentrum des Viertels. Alle Welt kommt da zusammen, um zu plaudern, Vertraulichkeiten und Geständnisse zu hören, dann die Zeitung zu kaufen, die man zu Hause nur überfliegt. Die Neuigkeiten sind beim Tabakhändler, talentiert für bissige und giftige Kommentare, um so frischer und schlüpfriger:
- Verkauft ist die Jugend, wie unsere Direktoren! Sie stellen alle T-Shirts zur Schau, die dieses Produkt oder jene amerikanische Universität rühmen. Sie bringen mich zum Lachen, diese Sandwichmänner, die gerade gut als Kanonenfutter sind. Sogar die Patronen sind zu teuer, um sie in den Tod zu schicken... Das wäre reine Verschwendung! Man wird niemals den Schuldigen finden. Kateb, das ist ein toter Buchstabe in taube Ohren.
- Aber ich arbeite an dieser Angelegenheit, Si Kraïem, antwortet ihm Mansour.
- Du würdest besser daran tun, dich mit was anderem zu beschäftigen. Du vergeudest deine Zeit.

- Ja, ich weiß, du willst, daß ich heirate und eine Familie gründe, ich bin noch jung und ich rechne damit, daß ich das Geheimnis des Todes meines Freundes löse.
- Sprich vor allem nicht mit den Mädchen darüber. Die Regierung hat "das Gesetz auf ihre Seite" gebracht und sie scherzt nicht! Zeige mir die, die dir gefällt und ich tue das Notwendige.
- Nein, Papa Kraïem. Die Welt hat sich verändert. Wir regeln unsere Angelegenheiten selbst.
Mansour schuldet ihm Respekt und wagt nicht, seinen niederdrükkenden Worten zu widersprechen. Er lenkt also die Konversation ab, indem er ihn fragt, ob die Leute seinen Artikel über "die Menschenfresserin und die Töchter des Fischers" gelesen haben.
- Was sagst du da? Es fehlt nur noch das... Die Zeitung hat sich gut verkauft nicht wegen deines Artikels, sondern wegen des Farbfotos in Großformat des Fußballers Bouâlam. Jedermann sammelt die Fotos der Fußballer, um damit die Zimmer zu tapezieren. Es sind die einzigen, die das gute Wort der festen Ziele verbreiten. Man kauft die Zeitung nur wegen des Resultats des Fußballspiels und den Fotos. Das übrige schmeißt man ungelesen weg, was einträglich ist für die Verkäufer von Einwickelpapier auf dem Fischmarkt.

Die Cité Lyon, in der die europäischen Eisenbahner wohnen, liegt auf der anderen Seite der Straße nach Tunis, den verschiedenen Geschäften gegenüber, die die arabischen, berberischen, französischen, jüdischen, maltesischen, griechischen, italienischen, korsischen Geschäftsleute innehaben... Jedermann lebt dort in Harmonie und respektiert den anderen ebenso in seiner rassischen wie in seiner religiösen Andersartigkeit. Ein prekäres Gleichgewicht, das aber dennoch existiert und zeigt, daß man zusammen in Toleranz auf Biegen und Brechen leben kann: hinter der Straße, die das Viertel in zwei Teile spaltet, liefern die Rendu und ihr Garten die besten Pfirsiche der Gegend, Fenneck die Weine und alkoholischen Getränke, Azria, die Trikotagen und Luxusartikel, Nissim und Falzon die Stoffe und Anzüge, Kraïem den Tabak, Zeitungen und Briefmarken, Tayeb und Ali die Gemüse und Kolonialwaren, Mallouli, der Fahrradfahrer, der die Fahrräder instandsetzt, Mokhtar und Taonfik das Hammel-, Rindfleisch und die Fleischwürste, Azzopardi die Wurstwaren, Mezziou die Parfüms und Schmuckwaren, die Schuster Ahmed und Mohammed, versehen alle Welt mit Schuhen und reparieren die Schuhe der Reichen und Armen. Dem Zahnarzt Schottländer gelingt es kaum, seine ganze Klientel in seinem Labor, das hinter dem jüdischen Friedhof liegt, zu befriedigen, während Doktor Sperber all seine Kranken besucht, ohne Rücksicht auf ihren Stand! Als die Apotheke Kammoum ihre Tore nahe dem Tabakhändler und der Post im Wohngebäude Kria öffnete, hat man sich gesagt, Moulinville sei eine autarke Stadt geworden. Was in der Epoche an Übertreibung grenzte. Aber nach der Unabhängigkeit wurden der Friedhof und die Gärten mit Wohnblocks mit mehreren Etagen versehen und mit Kliniken, die außer den Leuten des Viertels die der Stadt, des umgebenden Landes, selbst die von Tripoli, versorgen.

Jedes Mal, wenn Tahar aufmerksam und nett zu Zitouna ist, fühlt er sich zurückgeworfen. Warum stößt er diese wilde Gazelle ab? Sie weigert sich unaufhörlich, sich am Halsband der Ehe nehmen zu lassen, während sie zugleich kommt, das luxuriöse Gras seiner Rabatten zu fressen, die eines Mannes mit Verstand, der das Gesetz in der Stadt macht! Nach der Vorstellung des Märchens von Kateb auf dem Zentralmarkt hat er ihr eine kleine Einladung zugeflüstert, damit sie sich in sein Büro begibt, um ihren Erfolg zu feiern, aber sie ist ohne ein Wort verschwunden. Tahar ist verärgert: "Sie muß Gründe haben, mir so auszuweichen und mich zu fliehen.“ Sein Gewissen quält ihn. Die Dinge haben eine schlechte Wendung genommen! Er weiß sehr genau, daß seine leitende Clique keine sauberen Hände hat und kaum geschätzt wird. Und er? Tahar vergißt die Zeit, in der er sich jeden Morgen in grauer Bluse und Chéchia auf seinem Fahrrad zur Schule begab, bescheiden und gut erzogen; er kam aus einer alten taparurischen Familie. Gegenwärtig wagt er sich nur mit dem Schild von "Gorillas" voran, den Hals in seinem gestärkten Kragen vergraben und mit einer Krawatte mit ungeschicktem Knoten, der ihm die ganze Brust bedeckt. Kateb, sein Schulfreund, hatte ihm geraten, sich von den Privilegien zu befreien und der Seite des Neokolonialismus den Rücken zu kehren. Verlorene Mühe. Der Schriftsteller hat sich von seinem Posten vertreiben lassen, man hat ihm sogar verweigert, seine Zeit der Erziehung der Jugend, der Liebe zum Schreiben zu widmen! Tahar wird ihm deshalb bis zum Ende seiner Tage grollen. Dieser Groll hat sich nach der Vorstellung, bei der er sich von der Arena des Gefühls ausgeschlossen gefühlt hat, ebenso in den Schriften von Kateb wie in der feindlichen Haltung von Zitouna, in Gehässigkeit verwandelt.

Tahar hat also beschlossen, die Schiene zu wechseln: die schöne Zitouna und ihre Chimären zu vergessen und sich eine Frau nach dem Maß seines Ehrgeizes zu suchen, um sein Glück zu machen. Anläßlich der Hochzeit von Sadok und Fathia hat er kürzlich ein junges, elegantes, stolzes Mädchen beobachtet, das von einer Gruppe von jungen Leuten umgeben und hofiert wurde, die sie mit einer anhaltenden Aufmerksamkeit anzuhören schien. “Sie gehört zweifellos zu einer großen Familie, sagt er sich, sie hält sich gut in Gesellschaft und trägt wertvollen Schmuck, ihr Gold und ihre Perlen glänzen mehr als die der anderen.“ Er verschafft sich sofort Auskünfte (die Heiratsvermittler- und Vermittlerinnen sprießen nur so in der Stadt) und erfährt, daß es sich um Hayet Karray handelt, die aus Frankreich zurückgekehrt ist, wo sie an der Sorbonne ihre Promotion abgelegt hat. Wieviel Diplome und Wissen, das ihn noch einmal überfordert! Doch er macht sich nichts daraus und zählt darauf, sich wie ein Widder, der er ist, auf sie zu stürzen. Am folgenden Tag schickt er seine Mutter und seine Schwestern aus, das kostbare junge Mädchen um ihre Hand zu bitten, das nur auf die Werbung wartet, um sich zu entscheiden.

Es ist unnötig die Hochzeit von Tahar Bouficha zu beschreiben, dem Direktor aller Clans in einem Land, in dem der Rang den Muezzin macht, selbst wenn das Kleid nicht den Mönch macht! Das Ritual der Niederschrift des Heiratsvertrags, des *mlak*, die Vorbereitung der verschiedenen Nächte, um zu der der Hochzeit zu gelangen... alles geschieht gemäß der Tradition, der Kunst nach der Sitte der taparurischen Heirat, nur reicher und lauter.
Im Sommer ist für den gemeinen der Sterblichen alles gerammelt voll, man muß ein oder zwei Jahre vorher den Ort reservieren, der die Festivitäten aufnehmen soll. Und wenn er endlich gefunden ist, wird rivalisiert an Einfallsreichtum, um der Glänzendste in der Organisation der Eheschließung zu sein. Die Hochzeit muß prunkvoll gefeiert werden oder gar nicht. Die von Tahar wird in die Annalen eingehen. An diesem Tag werden auf Befehl des großen Direktors, der Wert darauf legt, diese glücklichen Stunden seines Lebens in das Gedächtnis aller einzugraben, kein anderes Paar in der guten Stadt Taparura in den Hafen der Ehe eingehen. Jahrelang wird man von dieser Hochzeit als "der Mutter aller Hochzeiten" sprechen. So hat es Tahar gewollt.
Am Abend rivalisieren die Pailletten der Kleider der eingeladenen Frauen miteinander. Zitouna erscheint in einem einfachen Kostüm, das ihr wunderbar steht. Als einzigen Schmuck trägt sie eine Hand der Fatima aus Gold am Hals und zwei kleine Armbänder an den Handgelenken. Die Mutter von Tahar bemüht sich, Ordnung unter den Stühlen und den unruhigen Kindern zu schaffen. Zitouna ist entzückt, Tahar am Arm von Hayet, einer Freundin aus Kindertagen, zu sehen, der sie damals Bücher geschenkt hatte, als die Lehrerin ihr eine Auszeichnung verweigert hatte. Hayet hatte ihre großherzige Geste erwidert, indem sie ihr unablässige Freundschaft bezeigte. Zitouna sieht sie an ihrem Fenster, in der Juwelenhändlerstraße mitten in der Medina sie dazu ermunternd, die Barriere der französischen Soldaten, die mit dem Gewehr zwischen ihren gespreizten Beinen dastanden, zu durchbrechen.

- Hierhin, nicht dorthin, hintenherum, nicht vorneherum...
Hayet hatte ein Ablenkungsmanöver gemacht, und Zitouna und Ibtisem kamen schließlich durch. Heute empfindet Zitouna keinerlei Reue. Sie stellt sich einfach vor, daß sie diese Braut hätte sein können: Das Glück von Hayet, die schön und intelligent ist, ist die Frucht ihrer Weigerung Tahar gegenüber. Von ihrer Seite keinerlei Bitterkeit, sondern nur Freude, daß sie Tahar eine wahre Schwester geschenkt hat.
Hayet strahlt vor Glück, während Tahar beschäftigt ist mit einem enormen Jasminstrauß, der rund ist wie ein Krapfen und umgeben von einem Band aus rotem Satin, das an das Blut gemahnt, das bei Morgengrauen vergossen werden wird. Er steckt in Abständen seine platte, aufgedunsene Nase in die Blumen mit dem starken Duft, dennoch scheint er nicht das völlige Glück zu atmen. Eine mechanische Geste, um sich Haltung zu geben und seine kummervolle Miene zu verbergen. Kummervoll, nicht weil er Zitouna verloren hat, sondern weil sie ihn an die schwierige Beziehung zu dem verstorbenen Kateb, seinen Streit wegen der Partei erinnert. Zitouna zu heiraten hätte bedeutet, sie in die Tasche zu stecken, über ihren hartnäckigen Eifer, die Umstände des Todes von Kateb aufklären zu wollen, zu siegen. Zitouna hätte viel dafür gegeben, um zu erfahren, was sich in dem Kopf von Tahar anzettelte, der immer mehr beschäftigt ist mit den Angelegenheiten der großen Familie der Stämme als mit seinem Privatleben.
Bequem um blumengeschmückte Tische sitzend erwarten die Gäste Schleckereien und Süßigkeiten. Moses kommt mit seiner Frau, beglückwünscht die Brautleute, die auf ihren bequemen Sesseln thronen so unnatürlich wie Badende aus Zelluloid, dann tritt er zu Mansour und seinen Freunden. Zitouna erinnert sich, daß sie in ihrer ersten Jugend in den fünfziger Jahren Moses eingeladen hatte, um ihn über die Abreise seines Vaters nach Israel zu trösten. Sie waren beide jung und Nachbarn. Der jüdische Freund weinte und hatte dermaßen Angst, seinen Vater zu verlieren, der gegen die

Araber in den Krieg zog, daß sie sich nicht enthalten konnte, an dem Schmerz des Sohnes teilzunehmen, selbst wenn sie im Herzen auf der Seite der Palästiner war. Sie hatte ihn mütterlich mit gegrillten Mandeln und mit *laklouka*[32], das mit Pistazien angereichert war, mit Honigkuchen und Orangensaft gefüttert. Das alles ist sehr fern, die Zeit, in der Moses sich in seinem ganzen Ruhm als mutiger und seinem Heimatland vor und nach der Unabhängigkeit ergebener Jude aufführte.

Als Onkel Maklouf verschieden war, hat Moses an der Spitze des Unternehmens mit dem Versand des Öls nach Europa auf eigene Rechnung begonnen. Seine Gesellschaft Zitex hat ihm erlaubt, der reichste Exportkaufmann von Tunesien zu werden. Er hat schließlich das ganze in Taparura produzierte Öl gekauft und einen Sitz der Gesellschaft in Marseille gegründet, um seine Ausreise vorzubereiten, denn er fühlte, daß der Wind sich drehte, nachdem erst einmal der Kollektivismus herrschte. Trotz der Unruhen gegenüber seiner Gemeinde anläßlich der Kriege im Mittleren Orient verstand er es, mit Fingerspitzengefühl in den verheerenden Wellen der religiösen Bigotterie zu schwimmen, sich stets als exemplarischer Mitbürger betrachtend, der er war. Während die Mitglieder seiner Familie in der Provence und in Paris ins Exil gegangen waren, spazierte er allein am Abend in seiner Geburtsstadt umher, die Hände hinter dem Rücken, den Kopf erhoben und stolz, in leichter Saharaweste mit lebhaften Farben, hielt von Zeit zu Zeit inne, um mit seinen Freunden zu plaudern, einen verwirrten Vater, der auf Stellensuche war, eine Mutter wegen eines Stipendiums für ihren Sohn zu beraten. Er half jedermann, ohne auf soziale Klasse oder Religion zu achten.

Während des Hochzeitsabends von Tahar hat er sich einen Augenblick neben Mansour gesetzt, für den er eine besondere Zuneigung

[32] Rosinenpüree

empfand. Nichts derartiges mit Kateb; zwischen ihnen gab es sicherlich einige Affinitäten, aber auch einigen Verdruß.
- Die Erzählung von Kateb hat mir gut gefallen, aber ich gestehe, daß ich seine Handlungsweise nicht schätze, sagt er zu Mansour, der auf dieses ambivalente Gefühl gegenüber ihrem verstorbenen Freund gefaßt war.
- Du hast recht in Bezug auf alles, was seine Arroganz, seine Heftigkeit und sein Selbstvertrauen betrifft. Kateb, der lebend Geschundene, hatte nur ein einziges Mittel, um sich zu verteidigen: die Aggressivität... auf alle Fälle funktioniert für ihn das!
- Ja, aber es ist schade, daß er sich mit den alten Kameraden, die die Macht repräsentieren, zerstritten hat... Tahar, Sadok und allen Mitgliedern des Verwaltungsrats. Er hat sich viele Feinde gemacht, die nicht verzeihen.
- Er provozierte, um einen Dialog zu führen. Im Grunde war er nicht bösartig. Es war ein "Großmaul“ ohne ein Gran Diplomatie!
- Ich stimme mit dir überein, was seine guten Absichten und seinen entwickelten Bürgersinn betrifft.
- Also, warum hat er die beiden Leidenschaften verdorben, die ihm am Herzen lagen: Taparura und Zitouna?
- Das ist das Drama, ich muß sagen, die Tragödie. Zuviel Begeisterung tötet, wenn man unfähig ist, seinen Idealismus auf die Wirklichkeit zu übertragen.
- Es fehlte ihm an Gleichgewicht, aber das wissen wir. Warum mußte er einen vorzeitigen Tod erleiden?
- Mektoub, das war bestimmt für Kateb!
- Du sagt das, Du, der den Selfmademan aller Widrigkeiten repräsentiert?
- Höre, Mansour: eines Tages wird man sagen, daß Kateb eine massakrierte Wahrheit war, aber diese Wahrheit mußte man entdecken und bezahlen.

- Der gesunde Menschenverstand läßt dich so sprechen. Kateb hat sich zwischen den Aasgeiern und einer Löwin, die nur nach Frieden verlangt, in die Enge treiben lassen.
- Ja. Sein Mund hat Worte von sich gegeben, die schwindlig gemacht haben, und das wird nicht verziehen. Er hätte zweifellos gewollt, daß ihn seine Mitbürger gleichsam wie die Trance der kultischen Tänze der Marabouts übernehmen, um das Böse zu exorzieren, das uns alle niederwälzt.
- Worte allein genügen nicht. Man braucht Musik und den Zusammenhang der Trancezustände... Aber er zielt richtig, wenn er schreibt: ein Emigrierter ist immer ein Verleumdeter.
Mansour und Moses Bokhobza - sein Familiennamen erinnert immer an die Marke von Feigenschnaps, den seine Vorfahren seit mehr als einem Jahrhundert hergestellt haben, und den Tunesier und Fremde mit Wollust trinken - haben sich über die Devise verständigt, die findet, daß das Glück im Inneren des Menschen und nicht an den verschiedenen Orten, an denen er weilt, ist.
Dennoch hat Mansour eines Tages von dem plötzlichen Aufbruch seines Freundes Moses erfahren, der sich vom israelisch-arabischen Krieg von 1967 bedroht gefühlt hat. In dieser selben Periode und in der Folge des Verfalls von Aïn Fallat und des Verschwindens seiner Obstgärten hat Amar, der arbeitslos war, umständliche Schritte unternommen, um ein Visum und eine Arbeitserlaubnis im Ausland zu erhalten. Aufgebrochen, um sich in die Verschraubung von Bolzen *ad vitam eternam*[33] in den Fabriken von Renault zu initiieren, oder vielleicht später in die Malerei aus der Spritzpistole, wird er niemals das Funktionieren des Vergasers oder des elektrischen Stromanschlusses lernen. Er läßt an Mansour schreiben, daß er sein Leben damit verbringt, sein ganzes Geld zu sparen, um es seiner Familie zu schicken, Schulden zu bezahlen und ein Haus für seine Brüder und Schwestern zu kaufen. Er wird

[33] Auf ewig

in drei oder vier Jahren in seine Heimat zurückkehren, um seine Angehörigen zu sehen, wobei er gleichzeitig hofft, daß er bei seiner Ankunft gefeiert und nicht zu sehr "ausgepumpt" wird! Er erkundigt sich auch nach der Angelegenheit Kateb.
"Der, der den Schuldigen findet, wird ein starker Mann sein", versichert er recht naiv.
Die Stadt lehrt sich. Das Leben unter dem Joch des Autoritarismus läßt in der Bevölkerung, die sich über sich selbst beugt, um sie zu verbinden, Wunden zurück. Und wie das? Indem sie Kisten und Kasten mit Waren aller Art wegtragen, die streng vom Zoll, der sich dank Intrigen bereichert, kontrolliert sind. Man stapelt sie ängstlich in Lagern auf, die eilig unter dem Dach von Häusern, die den Staub ansammeln, errichtet wurden. Die Einwohner von Taparura denken, daß das Glück proportional zur Anhäufung, zur Spekulation ist, die sie kunstvoll praktizieren, indem sie geschickt die Zeit der Einlagerung und des Wiederverkaufs nutzen. Parallel ist Taparura stolz darauf, seine grauen Zellen zu exportieren. Die angesehene Schule von Bab El-Garbi, eine französische Schöpfung im Palast an der nordwestlichen Ecke der Festung, hat viele Intellektuelle geliefert, darunter einen Erziehungsminister, einige Zeit nach der Epoche, von der hier die Rede ist. Dank dem Überschuß an geschulten Leuten brechen Lehrer, Werkmeister, Professoren, Ingenieure, Buchhalter auf zur Zusammenarbeit in die arabischen und afrikanischen Länder... So fließen zwei menschliche Kräfte, die eine nach Norden, mit muskulösen Armen und vollem Kopf, die andere nach dem Süden, schmächtig, aber wirksam an Geist.
An einem kalten Wintertag wacht Mansour früh auf, um in sein Büro in der Thynastraße zu gehen. Er entdeckt, daß der runde Platz, am Vorabend leer - die Olivenbaumskulptur ist vom Zentrum der europäischen Stadt auf die Seite des Walls verbannt worden - von einem Drehkreuz mit Wasser in Form eines Globus besetzt ist, das ein rachitisches Grün in den darumliegenden bunt-

scheckigen Beeten besprengt. Auftauchen von kleinen staubigen und absurden Röhren zum besprengen, deren Daseinsberechtigung noch zu entziffern bleibt.

Kap. 8: Bab Echargui
Das Abdriften der Begierde

Da sprach des Kind, neckisch und schlagfertig wie immer: „Scher dich, Tropf! So weit wie möglich von meinem Herdlein scher dich! Denn wenn dich mein Feuerchen nur ein bißchen anzüngelt, brennst du lichterloh, und niemand kann deine Glut löschen außer mir, die mit süßer Würze Topf und Bettchen köstlich zu schaukeln versteht!"
Apuleius, *Der goldene Esel, übersetzt von Edward Brandt.*

Das Land driftet ab... Der vorauszusehende Schiffbruch kann nicht mehr auf sich warten lassen, und das Schiff wird nicht verfehlen, an den Mauern zu zerschellen! Da fängt der Kapitän an zu brüllen: „Wer hat beschlossen, das Schiff nach Belieben in den Fluten treiben zu lassen?" Ergreifen wir wieder das Ruder! Ist es nicht ich, der das Steuerruder in Händen hält! Mögen die Köpfe rollen...

Minister Ben Malah erfährt trotz seiner fünf Ministerien seine Kündigung im Radio des Dienstwagens, der ihn ins Büro fährt. Er befiehlt seinem Chauffeur anzuhalten, steigt aus und verschwindet sehr rasch in der Menge. Der Chauffeur wird gefoltert werden wegen "Inkompetenz"; er hat nicht genau den Weg, auf dem sein Vorgesetzter verschwunden ist, anzeigen können, und da er fortfährt, jede Komplizenschaft zu leugnen, wird er sein Leben im Gefängnis beenden. Vorläufig verkleidet sich der Verantwortliche "aller Übelstände", der nur Befehle ausgeführt hat, in einen guten Tunesier, Chechia, Bart, Schnurrbart und Seidentunika, überquert die algerische Grenze und erreicht den Friedenshafen, der ihn in Europa erwartet, wo man ihm einen Dokturhut *honoris causa* für sein geniales Verschwinden aus der diplomatischen Sphäre verleihen wird...

So öffnen sich die Tore der Stadt von neuem und die Geschäfte ziehen wieder an. Sadok holt alle Waren aus ihren Depots, bereichert sich, indem er mit den angehäuften Reserven spekuliert. Die Leute betteln ihn um die Gunst an, Aktionäre in einer seiner vier Gesellschaften sein zu dürfen, in denen er jeweils sechzig Anteile besitzt. Darauf schlägt man ihm die Präsidentschaft der Messe und des Spielsachensalons vor... Und Fathia übernimmt nun die Errichtung von Villen an den vier Straßen. Jeden Morgen führt sie mit Energie die Baustellen an und wacht über die Mischung des Mörtels, darauf, daß die Fliesen und die Fayencen richtig gesetzt werden. Ihr Bruder Kateb taucht immer wieder in ihr auf, bei jedem Blick, den sie auf die Welt wirft und jedes Mal, wenn sie Zitouna wiedersieht. In der Tat, wie soll man diese Angelegenheit ein für alle Mal beilegen? Die Erinnerung an den Tod sucht sie heim und erstickt sie mehr als die verpestete Luft oder die politische Atmosphäre. Wie ihre Angst befrieden, wenn die Verletzung ihrer Cousine nicht geheilt ist? Fathia kann sich nicht enthalten, Zitouna an ihren Aktivitäten und Sorgen teilhaben zu lassen, um sie zu beruhigen, ohne jemals direkt ihr Problem anzusprechen.

Das wahrhafte Problem , das sie vereint, umgehend, fragt sie geradeheraus:

- Wann denkst du daran zu heiraten? Es ist höchste Zeit, daß du dir eine Villa bauen läßt und einen Blick auf die Freier wirfst die dich seit so langer Zeit verfolgen.

- Es handelt sich nicht darum, sich zu öffnen oder zu schließen wie diese politischen Ventile, sondern die Heimsuchung zu beschwören und die Narbe, die uns entstellt, zu glätten.

Im Grund weiß sie nicht, ob sie wirklich auf das Verständnis von Fathia zählen kann und hat brennende Lust, sie geradewegs zu fragen, warum sie so lange geschwiegen hat nach dieser unvergeßlichen Nacht, warum sie der Schuld ihres Bruders, die dennoch in dem Märchen deutlich ausgedrückt wurde, so lange blind gegenüber geblieben ist? Zitouna bemerkt sicherlich eine Wunde bei Fathia, aber von einer ganz anderen Art als die ihre. Sie hat nichts an ihrem Körper erlebt. Heute badet Fathia umgeben von Glück in einer neuen Aura von Ruhm, die sie von ihrer Kusine trennt. Eines Tages läßt sie sie unter diesen Triumphbögen, diesen *akouass*, die in aller Eile in Taparura immer dann errichtet worden sind, wenn der Erhabene Kämpfer dort einen Besuch macht, hindurchgehen. Eine Inszenierung, bei der Tahar und seine Regierungsmannschaft als Meister gegolten haben. Diese Bögen, die manchmal für einige Tage aufgestellt und dann wieder abgebrochen wurden, rivalisieren mit denen anderer Städte, und Taparura nimmt den ersten Platz in der Übertrumpfung an Dekorationen ein, gerade aus Neigung dazu, sich beliebt zu machen.

Zitouna sucht noch nach dem Geheimnis der Liebe, die sie vibrieren lassen könnte, erlebt die geheimnisvolle und reine Empfindung wieder, die sie bei Mansour anläßlich der Vorstellung auf dem Zentralmarkt und an dem Abend, den sie bei Sadok und Fathia verbracht hat, gehabt hat. Sie bewundert die Anpassung ihrer Kusine, ihren neuen Lebensstil, ihren Mut und ihre Geschicklichkeit, aber sie kann die Scham nicht wegwischen, die so schwer lastet wie Londoner Nebel. Mit offenem Herzen von dieser "Sache" sprechen, die sie zerstreitet und teilt! Mansour ist außerhalb dieser Diskussion... Er kennt nicht die Kunst, die Triumpfbögen des Glücks, der Seinen oder derer von Zitouna zu durchqueren! In diesem anfänglich hartnäckigen Schweigen gefangengehalten, versuchen Zitouna und Mansour sie zu schütteln, zu entleeren wie den Dudelsack von seiner Luft. Aber es bleibt "Kateb und sein Geist", die sie zum Verstummen bringen. Seine Gezeiten mit unregelmäßiger Flut und Ebbe packt sie oft unversehens, nähert sie einander und trennt sie. Verknotete Schwankungen, in der Folge

torpediert mit Angst, die nur augenblicklich Frieden werden. Die auferlegte Wunde schließt sich. Sie ist dabei zu heilen.
Der verpestete Hafen fährt fort, den Schwefel zu verschlingen, den er sich zu Beginn der Unabhängigkeit geleistet hat. Die Wurzel des Olivenbaums tritt als lackierte Skulptur aus dem Schatten hervor und zeigt ihre Gegenwart auf der Seite von Bab Echargui, diesem Tor zum Osten, das auf die Straße zur Hauptstadt hinausgeht und hinter sich die moderne Stadt mit ihrem Bahnhof und ihren immer häufigeren Abfahrten läßt. Die Krise des Sozialismus mit den für Taparura verhängnisvollen Folgen hat einen Graben zwischen den Klassen gegraben, der breiter ist, als der von Scipio. Sie hat die klaffende Wunde des runden Platzes mit seinem Wasserstrahler, der von heute auf morgen verschwunden ist, noch weiter geöffnet. Wenn die Wurzel des Olivenbaums, zweifellos der Stolz der Region, sich verflüchtigt hat, um im Osten der Medina wieder aufzutauchen, läßt das eine Zeitlang leer gebliebene Zentrum in aller Überraschung eine riesengroße Reiterstatue des Raïs vor dem Rathaus emporwachsen; ein ungeheures imponierendes Postament aus ockerfarbenem Marmor, der an die Farbe der Steppen erinnert, nur gedämpfter. Dieser Turm, der den Gemeindepalast maskiert und entstellt, bildet den Sockel für den Raïs, der sich mit den Füßen an den Steigbügeln auf einem wiehernden Pferde in die Lüfte schwingt und dessen Rhythmus keinen Rivalen duldet. Lebhaft und wachsam, mit einem Fez versehen, ragt der Kopf kaum über die beiden aufmerksamen Ohren seines Reittiers. An die Flanke des Pferdes gelehnt zieht ein barfüßiger Fußgänger an den Zügeln, um das feurige Tier zu zähmen, während er seinen Sohn, der um Hilfe zu rufen scheint, am Arm hält. Drei krampfhaft verzerrte Gesichter, die voller Schmerz zu der ungewissen Zukunft, die sie erschreckt, hingewandt sind, während das erstarrte Lächeln des Erhabenen Kämpfers die an diesen Orten fehlende Zuhörerschaft zu beruhigen scheint. Er grüßt mit der rechten Hand, der erhobene

Arm schüttelt die Zipfel des Himmels. Niemand ist durch diese vertraute Geste der Aufforderung zur Verständigung beruhigt.
Die Statue des Präsidenten beruhigt die Stadt, fordert sie dazu auf, vorwärts zu gehen, anstatt sich in ihrer gewöhnlichen Niedergeschlagenheit zu verankern. Was muß man ertragen oder auferlegen, um die Gewohnheiten zu ändern? Taparura versucht vergeblich, sein Gleichgewicht wiederzufinden. Da sich das als schwierig erweist, berichtigt man verschiedene Pläne von Direktoren des Urbanismus. Durcheinandergebracht wie sie ist, fängt sich die moderne Stadt, verwandelt ihre Buchhandlungen in Agenturen, Hertz und Avis, damit die Touristen ihren Besuch verlängern und Lust verspüren, in die Umgebung auszuströmen. Unmöglich, irgend etwas in dem kleinen monolithischen Rechteck der Medina zu ändern, das zwischen den modernen Vororten, die sich zum freien Land hin erstrecken und in Beton ein gierig wiedergekäutes Grün ausspucken, eingekeilt ist! Der Ackerbau ist nicht müßig und verwandelt die Friedenshäfen der Olivengärten in lärmende Baustellen, von dem die Technik die Hand des Menschen und das althergebrachte Wissen verjagt. Aber heute ist die Rentabilität Königin und die Leute geben sich dem Vergnügen hin zu kaufen und zu verkaufen, wobei sie zugleich das Fehlen europäischer Touristen bedauern, die nicht den Überfluß an buntscheckigen Einheimischen, Beduinen, Nomaden, Libyern vergessen lassen, sogar an Arbeitslosen mit leeren Taschen...
So viele Mythen zweifelhafter Grundlage! Die Touristen waren ein Thema erregter Unterhaltungen zwischen Zitouna, Kateb und Mansour. Bei der bloßen Erwähnung schon wurde Kateb wütend und brüllte:
- Das sind Eindringlinge der modernen Zeiten, die kommen zu essen und auf uns zu scheißen für zwei mal nichts.
- Es ist wahr, der Preis für Reise und Unterkunft ist lächerlich, kaum der für ein Hin- und Rückflugbillet nach Europa für einen von uns! Aber wir müssen einen Dialog führen mit den Auslän-

dern, ihnen unser Erbteil bekannt machen, ihnen unsere Türen öffnen, damit sie sich klar werden über unseren Reichtum, unsere Werte und die Dürftigkeit ihrer Kleinlichkeit.
- Wie mit den Touristen fraternisieren, wenn unsere Hotels ihnen exklusiv vorbehalten sind und bei ihnen die ihren uns verboten sind?
Kateb hatte eine Diskussionssendung organisiert, um von dieser im ganzen Sahelgebiet rentablen Geißel zu sprechen. Er wurde von allen Seiten angegriffen, mit dem Tod bedroht.
Zu der Zeit haben weder Zitouna noch Mansour die Gefahr erkannt. Kateb hat den Finger an den Nerv seiner Gesellschaft gelegt, die Rentabilität. Taparura hat niemals dieses Manna von Geld aus dem Ausland angezogen. Es hat sich immer in Vergessenheit verbannt gefühlt durch die Zentralmacht, die nur die Region des Raïs begünstigte. Taparura muß also immer auf sich selbst zählen zur Anhäufung seiner Reichtümer und seiner Macht. Ein Zeugnis dafür ist, daß die Mehrheit der Taparurianer nur die Plätze von Beamten und freien Berufen in dem Räderwerk der Hauptstadt innehaben. Sie bringen die Maschine zum Laufen ohne am Steuer zu sein. Sie haben sich geschlagen, um wenigstens einen Klappsitz in den Ministerien zu haben. Und als sie einen Wirtschaftsminister erhalten haben, war er so brillant, daß der Raïs zugegeben hat, daß es wirklich schade war, ihn wegzuschicken. Man mußte ihn von seinem Posten verjagen wegen seiner provozierenden Haltung gegenüber dem VATER, ein fataler Fehler, den man niemand verzeiht.
Warum fuhr Kateb fort, seinem Vater, seiner Familie und seiner Region zu trotzen? Warum beharrte er darauf, in den Schatten der Politik und des Bürgersinns zu wühlen, zwei Bereichen, die aus den lokalen Gewohnheiten verbannt sind? Man mischt sich nicht in Staatsangelegenheiten und gibt dem guten Bürger, der nichts von der Welt wissen will, die ihn umgibt, wenn sie nicht seiner Börse, noch seinem Prestige dient, keinen Unterricht! Kateb hat

zweifellos diesen verhängnisvollen Rückzug seiner Gesellschaft beklagt, der nur zu ihrem Untergang führen konnte, weil das kollektive Interesse toter Buchstabe bleibt. Im Grund war es ihm nicht wichtig, sich in diesen Kuskustopf des Unglücks zu verschließen, sich selbst zu ersticken ohne an die Mentalität seiner Mitbürger zu rühren. Sein Vater hat sich manchmal Mansour anvertraut, ihm die Unzufriedenheit seines Sohnes zeichnend: seine Weigerung, Ratschläge zu hören, seinen Stolz ohne Grenzen, die Hartnäckigkeit, mit der er sein Außenseitertum kultivierte, abgesehen von den Klagen der Leute, die ihn verabscheuten wegen seiner Radiosendungen, die nicht in ihrem Sinn waren...

- Er hat nie auf seinen Vater hören wollen, sagte der Greis, erschüttert und bitter, so jung einen Sohn verloren zu haben.

- Schade, daß Kateb nicht dem Sprichwort unserer Vorfahren gefolgt ist: Daß Gott und die Eltern zufrieden seien (und uns also segnen).

- Wenn er diesem Prinzip wörtlich gefolgt wäre, wäre ihm nichts geschehen!

- Sagt mir: habt ihr eine Fährte? Wer sollte ihn getötet haben?

- Ich weiß nichts, außer daß ich eines Nachts, als ich aus Bled Essouri nach Hause zurückkehrte, von zwei betrunkenen Leuten verfolgt wurde, die Obszönitäten hinsichtlich meiner und seiner Person murmelten. Aber keine Todesdrohungen, wie er sie empfangen hatte!

- Und Sie erinnern sich nicht daran, was sie genau sagten?

- Nein, es war das erste Mal, daß man mir auf den Fersen war. Er dagegen hat mehrere Male Drohungen erhalten als Folge der Angelegenheiten mit den Mosaiken von Thyna, den Hecken, der Touristenakte, seinen Interventionen im Radio, die immer umstritten waren, den Ausschweifungen, den Sittenangelegenheiten... usf.

- Ich war beinahe immer mit Kateb einverstanden, aber überhaupt nicht mit seinen Methoden, seiner Art, an die Probleme heranzugehen.

- Ihr seid beide gebildeter und intelligenter als ich, aber ich wiederhole, daß wir nichts unternehmen ohne die Zustimmung der Eltern, und Kateb ist nie diesem Prinzip gefolgt.
- Er wollte nur die Versuchung beseitigen, aber er fiel mit beiden Füßen in das geistige Labyrinth, in dem er unaufhörlich sein "Ich", seine geistige "Identität" durcheinanderbrachte.
- Ich... ich... ich. Schade, daß er nicht aus seiner Hölle herausgekommen ist!
- Konnte er es?
Zum ersten Mal haben Mansour und Zitouna sich verständigt, um sich in Thyna bei den Ruinen zu treffen, dem Ausgangspunkt ihrer Stadt und Gebiet der Verständigung, um den Beginn der Intimität zu verstärken. Zitouna hat ihrem Freund erklärt, er solle herumgehen und Notizen machen, wenn er einen Artikel dem Ursprung und Glanz dieses heiligen Ortes widmen wolle, der ihm am Herzen liegt.
- Weißt du, daß französische Archäologen, Militärs, die ersten Ausgrabungen unternommen haben? Sie haben eine ganze Stadt entdeckt, die unter dem Sand ruht. Ihr Stolz war so groß, daß sie sie sich zu eigen gemacht haben. Diese Inbesitznahme unseres Erbteils hat sie dazu gebracht, die Römer zu glorifizieren und uns auf unserem eigenen Boden zu verleugnen. Aber es soll nicht darauf ankommen! Auf alle Fälle erzählen die uns verbliebenen Mosaike gut die Geschichte der Ursprungszelle unserer Stadt.
- Hatte Kateb sich an dieser Apotheose von Kunst und Geschichte inspiriert?
- Zweifellos. Ich glaube sogar, er hat sie in seine Erzählung eingeschlossen. Genaugenommen fällt die Versuchung, die nicht mehr die des heiligen Antonius, sondern das Thema des römischen Künstlers ist, mit den Handlungen des Sohnes des Sultans zusammen.
- Du willst sagen: mit dem Raub der Tochter des Fischers?

- Noch viel mehr. Kateb hat sich auch an dem Mosaik inspiriert, das eine Vestalin darstellt für das traditionelle Kleid, das ich am Tag der Rezitation getragen habe. Und läßt die Gorgone mit den zerzausten Haaren des anderen Mosaiks nicht an die Menschenfresserin denken?

- Ich begreife. Die Schlangen, die das Haupt mit den zerzausten Haaren umgeben, sind die Schliche und die phantastische Macht der sagenhaften Monstren unseres Territoriums!

- Ja sie wurden einst von den Griechen besungen. Kateb hat die Geschichte mit seinen eigenen inneren Qualen im Kontext unserer Mythologie gewebt.

- Gibt es andere Elemente, die mir helfen könnten, das Märchen zu erhellen?

- Ja. Mehrere Mosaike stellen Kämpfer dar, die versuchen, sich gegenseitig zu Boden zu werfen, um eine Lorbeerkrone zu erhalten, die eine graziöse Patrizierinnenhand auf den Kopf des Siegers drücken wird.

- Kateb hat allein gekämpft oder vielmehr den Kampf als Einzelgänger geführt, und er wollte von deinen Händen gekrönt werden!

- Unmöglich.

- Seine Versuchung, sein Ehrgeiz und seine Selbstliebe haben ihn daran gehindert. Daher die Tragödie.

- Das Drama spielen wir alle mit mehr oder weniger Glück... Nur Folgendes! Niemand ist Jesus, um alle Übel der Welt auf seinen Schultern zu tragen. Kateb hat seine Ideen, die er für die des Volkes hielt, andern auferlegt. Eine Hand applaudiert niemals allein!

Aus Furcht, die alten Wunden bluten zu lassen, begnügt sich Mansour also damit, nur Fragen über die ursprüngliche Form der Lampen zu stellen, die einzigartig in ihrem Genre sind, mit Thyna zu der Zeit geboren, wo Rom schon auf dem Höhepunkt seiner Macht war. Zitouna zeigt ihm diese Lampen, die im Relief mit Adlern und anderen Verzierungen geschmückt sind. Ein Zeichen, das einem Halbmond ähnelt, fesselt seine Aufmerksamkeit. Stammt es nicht

aus diesem Emblem, das in dem weißen Kreis der Fahne enthalten ist? Das rote Blut hebt sich von dem Weiß ab, nachdem es in der Legitimität der Paarbeziehung vergossen worden ist. Er hat im Gemeindemuseum Reliquien aller Art, die in staubigen Vitrinen untergebracht sind, angesehen: Vasen in Form eines Acquariums, hübsche Amphoren aus irrisierendem Glas, Trichter, Flaschen, Tränenbehälter aus Glas, bronzene Lampen, "einen Tropfenmesser aus Glas, der in besserem Zustand ist als die unseren", sagt die Legende. Am Platz läßt Zitouna ihn die ungeheure Nekropole mit der glänzenden Vergangenheit durcheilen, "ein Rechteck von tausend Metern Länge auf zweihundert Meter Breite", Grabmonumente in einem Stil, der an die pompejanischen Ruinen erinnert - hier sind wir weit vom Vesuv des Jahres 79 vor Christus und von den bergigen Ländern - der Standort sehr schöner Mausoleen, die man um der jämmerlichen Befriedigung willen, wertlose Lampen daraus zu gewinnen, zerbrochen hat.
"Das ist im Grunde, was Kateb getan hat. Welch ärmliche Befriedigung hat er empfunden, indem er Zitouna zerstört hat?" denkt Mansour, während er fortfährt, genau zuzuhören. Nach dem Bild von Thyna hat Zitouna gegen Kateb revoltiert, und nun ist sie bereit, den Bereich ihrer Beziehungen zu Mansour zu vertiefen, während sie darauf achtet, sich nicht durch diesen neuen Verehrer kolonialisieren zu lassen, wie es die alte Stadt durch Hadrian wurde. Der Graben Scipios, ist das nicht der Bruch, der sie in ihrem Körper durchquert und einen Einschnitt macht in ihre ruhmreiche, aber staubige Vergangenheit und die Gegenwart ihrer entstehenden Modernität? Der Ausbreitung ihrer Träume sind keine Grenzen gesetzt. Mansour fühlt diesen tiefen Wunsch seiner Freundin, auf ihre Weise die unsicheren Horizonte ihrer Zukunft zu erforschen. Sie sagt nichts. Ihre Augen sind feucht, aber die Tränen bleiben auf den Pupillen wie ein lebhafter olivgrüner Blitz, der von den Regenbogenfarben eingefaßt ist. Welcher Trost für Mansour, so zwei Stunden in der Freude des stummen Teilens fern von den

düsteren Handelsgeschäften von Taparura zu verbringen! Sie sind fern, sehr fern im Raum und in der Zeit... Sie beugen sich über eine andere Wahrheit als die ihre, die dieser Stadt in Ruinen, deren Zeit der Wiederauferstehung endlich gekommen ist!
Wegfliegen der Asche... Renaissance.
Zitouna fährt fort, unter einer brennenden Sonne den Führer zu spielen. Sie erzählt die Geschichte von einem französischen Schützen, der einen "Sarg aus Zedernholz fand, der die Reste eines jungen Offiziers enthielt... der Leichnam war mit Stoffen bedeckt, die bei der leisesten Berührung zu Staub zerfielen. In einer Hand fand sich ein Schwert, in der anderen ein Speer."
- Wir besitzen diese Reliquien in den Archiven des Rathauses und ich habe mich mit allen Kräften bemüht, sie in einem Schaukasten ausstellen zu lassen. Die Blutspuren auf dem Sarg zeigten, daß das Opfer jung "den Göttern von Rom geopfert worden ist, um ihren Zorn zu befrieden und sie der Seele des Toten günstig zu stimmen." Und warum bemühen sich die Franzosen, uns davon zu überzeugen, daß alle Spuren auf unserem Boden den Europäern gehören? Warum wollen sie um jeden Preis, daß sogar die Begründung und der Ursprung des Namens Thyna römisch und nicht punisch sei?
- Weil sie den ganzen Ruhm und das ganze Prestige an sich reißen wollen! Sie vergessen, daß alles, was sich auf unserem Territorium abgespielt hat, zu uns gehört.
- Ja, das Mischen der Rassen und der Religionen war toleranter und geselliger als bei ihnen... trotz der Kriege und der Grausamkeiten auf beiden Seiten. Kein europäischer Historiker wird es sagen. Deshalb zähle ich darauf, unsere Vergangenheit zu rehabilitieren und die Tradition unserer Stadt, unseres Landes, unseres Kontinents... kurz, alles, was uns gehört, fortzuführen.
- Glaubst du nicht, daß du da den Idealismus von Kateb wieder einholst?

- In gewissem Sinn ja... aber ich will mich auf keinen Fall in den Vordergrund spielen. Wer sagt uns, daß dieser junge tote Offizier, der beerdigt und wiederentdeckt worden ist, nicht der Vorfahr von Kateb ist? Man braucht ihn sich nur mit den Büchern, die von ihm geschrieben worden sind, statt des Schwertes und des Speers vorzustellen.
- Und er müßte sich nicht für die Hautfarbe seiner Ahnen rechtfertigen, seien sie blond, braun oder schwarz!
- Es ist wahr, was du sagst, die europäischen Anthropologen haben unsere Geschichte immer nach ihrer Weise und nach dem Bedürfnis ihrer Angelegenheit gefärbt. Was uns betrifft, so haben wir niemand ausgeschlossen.
- Deshalb liebe ich dich, Zitouna.
Mansour hat dieses Wort wie ein Jasminsparfüm, das sich in seiner natürlichen Essenz ergießt, entgleiten lassen. Zitouna, überrascht über dieses Geständnis, das ihr gerade zu Herzen gegangen ist, ist verwirrt; sie errötet vor Schüchternheit und Glück. Niemals zuvor hat jemand sie in dieser Weise angesprochen. Diese Worte haben sie so verwirrt, daß ihr bleiernes Schweigen sein ganzes Gewicht hat. Ihre Blicke haben sich in einer unendlichen Liebkosung gefunden, einer verwirrenden und schweigsamen Zärtlichkeit.
Dieses erste Fluidum der Liebe, das dem spontanen Geständnis von Mansour folgt, hat sich auf den Ruinen des ruhmreichen Thyna ausgebreitet. Paradoxerweise hat es, statt sie einander anzunähern, einen Augenblick der Verlegenheit und der Distanzierung geschaffen. Zitouna, erschreckt, wurde härter statt sich hinzugeben, kehrte in ihren Gefühlspanzer zurück, nahm eine kalte Miene an und setzte den Spaziergang fort, das Herz ganz erfüllt von ihrer verwirrenden und bewegenden Hoffnung auf eine künftige Verbindung. Wie werden sich die bezaubernden Bande schmieden, die sie schon verführen? Wie wird ihr Epos sich realisieren, dieser Übergang von den Träumen der Jugend zu einer zu vollendenden Wirklichkeit? Sich über Thyna beugen bedeutet, aus ihrer eigenen

Asche wiedergeboren zu werden. Besser noch, sie werden über die Grenzen ihres eigenen Körpers hinausgelangen.
Eine privilegierte und wunderbare Verständigung, die sie entzückt und zugleich überschwemmt! Bevor sie den Ort verlassen, faßt sich Zitouna und zeigt Mansour den genauen Ort, wo man die Werkstatt eines Schuhmachers entdeckt hatte. Der französische Anthropologe fragte sich 1908 "Wer hätte geglaubt, daß die Römer die Kunst kannten, sich des Korks zu bedienen, um ihre Füße vor der Feuchtigkeit zu schützen? So gibt es nichts Neues unter der Sonne!" Wütend kommentiert Zitouna:
- Sie denken, daß wir absolut unfähig sind, was auch immer zu erschaffen! Schließlich wächst der Kork in unseren Wäldern, und der Schuhmacher war vielleicht ein Vorfahr von Kateb. Die Berufe werden seit Jahrhunderten vom Vater zum Sohn weitergegeben. Erst heute sind wir geneigt, die Berufe zu wechseln!
- In der Tat! Derselbe Anthropologe bestätigt, daß die Römer "mit ihren intellektuellen Wellen die unterworfenen Territorien erhellt haben", aber mein Gott, warum sollte nicht das Gegenteil der Fall sein? Und warum sollten wir unsererseits nicht die Europäer aufklären?
- Die Unterworfenen hätten die Eroberer viele Dinge lehren und zu ihrer Entwicklung beitragen können. Letztlich kennen wir das Territorium und die Zivilisation besser. Ein großer Vorteil!
Allmählich rivalisieren Mansour und Zitouna an Leichtigkeit in ihrem oberflächlichen Austausch, der ihre Ungeschicklichkeit in Sachen Liebe kompensiert. Ihre Verletzung wird das Echo der Zerrissenheit des Landes und ihrer Stadt. Eine harmonische Symbiose, die den schmerzlichen Saft der Emotion fließen läßt! Die Freudentränen werden ohne Vorbehalt vergossen, sie besiegeln die Apotheose dieses außergewöhnlichen Nachmittags.
Die Dinge überstürzen sich, nehmen eine unvorhergesehene Wendung. Taparura und seine verschmutzenden Industrien stoßen an die Tore der alten Stadt. Die Fangarme verschlingen in großen

Bissen den ganzen grünen Raum, pflanzen sich in das Herz einer zunehmend vergifteten ruhmreichen Vergangenheit. Die Ruinen zerfallen und stürzen mit schwindelerregender Schnelligkeit zusammen. Der Krebsschaden muß angehalten werden. Alle Petitionen, um sich der Schwefelfabrik zu entledigen, sind tote Buchstabe geblieben. Zur Rettung von Thyna und des kulturellen und künstlerisches Erbes der Region von Taparura muß nicht nur ein Artikel, sondern ein ganzes Buch verfaßt werden! Schade, daß Kateb dieses Projekt nicht in Übereinstimmung mit den Wünschen seiner Kusine unternommen hat. Er hätte ihr Vertrauen und das seiner Mitbürger wiedergewinnen und zugleich ihr Herz erobern können. Zu spät! Zitouna hat den Kampf ganz allein geführt und sie schlägt sich noch heute, um das phantastische Projekt wieder in Gang zu bringen: den Geist von Thyna in die Umfassungsmauer der Medina selbst, zu der sie gehört, zurückzubringen. Bab El-Kasbah erscheint der ideale Ort, um die Mutterstadt in den Schoß der Tochterstadt aufzunehmen. Taparura würde dann ein Kind zur Welt bringen, das lediglich seine eigene Mutter wäre. Um wieder zum Fötus zu werden, hat Thyna symbolisch sterben müssen, der letzte Tod, der die Umfassungsmauer aufs neue beleben wird, die Umfassungsmauer von Bled El-Arbi, der Arabischen Stadt.

In den Aufregungen, die sie durcheinandergebracht haben, hat Zitouna alle Arten von Mitteln versucht, einen Schritt nach dem anderen unternommen, Zwang auf Zwang abgebaut. So viele Aktionen, die zumindest waghalsig sind, aus denen sie Reife und Selbstbewußtsein erlangt hat selbst durch Mißerfolge, die um so einschneidender sind, als sie untrennbar sind von ihrem persönlichen Leben. Das Land hat ihr die Türen des Wortes und des Rechts der Frau geöffnet, während ihr Cousin sie mit seinen eigenen Händen beraubt hat. So muß sie die Trauer der Vergewaltigung tragen, wie Thyna die der Planierraupe und der Eindringlinge, um ganz sie selbst zu werden, das Kind-Thyna. Eine Renaissance, bei der sie das Gefühl hat, ihre Jungfräulichkeit wiederge-

funden zu haben. Ein grenzenloses Erblühen, das weder Schminke noch der Koketterie bedarf.
Ihr Hinabtauchen mit Mansour in das schmerzliche Herz von Thyna, das dabei ist zugrunde zu gehen, hat den Schrecken, der im Grund ihrer Eingeweide nistete, entfernt. Niemals hat sie sich so gut gefühlt wie gegenwärtig neben diesem sanften Wesen, das selbst gequält ist, schüchtern und aufrichtig, das sie durch seine Einfachheit berührt hat. Sie vibrieren beide im selben Ton, dank der Worte, die er zu finden gewußt hat, um sie zu befreien, ein magischer Drachen, der die Ranküne befriedet und die Bitterkeit mildert. Zitouna folgt den fernen Fährten, die von ihren Ahnen und ihren Eltern gezogen wurden, die sie zu ihrem eigenen Geheimnis führen, aus dem sie auch ihre Kraft schöpft. Sie rezitiert nicht mehr auswendig gelernte Formulierungen, sondern erschafft selbst die Noten ihres Gesanges, um sie besser zu übermitteln.
Was ihn betrifft, so hat er das erste halb befriedende, halb schmerzliche Lächeln, das er jemals auf ihrem Gesicht gesehen hat, festgehalten. Die Schönheit von Zitouna hat sich wie durch ein Wunder vervielfacht. Die Wunden verwandeln sich dank des Todes von Kateb, dieser Hymne, die ihr Verständnis galvanisiert. Doch noch muß die Nachforschung beendet und die Ursache dieses Todes gefunden werden. Während er die Straßen von Taparura durchforstet wie gewöhnlich, aufmerksam auf Ereignisse, die zu erzählen sind, erinnert sich Mansour an die Köstlichkeit ihres ersten Treffens, die Agonien von Kateb mit seiner Kusine, die Gedichte, die an die weinerlichen Gummibäume der Avenuen geheftet waren, die Reden gegen die Touristen, Eindringlinge auf dem Heimatboden, die vernichteten Projekte der Nutzbarmachung des Erbteils, der fünftaktiken Walzer der Statuen, die das Herz der Stadt bevölkert haben und anderen Unzuträglichkeiten. Man muß zuerst diejenigen bezeichnen, die unverdächtig sind: Moses und Amar, deren man sicher sein kann. Seit seinem Exil in Frankreich verfehlt der letztere niemals, die Erinnerung an ihren verstorbenen

Freund zu evozieren, mit dem "er Wasser und Brot“ geteilt hat, den Kif und das Gerede über die Mädchen. Was Moses betrifft, so war er ehrenvoll und aufrichtig auf dem ganzen Gebiet. Er hört nicht auf, seine Sehnsucht nach der Rückkehr in sein Heimatland zu bezeigen. Moses würde keiner Fliege etwas zu leide tun. Die Freundschaft ist geheiligt.

Mansour weiß, daß seine Landsleute, die Taparurianer, an einer großen Unruhe leiden. Sie stammt von ihren Vorfahren, denen es an Wasser gefehlt hat. Daher ihre Verachtung für das Vergängliche und ihr Glaube an die sicheren materiellen Werte: vor allem die Errichtung von Gebäuden, da sie alle Abkömmlinge von Maurermeistern sind. Familie, Land und Meer sind ihre drei fundamentalen Quellen. Es handelt sich also darum, zu analysieren, ob das Verbrechen für die, die nach Macht gieren oder für die Familienstreitigkeiten gewinnbringend war. Unter diesem Blickwinkel gesehen könnten Tahar, Sadok und Dahak verdächtig sein. Wenn sie nicht selbst gehandelt haben, haben sie das Verbrechen finanziell unterstützen können. Von der Familie des Verstorbenen kann Mansour niemanden beschuldigen oder verdächtigen; Kateb wurde von den meisten Mitgliedern seiner näheren Familie respektiert. Als Ältester genoß er das Vertrauen seines Vaters; ohne darauf zu warten, seine Nachfolge anzutreten, traf er schon Entscheidungen an seiner Stelle. Als einflußreicher Berater, Schiedsrichter in seinem Clan, war er als gerechter und integerer Mann angesehen. Also warum diese Brutalität gegenüber Zi-touna, die ihrerseits ihr Leid im Brunnen ihres Herzens ertränkt hat?
Es bleibt übrig, sich dem Märchen zuzuwenden, in dem sich eine Anzahl Frauen mit unbestreitbarer Macht kreuzen, was von Seiten Katebs als ein erheblicher Widerspruch in Bezug auf seine Haltung erscheint. Der junge Nachforscher möchte dieser Tage seine Notizen nachsehen, aber gegenwärtig erinnert er sich daran, daß er in seinem Tagebuch die inzestuöse Topographie des Landes und der

Region denunziert hatte. Alles inkarniert durch die Statue, die heute die Stadt entstellt. Im Profil bilden der Kopf des Pferdes und der Körper des Reiters die exakte Zeichnung des Ufers des Landes. Geographische Karte in Bewegung, die durch die heuchlerische Zunge, die aus dem Ausland kommt, in Bewegung gehalten wird. Nachts heben die gut geregelten Scheinwerfer die verschleierten Züge dieser vertrauten Gruppe hervor, um sie zu einem immer wolkenlosen Himmel fliegen zu lassen. Die Statue schwingt ihre schwerwiegenden Wahlentscheidungen mitten auf dem runden Platz der Stadt. Der Verwaltungsrat folgt wörtlich diesen erhabenen Gesetzen, während die Spatzen offen ihre Exkremente auf das bronzene Gesicht setzen, bevor sie sich in der Nacht der Olivenbäume verlieren.

Als die letzte Villa von Fathia erbaut ist, beschließt man, den Einzug bei der Rückkehr Sadoks von einer Pilgerfahrt nach Mekka zu feiern. Um "seine Sünden reinzuwaschen" hat er beschlossen, diese Reise ziemlich jung zu unternehmen - gewöhnlich sind es die Alten, die dem Tode nahe sind, die sich dahin begeben - um seine Bindungen an den Propheten zu festigen und sein Leben mit der Weiße des Jenseits zu krönen. Am Abend seiner Ankunft in Monastir brechen vier Autos von Taparura auf, um ihn triumphierend in den Schoß der zurückgekehrten Pilger in Empfang zu nehmen. In Burnusse und wollene Decken gewickelt wärmen sich die Freunde und die Familie um ein Holzfeuer, wobei sie gleichzeitig einen schwarzen Tee schlürfen, um sich vor der Feuchtigkeit, die sie frösteln läßt, zu schützen. Sadok kommt aus dem Flughafen nach der Zollkontrolle, die er schnell hinter sich bringt, da die Zollbeamten aus der Umgebung stammen. Tahar bringt ihm die gute Nachricht:

- Ich bin jetzt Abgeordneter. Ein neuer Bürgermeister und ein neuer Gouverneur sind ernannt worden. Beides Nicht-Taparurianer!

- *Mabrouk*[34], wir sind stolz auf dich, sagt Sadok, halb erschreckt und halb eingeschlafen. Habt ihr den Schuldigen in der Kateb-Affäre gefunden?
- Die Wolldecken, die die Leute bedeckten, die dich erwarteten, erinnern mich an die der Menschenfresserin der Erzählung. Ich glaube, daß das etwas verbirgt, sagt Mansour.
- Was willst du da suchen? antwortet Sadak. Ich sehe, ihr habt euch nicht sehr gerührt während meiner Abwesenheit.
- Doch, wir sind vorangekommen, aber auf leisen Sohlen, sehr vorsichtig. Zuerst ein großer Mabrouk für die Pilgerfahrt. Kateb hat "seinen Platz leer gelassen", er wäre gekommen, dich zusammen mit seiner Schwester zu empfangen. Ich bin auf einer guten Fährte und die Erzählung wird mir helfen.
- Der *hrem*? Die Wolldecke?
- Ja, die Wolldecke unter anderem. Es ist ein Element, das seine Bedeutung hat, da es erlaubt, die Türen zu öffnen und als fliegender Teppich zu dienen!
- Ich glaube nicht allzu sehr daran.
- Doch. Kateb nennt sie manchmal *hram*, was Sünde bedeutet, wie du weißt, und ich habe den Verdacht, daß er seine Schuld und vielleicht seine Art der Sühne annahm.
- Du willst sagen, daß er sein Glück und sein eigenes Verschwinden zugleich inszeniert hat.
- Vielleicht! Auf alle Fälle hat er das Dilemma, das er erlebt hat, dramatisiert, aber immer in einer indirekten - hermetischen Form!
- Du hast recht. Lassen wir das für den Augenblick ruhen. Welches sind die anderen Neuigkeiten?
- Amar und Moses haben mir geschrieben. Sie beklagen sich, der eine über den Rassismus, den er bei der französischen Bevölkerung antrifft, und der andere über die Kälte der Beziehungen mit den Leuten und ihre Kleinlichkeit. Alle beide fühlen ein tiefsitzen-

[34]Herzlichen Glückwunsch

des Heimweh nach dem Land, das ihnen fehlt wie "Brot und Wasser".
- Sie wollen zweifellos sagen wie das Olivenöl, das "nährt, den Geist erhellt und heilt". Aber ich, ich habe euch Weihwasser mitgebracht, *maïet Zemzem* aus der Quelle von Mekka. Und Dahak?
Ohne auf die Antwort zu warten, öffnet Sadok seinen Koffer, bevor er ihn in den Kofferraum des Wagens von Fathia legt, holt einen metallenen Kanister heraus wie die Taube aus dem Hut eines Zauberers. Er macht ein Loch darein, schenkt dieses mystische Geschenk aus, das er in einem Teeglas allen Freunden anbietet. Jeder trinkt einen Schluck von dem Wunderwasser, das als Heilmittel für alle Übel angesehen wird, von der Migräne zur Kolik... Das Wasser bringt auch den Frieden in das Herz der Gläubigen, außerdem Erfolg und Gesundheit! Kostbarer Wertzuwachs für die Taparurianer, die auf den Zurückgekommenen ausgerichtet sind und sich von all ihrem Elend befreit fühlen mit diesem Weihwasser, das für sie vom Himmel fällt...
Während der Reise antwortet Mansour auf die Frage von Sadok nach Dahak:
- Nun ja! Anne-Marie hat die Scheidung beantragt und Dahak war arbeitslos, er bringt niemand mehr zum lachen. Kein Talent mehr zum Komödianten, den Araber im Film zu spielen. Er arbeitet in Teilzeit bei *Radio France Internationale.* Moses hat ihm geholfen, zu dieser Stelle zu kommen. Es scheint, daß Anne-Marie ihre gemeinsame Tochter Monia aufgenommen hat, die bei der Großmutter väterlicherseits in Marseille geblieben war. Sie hat Dahak einen Pastis nach dem anderen trinken lassen, dann ist sie verschwunden mit der Kleinen ohne eine Adresse zu hinterlassen. Am nächsten Tag, wieder nüchtern, hat er sich in einem leeren Hotel befunden. Der Arme empfand darüber solchen Kummer, daß er sich selbst schlug und seine Kleider zerriß... Er wagt nicht mehr zurückzukommen aus Angst, zum Gespött aller zu werden.

- Eine komische Geschichte? Du weißt, daß er oft zu mir sagte: die Pilger, die Hühner und die Sandstürme sind drei Geißeln, vor denen man unter allen Umständen fliehen muß! Es ist eher er, wandelndes Unglück, dem man aus dem Weg gehen müßte.

Kaum ist er von seiner Pilgerfahrt zurückgekehrt, fängt Sadok an, andere schlecht zu machen, aber in aller Unschuld. "Er hat soeben seine Sünden gelöscht!" Doch sei's drum, er erkundigt sich bei Mansour, warum er nicht zum Chef ernannt worden ist, er ist wohl Verwaltungsrat, da Tahar befördert worden ist...

- Die Ernennungen hängen nicht von den Ratgebern oder der Bevölkerung ab, sondern vom Vater der Nation. Und man kann ihm nur gehorchen! Du weißt es, Herr Pilger!

- Ja, die einzige Partei, die von Allah und seinem Propheten behütet ist! Der Eunuch macht unsere Kraft aus, sagt er[35]. Das Foto des Präsidenten thront über allen Köpfen. Sieh, Taparura ist von neuem eine große Baustelle. Wir haben Fabriken, Wohnungen, Schwimmbäder errichtet, obwohl wir nur zwei Schritt vom Meer entfernt sind. Jedermann arbeitet. Keine Arbeitslosen bei uns...

Intensive Aktivität der Stadt, wo die Mofas in ständig anwachsender Zahl den Verkehr dergestalt durcheinanderbringen, daß man sich dort weder im Code der Straße, noch in der Logik der Bewegungen wiederfindet, also völlig verloren ist. Autos, Radfahrer, Fußgänger und Fuhrwerke haben die Eingebung, sich in einer sagenhaften Unordnung zu kreuzen. Die Leere der Kreuzung, die die Geister beschäftigt, ist von neuem von der Statue des Erhabenen Kämpfers besetzt, was die Direktoren der Stadt einschüchtert und die beiden Reihen von Gummibäumen, die brav nebeneinanderstehen, um abends Zielpunkt der schwirrenden Schwalben zu sein. Ihr frenetischer Flug nimmt Konkurrenz auf mit dem Geplauder, das aus den anliegenden Cafés kommt.

---

[35] Französischen Wortspiel mit *unique* (einzige)

Auf dem Land bildet das, was von den Gärten bleibt, Blasen aus Plastikkugeln, die an abgehäutete Hände, die mit wenig appetitlichen Beulen bedeckt sind, erinnern. Künstliche Glocken, dazu geschaffen, die mit Insektiziden besprühten Frühgemüse zu schützen. Die Gewächshäuser Fil-Clair heben die Bauern aus dem Sattel. Man baut dort die Tomate von Marmande an, um sie fern vom Schwefel, der vergiftet, wachsen zu lassen und man verdirbt sie, damit sie in all ihrem Glanz verkauft werden kann?
Das Herz von Mansour ist woanders, gefangen in der Entdeckung einer Liebe, die sich nach und nach entschleiert, aber ihm zerbrechlich scheint, wie dieses durchscheinende Material, das die Frühgemüse bewacht: alles wächst und entfaltet sich wie aus Magie. Fern von den Witterungseinflüssen kommt die Sonne, um die rötlichen Häute in dem Frieden, den man einzurichten verstanden hat, zu reifen.
Der Gerechtigkeit sei Genüge getan, auf daß sie sich in aller Ruhe niederlassen kann.
Wohin werden uns diese Bögen, die man sieht, soweit das Auge reicht, führen? fragt sich gedankenvoll Mansour, wobei er sich zugleich wieder anschickt, über seine Nachforschungen nachzudenken.

Kap. 9 : Borj Ennar
Die geopferte Unschuld

Es fühlt nur der die Glut,
der sie mit eigenen Füßen austritt.

Der Wind oder das Meer haben sich gestritten,
aber die Barke blieb als Treibgut!

Tunesische Sprichwörter

Zu sagen, daß Sfax der Sitz eines unabhängigen Staates hätte sein können! Und die Stadt war es während einer kurzen Epoche am Ende des elften Jahrhunderts (1095-1099). Vier Jahre lang hat sie sich in ihrem Ruhm und ihrer Freiheit, die die Araber mit allen Kräften schützten, gesonnt. Diese Erbin von Taparura, die ihre Materialien zur Errichtung der Kasbah und der Moschee hinterlassen hat, wurde von dem normannischen Fürsten Roger von Sizilien für eine kurze Zeit eingenommen. Abdel el Moumène, der Almohade, gab sie dem Islam zurück. Die Spanier besetzten sie im sechzehnten Jahrhundert, bevor sie den Platz den Ottomanen überließen. Im siebzehnten und achtzehnten Jahrhundert gibt sich die Stadt der Piraterie hin bis zum Vertrag von Bardo, den sie heftig anfechten wird. Zuerst dem fremden Besatzer unterworfen steht die Hauptstadt des Südens auf, dann zeichnet sie sich aus und gewinnt einen guten Ruf in den lukrativen Aktivitäten des Handels ohne sich allzu sehr um ihr kulturelles Erbe zu kümmern. Vielleicht zielten die Bemühungen von Kateb und seiner Generation, auf diese Rückkehr zu sich, die Durchquerung der Wüste der Zeit, die so reich ist, daß sie ebenso in ihrem Gehalt unerschöpflich ist wie in ihrem Ausdruck! Wieviele Brüche, Parteinahmen und Gedankenflüge für Sfax, das sich seinen eigenen Weg bahnt trotz der Widrigkeiten - wie eine mutige, hartnäckige Frau. Knotige Zitouna[36] der Gegend, die ihre wunderbaren Ernten an Oliven liefert, wenn man sie hegt und pflegt. Die Taparurianer haben eine Kunst entwickelt, den Olivenbaum mit den kriechenden Wurzeln zu pflanzen, die sich nach Wunsch ausbreiten. Der Landwirt muß jede konkurrierende Pflanze so daran hindern zu wuchern, so daß diese wunderbaren Bäume aus einer sterilen Wüste zu kommen scheinen.

[36] Olivenbaum

Eine wilde Aufgabe, welche die jungen Wölfe vernachlässigt haben, nur um sich die Taschen mit Hilfe eines Geschäftes zu füllen, das im ganzen Land als japanisch qualifiziert wird. Eine Ausnahme bilden Kateb, Zitouna und Mansour, die niemals ihre Hände in das unreine Wasser des materiellen Vorteils und des Verbrechens getaucht haben. Sie sind oft durch Bab Ed-Diwane in ihre Medina vorgedrungen, um sich zum Osten hin zu wenden und sich in Bab El-Kasbah zu treffen, dem bevorzugten Ort der lebhaftesten Diskussionen. Wie wir wissen, wünschte Zitouna, daß aus diesem Ort, der gleichsam in Ruinen lag, ein Forum wie das von Thyna hervorgehe, ein Rendezvous während Jahrhunderten von Politikern, Händlern und Flaneuren, die den Schatten der Arkaden suchten, den Frieden des Geistes für ihre durch die harte Arbeit langer Tage erschöpften Körper. Manchmal wandte sich Kateb nachts Richtung Osten, um andere Freunde zu treffen, Kif-Raucher oben am Borj Ennar, dieser anderen Facette der Geschichte, die sich in dem deformierenden Spiegel der unersättlichen Stadt spiegelt. Wieviele Male sind sie die ausgetretenen Stufen herabgestiegen, um unten am Wall zu pissen? Sie stiegen wieder hoch, um sich zwischen den Zinnen niederzusetzen und sich in Träumen zu verlieren, während sie das Profil der Mauern mit dem vervierfachten Bab Ed-Diwane betrachteten - mit den beiden alten Toren, man hat zwei neue nach der Unabhängigkeit hinzugefügt - der Reihe der Gummibäume, die senkrecht zu der der Avenue Hédi Faker verläuft. Gegenüber konnten sie das Haus der Partei sehen, das seine weiße Silhouette in die Avenue Ali Balhaouane vorschiebt.
Mansour kommt nach Borj Ennar zurück, um seine Nase in das, was von der Affäre Kateb bleibt, zu stecken und sie vielleicht auszugraben, diese Affäre, deren Erinnerung hier wie ein lästiger Refrain widerhallt! Zur Zeit von Kateb ließ sich ein öffentlicher Erzähler im Winkel der Rampe zwischen der Treppe und dem Wall nieder, aber heute ist dieser Platz von einem Parkplatz besetzt. Mangels seines genauen Namens gab man diesem Possenrei-

ßer den Namen Al-Fdaoui wegen seines elefantenhaften Gedächtnisses. Es hieß, er komme aus Sakiet Ez-Zit, einem kleinen Flekken auf der Straße nach Tunis, der nach Öltrester und zerstoßenen Oliven riecht, gerade, um den Taparurianern die Geschichte der Gründung ihrer Stadt zu erzählen, die zur Legende wurde, nachdem sie von Mund zu Mund weitergegeben worden war. Al-Fdaoui trug zerknautschte und verblichene Kleider, die er unter einem braunen Burnus verbarg, der ihm, wenn er ihn mit ausgestreckten Armen wie Christus am Kreuz bei den beiden Enden hielt, als Flügel diente. Er tat dann so, als höbe er von dem Kreis ab, den er auf der gestampften Erde mit seinem Stock gezogen hatte, den er anschließend über seinem Kopf wirbeln ließ. Pirouetten von einer Geschicklichkeit, die das Publikum mit offenem Mund zurückließ! Und wenn er sicher war, daß das Auditorium völlig auf das Spektakel fixiert war, begann er mit einer süßen und seidigen Stimme zu sprechen, immer darauf achtend, seinen Höhepunkt in der Schwebe zu lassen. Nach Bedarf rief er den sich schlängelnden, kalten Freund zu Hilfe, der sich in einem Nachtlokal der Halwa Chamia zu Tode langweilte. Die Zeit eines Fröstelns des Auditoriums zielte er mit dem beunruhigenden Blick seines dreieckigen Kopfes auf die auf köstliche Weise erschreckten Zuschauer.

"Es wird erzählt, und Allah ist der einzige, der die Wahrheit kennt: Es war einmal... ein Sultan regierte in Kairouan. In den fernen Zeiten war es die Hauptstadt unseres Landes. In einer Nacht unter den Nächten hatte der Sultan einen bösen Traum. Er sah sich, wie er in aller Öffentlichkeit eine Ohrfeige empfing. Welch eine Verletzung! Welch eine Demütigung! Um zu vermeiden, daß sein Traum Realität wurde, beschloß er, die Stadt zu fliehen, und diese böse Vorhersage fern von seiner gewöhnlichen Umgebung zu erdulden...

Er steigt auf ein weißes Pferd und wendet sich unter dem Schutz Gottes nach Gabès... er reist... er reist... Eines Tages begegnet er einem geschwätzigen Wadi, der ihm den Weg abschneidet.. Er zieht...

er zieht so sehr an den Zügeln seines Pferdes, daß er sie zerbricht. Der Wadi verschlingt das Pferd. Leichtfüßig springt er auf die Böschung. Er fährt fort zu gehen, zu gehen... bis zu seiner Ankunft in Thyna. Dort trifft er einen Krapfenverkäufer namens Sielà. Demütig richtet er sich mit folgenden Worten an ihn:

- Haben Sie keine kleine Arbeit für mich?

- Was verstehst du zu tun?

- Alles.

Da nimmt ihn der Händler in seinen Dienst. Er zündet sehr früh am Morgen das Feuer an, bereitet den Teig, reinigt die Verkaufsbude... Kurz, der Patron ist zufrieden mit ihm. Eines Tages sagt er zu ihm:

- Du solltest dich mit einem Mädchen aus guter Familie verheiraten. Wenn du willst, finde ich eine für dich. Das ist die einzige Lösung, damit du dich in der Stadt nicht mehr fremd fühlst.

Er nimmt an, und die Hochzeit wird gefeiert. Der Krapfenverkäufer hat zwei andere verheiratete Töchter und zwei Enkel. Bei ihrer Beschneidung beschließt er, ein großes Fest zu geben. Es sind die Tamburin-, Zikra-, Mezouedspieler[37] *gekommen.... Ein Fest, wie man es noch nie erlebt hat! Es war da auch ein Ouarrâch*[38]*, der mit lauter Stimme die Eingeladenen und die Geschenke ankündigte.*

- Und Sie, Si Flane, was geben Sie? Als der Hammach du Ftaïri an die Reihe kommt, antwortet er:

- Dem Ältesten gebe ich die jährliche Olivenernte des Sahel, dem Jüngeren die jährliche Ernte von Datteln des Jérid.

Der Ouarrâch hebt die Hand und ohrfeigt ihn:

- Du verspottest uns oder was?

Da sagt das Opfer zu jedermann:

- Erinnert euch, Leute, die Hand, die die Ohrfeige gegeben hat, wird abgeschnitten werden. Er beschließt also, nach Kairouan zurückzukehren. Er sagt zu seiner Frau:

---

[37] Dudelsack mit zwei Pfeifen

[38] kündigt die Geschenke des Gäste an

- Ich werde reisen und ich weiß nicht, wann ich zurückkommen werde.

Er stellt sich unter den Schutz von Allah und schlägt den Rückweg ein. Derselbe Weg, der ihn in das Herz von Thyna geführt hat, hat ihn in seine Stadt zurückgebracht. Auf dem Weg überquert er wieder Wadi Harhar. Dieses Mal war er nicht so laut. Auf dem Trockenen sieht er einige Mähnenhaare aus dem Schlamm ragen, er zieht an einem Mähnenhaar, und mit der Macht Gottes steigt sein Pferd so lebend wie vorher heraus. Da sagt er sich: „Wenn es kommt, läßt ein Mähnenhaar es kommen, und wenn es verschwindet, können die Zügel es nicht zurückholen." Dieses Sprichwort wird heute oft im ganzen Land wiederholt.

Es setzte seinen Weg fort, und als er an den Ort kam, wo sich gegenwärtig Sfax befindet, wurde es dunkel. Er wurde ganz krank vor Müdigkeit. Glücklicherweise standen da vier Zelte, in denen mehrere Familien wohnten. Der Douar bereitete ihm einen guten Empfang; man versorgt ihn mit einer Fleischbrühe. Man gibt ihm soviel Bouillon, daß er am nächsten Tag geheilt ist. Er nimmt den Weg nach Kairouan wieder auf. Er bleibt einige Tage in seinem Königreich, bittet seine Soldaten, ihn zu begleiten, und kehrt geradewegs nach Thyna zurück. Er bittet die Einwohner von Thyna, wieder mit der Beschneidung zu beginnen. Der Ouarrach sagt:

- Das ist das Geld, das ihr dem Ältesten versprochen habt, und hier ist das Geld des Jüngeren...und ihr habt auch gesagt, die Hand, die die Ohrfeige gegeben hat, wird abgeschnitten werden." Der Sultan befiehlt also, ihm die Hand abzuschneiden. Die Soldaten schnitten auf der Stelle die Hand des Ouarrach ab. Danach forderte er von der ganzen Bevölkerung, aus der Stadt herauszugehen und befahl seinen Truppen, Thyna zu zerstören.

Der Sultan nahm alle Leute mit bis zum gegenwärtigen Sitz von Sfax. Er fragte die Leute des Douar, was sie sich am meisten wünschten. Sie antworteten alle: "Erbaue uns eine Stadt, die von einer Mau-

er umgeben ist, um uns gut zu schützen." Er sagte seinem Ingenieur, der ein schwarzer Mann und sein enger Freund war (nicht sein Sklave, wie Scharlatane gerne erzählen): Ya Sfa koss. *Sfa, schneide. Der Ingenieur hieß Sfa. Er begann, Riemen aus einer Kuhhaut zu "schneiden", um die neue Stadt zu umreißen. Als er damit fertig war, einen Haufen Fäden zusammenzuraffen, wiederholte der Sultan* koss - *schneide. Deshalb hat man unsere Stadt Sfakoss genannt nach dem Namen des schwarzen Ingenieurs und dem letzten Wort des Sultans. Die Arbeiten begannen... und sobald es an Geld fehlte, um fortzufahren, ging man nach Kairouan, den Sultan um welches zu bitten... Das letzte Mal sind ein Greis und sein Sohn gegangen, Geld zu erbitten, um die Arbeiten zu beenden. Nachdem sie das Geld vom Monarchen erhalten hatten, kamen sie aus dem Tor von Kairouan heraus. Sie fanden es sehr schön. Der Sohn sagte zum Vater:*

- O mein Vater, was sagst du dazu? Wenn wir ihr Tor aus den Angeln heben würden, um es in unsere Stadt zu versetzen?

Der Vater antwortete:

- Das ist eine gute Idee. Jeder hob einen Torflügel aus den Angeln, nahm ihn auf den Kopf und flüchtete. Auf halbem Weg hörten sie den Galopp der Pferde... die Soldaten des Sultans verfolgten sie...

- Was sollen wir tun, fragt der Sohn, und der Vater antwortete:

- Lege deinen Torflügel auf den, der auf meinem Kopf liegt und sammle schnell Steine auf, um uns zu verteidigen.

Der Sohn befolgte die Worte des Vaters genau. Er hebt Steine auf, bis er einen Haufen gemacht hat; er steigt auf den Haufen, holt seine Schleuder heraus, legt den Stein mitten auf das Seil, läßt es wirbeln und schleudert es mit aller Kraft.

- Auf was muß ich zielen? fragt er den Vater, das Ohr oder den Knöchel?

- Das Ohr.

Der Sohn zielt gut und schießt, ein Soldat fällt um. Einige Soldaten machen kehrt. Aber vier oder fünf setzen ihre Verfolgung fort.

- Was soll ich machen?
Und der Vater rät:
- Triff sie am Knöchel.
Und sie bleiben festgenagelt dort. Der Wezir kehrt mit den übrigen Soldaten zurück, um dem Sultan das Resultat ihres Rittes zu verkünden:
- Sire, diese Leute sind nicht wie jedermann, das sind Kolosse, die die Flügel unseres Tores ausgehängt und mitgenommen haben.
- Das macht nichts. Ich weiß, wem ich mein Geld gegeben habe. Das sind Leute, die es verdienen... wenn sie euch geschlagen haben, geht mich das nichts an.
Ich will keineswegs die Geschichte verlängern. Unsere Sfaxer sind gut bei sich angekommen. Sie haben das Tor am Wall in Sidi Bou Chwicha eingehängt, wo man es heute noch sehen kann... und so ist unsere Geschichte zu Ende. Oua Enalam."
Mansour hatte verschiedene Versionen dieser Geschichte aus dem Mund seiner Großmutter gehört, aber er kam gerne in die Runde von Al-Fdaoui zurück, um sie noch einmal und noch einmal zu hören! Er hatte niemals Zitouna unter den Wällen bei den Zuhörern gesehen. Doch war ihre Schwester Ahlem dort oft anwesend. Sie trank die Worte des Erzählers und blieb noch nach dem Ende der Geschichte, wenn jedermann weg war. Mansour bemerkte diese Hartnäckigkeit, ohne sich jemals für die Gründe für dieses Verhalten zu interessieren.
Gegenwärtig macht er sich klar, daß in der Geschichte die Schmach bestraft worden war, indem die Hand des Schuldigen abgehauen wurde. Die Strafe ist als solche übertrieben, vor allem, weil außerdem der Sultan Thyna schleift und die ganze Bevölkerung deportiert. Indem er die Gerechtigkeit wiederherstellte, begeht er eine andere Ungerechtigkeit, die noch offensichtlicher ist. Schließlich hat diese maßlose Handlung der Stadt Sfax und ihren Wällen zur Entstehung verholfen. Der Diebstahl der Tore stellt sich als Kompensation dar, eine Revanche für die Zerstörung der

antiken Stadt. All das wirbelt im Kopf von Mansour herum, bis es ihm den Schlaf raubt. Wenn er zurückgekommen ist, um erneut dieselbe Geschichte zu hören, heißt das, daß er von dem faszinierenden Austausch, von diesem Drama, das den Gründungsplan seiner Stadt auftauchen sah, angezogen war. Die zufälligen Spekulationen flieht er... Und er findet sich hier nur auf dem Gebiet der Legende. Dennoch behält er nur eine einfache Tatsache: indem sie sich um den Topf, der von Al-Fdaoui geformt worden war, dreht, könnte Ahlem in die Affäre Kateb verwickelt sein; sie würde als Modell die Verwicklungen nehmen, die die Aktionen des Sultans hervorgerufen haben. Vielleicht das Schema der Revanche, um den Fehler auszulöschen! *Hole deine Hand aus der Brühe aus Angst, daß sie verbrennt*, sagt das Sprichwort, und Mansour, als guter zuvorkommender, arbeitsamer, entschlossener Taparurianer verfolgt als Ameise die dornigen Wege der Wahrheit.

Von Sadok und Fathia eingeladen, den Montag, Feiertag für die Geschäftsleute, am Strand von Chaffar zu verbringen, um während dieser besonders warmen Sommersaison zu baden, beschließt Mansour, am Friedhof, der sich auf der Straße nach Gabès befindet, halt zu machen, um sich am Grab von Kateb, der seine Einsicht in schwierigen Augenblicken erhellen könnte, zu sammeln. Er glaubt, daß er auf dem richtigen Weg ist. Zuerst erinnert er sich, daß die Sitte will, daß man den Friedhof am Donnerstag, dem Tag der Toten besichtigt, aber da er auf der Straße nach Gabès ist, kann er genau so gut die Gelegenheit ausnutzen. Einige blinde Bettler verkaufen ihre Dienste, indem sie Koranverse zitieren, immer bereit, die Suren mit einer schwindelerregenden Geschwindigkeit runterzuhaspeln, um zu anderen Klienten, die man dringend bitten muß, überzugehen... und das nimmt Zeit! Den Ellbogen auf das Grabmal wie auf einen Pflugsockel, der die Erde aufreißt, gestützt, schließt der Rezitierende schnell das Gebet, streckt die Hand hin, in die Mansour einige Dinare legt:

- Es ist wohl das Grabmal von Kateb Maktoub? Sie wissen, daß er mir oft Almosen gegeben hat, und daß sein Tod mir immer rätselhaft erschien. Er war bei guter Gesundheit, und er hatte auch gute Freunde. Sind sie ein wenig vorangekommen, Ya Si Mansour?
Erstaunt, daß er von dem Bettler erkannt worden ist, antwortet er:
- Jeden Tag nähere ich mich ein wenig mehr der Wahrheit. Es fehlen einige Details über die genauen Umstände seines Sturzes vom Wall. Mehrere Szenarien sind möglich, aber ich ziehe es vor, das Resultat meiner Untersuchung für mich zu behalten, bis ich weitere Beweise habe.
Mansour beugt den Kopf, öffnet die Flächen seiner Hände zum Himmel, als ob er in ihnen wie in einem offenen Buch lesen würde, um einige Verse von Aboûl Hassan Sahnoûn zu murmeln, während er zugleich an Zitouna denkt, an die er sie hätte richten wollen, und an Kateb, der sie sicherlich in seinem Grab deklamiert hätte, nun, wo er auf dieser Welt für alle Ewigkeit stumm ist:

Es gibt in mir eine solche Begierde nach Dir
Daß sie, wenn der Stein es ertragen würde
Wie durch ein heftiges Feuer gespalten wäre.

Er weiß nicht, warum er schweigend dieses Gedicht rezitiert hat statt des Gebetes, aber die innere Musik dieser schönen Verse verwirrt ihn. Sein Herz ist nicht mehr bei den Intrigen; er gibt sich der Hoffnung hin, Zitouna wiederzusehen und ihr die Flamme, die ihn verbrennt und die er nicht mehr beherrschen kann, zu gestehen.
Als Älteste der Familie hat Zitouna immer ihrer Schwester Ahlem, die sich wegen jeder Kleinigkeit aufregte, geraten, die böse Handlung von Kateb zu vergessen und nur seine Schriften zurückzubehalten, denn, so sagte sie: „Er war rein in der Theorie und auf dem Papier, aber eine Mischung in der Praxis und im Leben." Und sie fügte hinzu:
- Man muß ihn entschuldigen aus dem einzigen Grund, daß er den Akzent auf das kollektive Wohl in seinem Werk gelegt hat, selbst wenn er für sich schrecklich egoistisch war...

Ahlem verstand diese Erklärungen nicht richtig; sie war bereit, mit gebundenen Füßen zu springen, sich auf ihn zu werfen, und sei es nur, um ihren streitbaren Geist und ihre tiefe Abneigung zu befriedigen. Zitouna ermutigte sie, ihren Überschuß an Aggressivität und Energie in sportlichen Übungen oder Tänzen der Heiligenfeste auszuleben. Die jüngere Schwester macht den Eindruck, als ob sie einen tiefen Traumatismus erlebt hätte und erwartete, daß Zitouna ihr helfe, den schmerzlichen Abhang der Heilung zu erklettern.
In ihrer elterlichen Erziehung, die sie zutiefst geprägt hat - ein schwacher Vater und eine labile Mutter - eingekeilt, ist Zitouna wie Mansour tief erschüttert, der seinerseits eine laxe Mutter und einen strengen und idealistischen Vater besitzt, der ihn nach seinem Bild formen wollte, ohne es ihm wirklich zu sagen. Hat das Schicksal die Dinge gut arrangiert? Einerseits haben sie in dem weichlichen Kokon einer traditionellen Familie, die zu einem Modernismus nach ihrem Maß neigte, gelebt und auf der anderen, in einer taparurischen zusammengewürfelten Vorstadt, wo die Rassen und Religionen in Harmonie lebten. Im tiefen Grund ihres Seins verloren, verbinden sich die Vergewaltigung und die Prügelstrafe und tauchen ohne ihr Wissen wieder auf, unerwartete Bindungen schaffend. Diese instinktive Annäherung löst ihre Ängste und läßt das tiefsitzende Verständnis ihres Begehrens aufblühen.
Der junge Mann weiß, daß sein eigenes Bild das Echo seiner Stadt in einem ständigen Wettstreit mit der zugleich neidischen und verächtlichen Hauptstadt wieder aufnimmt. Ein jahrhundertealtes Tauziehen zwischen dem Bewohner von Tunis und dem von Taparura. Der erste schnappt den zweiten, indem er über seinen Landsmann vom Süden spottet, das Symbol des Erfolgs; und der zweite antwortet ihm mit dem Spaß, der in allen Zeitungen berichtet wird: "*Der Einwohner von Tunis, nichts im Kopf, nichts in der Tasche und alles auf dem Buckel. Der Einwohner von Taparura, alles im Kopf, alles in den Taschen, nichts auf dem Buckel.*" Für Mansour ist das Land im Westen durch einen Nachbarn, der in

einem Fanatismus mit wechselnden Farben steckt, und im Süden durch eine "phantastische und trotz der Petrodollars verfallende Gegend" begrenzt. Ein Reichtum, der oft Taparura selbst erreicht, das seinerseits das Geld derart verschlingt, das es in seiner Flanke geschaffen hat, einem libyschen Souk, auf dem alle Produkte am Boden ausgestellt sind, auf einem leeren Gelände, das von herabgesetzten Nahrungsmitteln überquillt, was Lasten und Steuern ausschaltet und gleichzeitig die Medina leert. Da es nicht mehr das Mekka der Glücksfälle ist, hält es nur noch die Einwohner und das Kunsthandwerk fest. Ein bestimmtes Bild von Taparura geht nach und nach zugrunde, indem es sich des vitalen Elementes entleert, das seinen Ruf ausmachte. Aber der Taparurianer ist zäh, er läßt nicht locker, selbst wenn seine Stadt sich von allen Arten von Leuten, die sein traditionelles Gesicht entstellen, in Beschlag nehmen läßt. Man füge hinzu, daß die meisten seiner Söhne sein Zentrum verlassen, um sich in seinen Gärten zu etablieren, direkt in der Hauptstadt oder im Ausland.

Nachdem er seinen Freunden einige Früchte angeboten hat, die er in den Gärten von Aïn Fallat gepflückt hat, zieht der Journalist seine Badehose an, salbt sich den ganzen Körper mit Sonnencreme und geht zur übrigen Gruppe, die am Strand ausgestreckt ist oder am Ufer, das an ein Meer von der Farbe der Augen von Zitouna angrenzt, hin und hergeht. Mansour kann die Sonne nicht ertragen, so sucht er einen Schirm oder irgendeinen Schatten, um sich davor zu schützen. Mofas, Esel, Autos, Fahrräder, Pferde, Fußgänger sind in großer Menge an dem überfüllten Strand versammelt, der in aller Ruhe gegrillt wird. Zitouna und ihre Schwestern verlassen ihre Villa, einen dieser Wohnsitze, wie sie serienweise erbaut worden sind, alle versehen mit einer weißen Kuppel, kleinen Moscheen, die am Eingang der Wüste aneinandergereiht sind nach dem Bild dieser Gewächshäuser, die gleichsam als Wunden die Erde durchfurchen. Auf dem Strand spielen die Halbwüchsigen Ball, Ping-Pong, tauchen mit klatschenden Geräuschen ins Meer, dann kommen sie, ihren Durst mit frischen Getränken zu löschen oder eine Scheibe Wassermelone herunterzuschlingen. Andere verschwinden in einer Art von Hütten, die aus Decken, die zwischen vier Fahrrädern ausgespannt sind, bestehen. Andere noch kleben an einem Radio, das eine betäubende Musik von sich gibt, der nur das Geknatter der Mofas gleichkommt, die auf dem feinen Sand Zickzack-fahren, was sie trotz der Geschicklichkeit ihrer Fahrer aus dem Gleichgewicht bringt.

Zitouna tritt zu ihrer Kusine Fathia, plaudert mit ihr, während Ahlem ins Wasser springt. Sie schwimmt, schwimmt... und verschwindet in der Ferne. Ibtisem bringt Tee, den sie in kleinen Gläsern mit einer Handvoll frisch geschälter Mandeln serviert. Mansour und Sadok entfernen sich Richtung Süden, während sie zugleich über die Kateb-Affäre diskutieren.

- Hast du Neues gehört? fragt Sadok.

- Ja und nein! Ich versuche, die Verbindungen zwischen dem Märchen "Die Menschenfresserin und die drei Töchter des Fischers" und der Erzählung des Ursprungs unserer Stadt freizulegen.

- Du glaubst, daß sich da die Lösung des Rätsels findet?

- Nicht völlig! Aber es kann vielleicht Elemente liefern, die das Betragen von Kateb und das seines Angreifers erklären. Einige Punkte verwirren mich... Wenn er in die Haut des Sohnes des Sultans schlüpft, dann deshalb, weil er sich gegenüber den Töchtern des Fischers schuldig fühlt, einem sprechenden Bild weiblicher Geschwisterlichkeit. Er hat zur Genüge verkündet, daß jeder Fehler bestraft werden muß. Das war, du erinnerst dich zweifellos, eines seiner Schlagworte. Wie sollte er also mit diesem Gewicht leben? Unmöglich, sich der Selbstbestrafung zu entziehen. Kateb hatte kaum eine Wahl. Von zwei Dingen blieb nur eines: entweder die brutale Aggression sich selbst gegenüber oder die Übertreibung und Provokation, um den Haß und die Rache eines Dritten auf sich zu ziehen; im letzteren Fall ist der Schuldige vielleicht nicht so fern. Folge meinen Überlegungen genau. Er hat eine der weiblichen Personen der Erzählung Ahlem Ennar genannt. Warum hat er auf diese Weise den Vornamen der Schwester von Zitouna gewählt? Nach dieser Optik könnte die wahrhafte Ahlem wohl das von Kateb gewählte Instrument sein, um indirekt an sein Ziel, also zum Selbstmord zu gelangen, und um gleichzeitig zu bewirken, daß die Rache im Schoß des Clans vollzogen werde, um die Ordnung und Reinheit herzustellen nach der Beschmutzung. So wäre alles gut, nachdem in der Familie die schmutzige Wäsche gewaschen ist.

- Du hast mir gesagt, daß Ahlem sich oft in Borj Ennar, dem Ort der Rauchereien von Kateb und auch von Al-Fdaoui, der seine Stadtgeschichten erzählt, herumtrieb. Würdest du vermuten, daß die Schwester von Zitouna die Rache der Familie selbst auf sich genommen hat? überbietet Sadok noch seinen Freund.

- Ich weiß nichts darüber, aber sicher hat sie Kontakte zu Kateb und dem öffentlichen Erzähler gehabt.

- Welche Art von Kontakten?

- Zweifellos nicht dieselben zu ihrem Cousin wie zu dem Fremden. Erinnere dich, in dem Märchen ist Ahlem Ennar diejenige, die die Rechnung mit dem Räuber ihrer Schwester begleicht. Kateb gibt es deutlich an. Er hat zweifellos vorausgeahnt, daß sein Unglück von dieser Seite kommen würde, wenn er nicht - und ich wiederhole es mit Nachdruck - die Hand des Schicksals geführt hat! Was den Possenreißer von den Wällen betrifft...

Ein Schweigen tritt ein. Jeder bemerkt die Bedeutung dieser Erklärung. Angesichts der Ungeheuerlichkeit der Sache drückt Sadok seine Vorbehalte aus:

- Glaubst du nicht, daß du den fundamentalen Irrtum begehst, Kateb mit einer fiktiven Persönlichkeit zu verwechseln?

- Du wirst literarisch, auf Ehrenwort! Herr Pilger.

- Dadurch, daß man sich an euch reibt, ähnelt man euch, "geh mit den Eseln und du wirst selbst einer."

Die beiden Freunde kehren um zu den Sonnenschirmen, die von einem leichten Sandsturm, der sie blind macht, weggeweht sind. Sie sind erstaunt, eine Menschenansammlung an dem Ort zu sehen, den sie vorher verlassen haben. Die Menge drängt sich in einem immer engeren Kreis, während man brüllt: "Haltet Abstand, haltet Abstand... laßt ein wenig Luft." Kauernde Männer versuchen, eine junge Frau künstlich zu beatmen, die leblos mit aufgelösten Haaren daliegt. Es ist Ahlem, die ein Schwimmer zurückgebracht hat, aber es ist zu spät. Ein anwesender Arzt stellt den Stillstand des Herzens fest, und die ärztlichen Bemühungen, die alsbald unternommen werden, werden kein Resultat bringen. Eine gute Stunde lang lösen sich mehrere gutwillige Retter ab, um die Mund-zu-Mund Beatmung zu praktizieren, die Herzmassage, alles Gesten, die man in diesem Fall mechanisch macht, ohne wirklich allzu sehr daran zu glauben.
Nun liegt sie da auf dem Strand, ihre bläulichen Lippen sind für immer über ihrem Geheimnis geschlossen. Man drängt sich, schubst sich, klagt, noch ohne zu realisieren, daß ein Leben an einem schönen Sommertag, der der Ruhe und den Freuden günstig ist, erloschen ist. Ein schweres Schweigen legt sich auf die freudige Aufregung, Betroffenheit nimmt den Lärm des Badens und der Spiele ein. Der farbige Zauber ist zerbrochen. Allgemeine Trauer setzt ein für die Zeit einer Abenddämmerung. Morgen wird alles so sein wie zuvor.
Die ganze Familie ist herbeigeeilt, um die Ertrunkene in das nahegelegene Haus zu bringen. Man beweint sie schon mit Strömen von Tränen und Klagen, die nicht in der Lage sind, von neuem die Jugendblüte dieses jungen Mädchens, das dabei war, sein Schicksal in die Hand zu nehmen, wiederzubeleben.
- Ein Unfall, offensichtlich... heißt es.
Aber der Blick von Mansour kreuzt den von Sadok. Sie verstehen sich ohne ein Wort. Und wenn Ahlem, ihrerseits?...

Das Unglück schlägt die Familie Baccar hart. Sie ist betäubt durch diesen plötzlichen Schmerz. Zitouna "geht in ihren Geist hinein und kommt daraus hervor". Erschreckt dreht sie sich um sich selbst wie ein Kreisel, bis sie ohnmächtig wird. Man besprengt sie mit Orangenblütenwasser. Man belebt sie wieder. Daß die Tropfen dieses wundertätigen Wassers Zitouna den Glanz ihres Teints zurückgeben können, der zur Stunde so blaß ist wie der ihrer Schwester, die unerbittlich geschlagen wurde von dem flüssigen, nicht beherrschten Element! Verräterischer Tag, der die Hoffnung von Mansour untergraben hat, einige wertvolle Augenblicke mit seiner Vielgeliebten zu verbringen und ihr seine Überlegungen über das Puzzlespiel mitzuteilen. Mit zerrissenem Herzen fühlt er seine Liebe wachsen.

Einige Wochen gehen vorbei.. Der Schmerz gräbt sein Nest in das Herz der Baccar und aller Freunde. Mansour wagt nicht mehr vorzusprechen nach der Beerdigung und während der Trauerzeit. Warum schlägt das Schicksal so zu? Heute fühlt er sich leer wie eine mit Sand gefüllte Muschel ohne das Pulsieren des Wassers, das zu ihrem Überleben notwendig ist! Handelt es sich um einen vorübergehenden Pessimismus, der nach der Trauer von Zitouna verschwinden wird? Er sieht sie beinahe nicht mehr. Die Zeit, dieser Gegner, der ohne unser Wissen und unter der Haut des Alltäglichen handelt, läßt ihr keinen Aufschub. Das Sublime für Kateb bestand nicht darin, daß er die verbotene Frucht gekostet oder vor ihrer Reife verdorben hätte, sondern, daß er sich am Rand des Walls zwischen zwei Zinnen niederließ, um seine Pfeife zu rauchen und in den mondlosen Nächten angesichts der Sterne zu träumen.

Und Mansour, wo hält er sich auf in diesen finsteren Zeiten, die ihn daran hindern, seinen Zeitungsartikeln, die er in aller Eile hinpfuscht, das geringste Interesse entgegenzubringen? Er ist in Beschlag genommen von dem Leiden, das Zitouna angesichts des Unfalls fühlt, der ihr ihre Schwester geraubt hat. Gleichzeitig hat er Schwierigkeiten, sich an die sozialen Konflikte, die seine Stadt untergraben, anzupassen. Eine Sackgasse, aus der er nicht herauskann! Ein Auf-der-Stelle-Treten, das seit Wochen dauert, als er über Fathia und Zitouna durch Sadok erfährt, daß Ahlem sehr wohl Kateb provoziert hat, daß sie ihn schriftlich beleidigt hat, wie sie es nicht persönlich gewagt hätte. Der Schriftsteller hatte mit der Botschaft, die in den Sachen der Ertrunkenen gefunden wurden, geantwortet:

- Menschenfresserin des Unglücks, was tust du? Was unternimmst du in der Nacht der Zeiten? O du, Verräterin, die nichts versteht! Welche Maskarade ist die Liebe? Du wirst die Mauern mit Blut beflecken, wie ich das Fleisch mit Blut befleckt habe! Und all das warum... für wen?

- Ich habe die Schlange bezaubert. Ich habe sie mit Worten gefesselt und sie wird mich ihrerseits verschlingen. Geh aus deiner Haut heraus, wenn du es wagst... Setze den Traum ein, wenn du kannst... ins Leben... ins Leben... Nicht das Unglück, das ich in meinem nicht vermeiden konnte!"

In diesem Brief trotzte Kateb also Ahlem, aber wie gewöhnlich umhüllte er seine Gedanken mit Dunkelheit und Ambivalenz. Wie hat die jüngste Schwester von Zitouna diese sibyllinischen Worte interpretiert, diese Mischung aus Katastrophe und Schönheit? Allzu sehr versuchen, die Botschaft zu entziffern, bedeutete, daß man die provozierenden Sätze mit voller Wucht Rankühne und Haß ausspeien ließ. Und das hatte Ahlem vielleicht versucht.

Mansour erinnert sich an diese Notiz, die er in tausend Stücke zerrissen in der Tabaksdose seines Freundes gefunden hatte. Er hat sie, so wie sie war, aufbewahrt, aber heute kommt ihm die Idee, sie zu rekonstruieren. Zu seiner großen Überraschung stellt er fest, daß, wenn sie anonym ist, einige der Verwünschungen, die sie enthielt, die sind, die Kateb wieder aufgenommen und als Randnotizen auf den Text der Erzählung gekritzelt hatte. Tahar hatte kurz nach dem Tod von Kateb seine Aufmerksamkeit auf sie gezogen, indem er schwer beharrte. Mansour war überrascht festzustellen, daß er sie beinahe auswendig kannte: Du bist kein Mann. Du hast meine Schwester beschmutzt. Und du sagst, daß du ihr Cousin bist! Anstatt die Familie zu schützen, hast du sie übel behandelt. Meine Schwester ist nicht mehr dieselbe. Ich erkenne sie nicht wieder. Wir haben sie alle verloren."

Eine bizarre Übereinstimmung zwischen dem Ton und dem Inhaber der Provokation und dem Aufbau der Erzählung! Kateb hat wohl diese befrachteten Sätze wiedergekäut. Vielleicht haben sie ihn sogar vor seiner Antwort zu seinem Text inspiriert? Vielleicht hat er sich entschlossen, in seinen Tod zu eilen ohne acht zu geben auf die Beleidigungen, die an seine Adresse gerichtet worden sind? Und hat die Notiz von Ahlem den Schriftsteller getroffen? Dieser letztere schien nicht fähig, Distanz zu gewinnen in Bezug auf den Inhalt dieser Aufforderung. Die Leidenschaften haben den Sieg über die Vernunft davongetragen und nichts hat ihren Lauf geändert.

Mansour hat Zitouna nicht sehen können, um sich mit ihr zu verständigen. Sie hat sich in Picville eingeschlossen. Isoliert, traurig und finster sucht er seine Enttäuschung zu bewältigen, so seiner Liebe beraubt zu sein. Unruhig schwankt er zwischen seiner nahezu vollkommenen Gewißheit, daß Ahlem in den Mord an Kateb verwickelt ist und der Unsicherheit hinsichtlich der Art und Weise, die sie angewandt hat, um ihn zu begehen. Fragen tauchen auf, die ihn verwirren, eine Logik drängt sich ihm auf, die ihn durcheinanderbringt. Warum sollte Ahlem taub und blind der Liebe von Kateb zu Taparura gegenüber geblieben sein, warum hätte sie freiwillig die schmerzvolle Stadt ihres leidenschaftlichen Wortführers berauben sollen zu der Stunde ihrer neuen Lebensfreude, die auf ihre Schwester abfärbte und sie auch aufs neue entstehen ließ? Warum ihre späte Rache unter der Gefahr, von neuem die Wasser der Zeit, die dabei waren, klar zu werden, schlammig zu machen, Warum? Und wenn dem so war, auf welche Weise?

Kap. 10: Auf den Spuren des Olivenbaums
Der Friede in den Herzen

O Liebe, du bist mir in die Knochen übergegangen, ich habe dich keineswegs gefunden.
Schlage mir also eine Wunde, damit ich ein Heilmittel suche
Oh Adler, der sich an die bequeme Beute gewöhnt,
Der Herr des Zeltes hat das Lager gewechselt
und ließ Dir einen leeren Lagerplatz zurück!

Masirisches[39] Sprichwort

Und alle diese ertappten Leute
Und die ich nicht kenne,
sind sie meine Landsleute?
Salah Garmadi, *Unsere Vorfahren, die Beduinen*

Mansour hätte Zitouna trösten wollen, ihr seine Liebe und Zuneigung unter diesen traurigen und schmerzlichen Umständen zeigen wollen, aber sie hat sich in sich selbst verkrochen, ihre Wunden leckend wie eine wütende Wölfin, die das Schicksal nicht verschont hat. Das Gerücht geht um, Mansour habe sie schriftlich um ihre Hand gebeten und sie habe ihn zurückgewiesen. "Es ist nicht der Augenblick, mich auf den Weg der Hochzeit zu begeben, während ich kaum meine Schwester verloren habe, zweifellos durch meinen eigene Schuld. Vielleicht später..." Enttäuscht und bekümmert findet sich so der Freier in die Schrecken des Wartens zurückgeworfen. Er hatte geglaubt, Besseres zu verdienen, als dieses, zwar zeitlich begrenzte, verständliche Beiseiteschieben

---

[39] Berberisch

angesichts einer Trauer, die schwer zu tragen ist. Dieser Schüchterne, der nicht aufgenommen wird, erwartete eine Erneuerung der schon gezeigten Glut, um seiner gut überlegten Entscheidung, sein Schicksal mit dieser unvergleichlichen Taparurerin zu verbinden, die Tat folgen zu lassen. "Sie hätte mir ihre Bestürzung anvertrauen können, statt mir dieses kleine kalte Wort zu schicken, das mich völlig fassungslos macht. Dennoch hatte sie mir vielversprechende Zeichen gegeben."

Nach tausend Ausflüchten mit sich selbst nimmt Mansour einen Posten in Tunis an, um ein wenig Distanz zu dieser Liebe, in der er ertrinkt, zu gewinnen. Sein verwirrter Geist kann sich nicht entschließen, sich, sei es auch nur momentan, von dem Ideal freizumachen, das zu erreichen er sich vorgenommen hat. Aber er wird sich nicht der Tradition beugen, die fordern würde, daß seine Mutter für seine Sache eintritt.

Er fühlt sich verpflichtet, seine Geburtsstadt und die Frau, die er liebt, zu verlassen, nicht um zu entfliehen, sondern um sie besser von seiner unfehlbaren Zuneigung zu überzeugen. Gerüchte besagen, Mansour habe einen Fehler begangen, die Tradition umzuwerfen, ebenso in seinem Gefühlsleben wie in seinem Beruf. Wenn er zwischen sich und seinen taparurischen Nabel eine Pufferzone legt, dann um sich besser seiner Liebe zu nähern, die Gefühle zu verfeinern, die er immer für dieses Mädchen aus seiner Heimat, das auf immer in seinem Herzen eingeschrieben ist, empfunden hat.

Auf der Straße nach Tunis hält er in Sousse an, einer Küstenstadt, die ihre Strände für einen unaufhörlich wachsenden Tourismus bewahrt hat. Er verbringt die Nacht bei seiner Schwester Farida, die mit einem Taparurianer verheiratet ist, der jede Woche kommt, um seine Vorräte in seiner Heimatstadt zu holen. Der Taparurianer lebt oft in offener Feinschaft mit seiner Region. Aber sobald er sie verläßt, schärft sich sein Sinn für Solidarität wie durch ein Wunder!

Während Mansour mitten im Zentrum der Stadt in Bou Jaâfar, einem smaragdgrünen faszinierenden Meer, badet, umschlingt ihn eine riesige Qualle an der Innenseite der Schenkel und läßt lähmende Flecken erscheinen. Ein schlechtes Vorzeichen für diese Reise zur Hauptstadt, die er widerwillig unternimmt, gezwungen von seinem Bedürfnis, sein Übel zu beherrschen.

In Tunis umgibt ihn die ganze taparurische Gemeinde mit Aufmerksamkeiten wie niemals zuvor. Erstaunt über diese herzliche Atmosphäre, die ihn wieder fröhlich macht, läßt er sich in der Routine seiner Arbeit an der Zeitung *Le Temps* nieder und pendelt zwischen seinem Büro und seiner Wohnung, die er auf tunesische Weise möbliert hat: Bänke mit Matratzen und Filzkissen, niedere Tische und Teppiche von Kairouan, die ihn an die von Kateb erinnern. Von Zeit zu Zeit besucht ihn Zitouna in seinem Büro unter dem Vorwand, das Projekt Taparura voranzutreiben: Olivenbäume neuzupflanzen, eine grüne Zone um Thyna anzulegen, im Inneren der Medina ein Freilichttheater in Bab El-Kasbah mit einem Museum unter den mittelalterlichen Gewölben zu gründen und ein anderes offenes, um das lokale Kunsthandwerk auszustellen, die Stadt im Norden vergrößern, indem man dem Meer Raum abgewinnt, Terrain aufschütten, um es zu besetzen, dort Wohnungen und vor allem kommerzielle Örtlichkeiten, Parks, zu errichten, in einem Wort, den ganzen Raum, der zuvor geraubt worden ist, wieder anzulegen. Man muß "das Meer begraben" und dort rentable Bauten errichten, geologische Forschungen anstellen, um das Terrain trockenzulegen, Bohrungen nach Trinkwasser, bewohnbare Flächen schaffen, Vergnügungsparks, um Touristen zu empfangen ohne vom Projekt Taparura 2000 zu sprechen, das schon das Hotel Syphax, eine Kette von Novotels in der Gegend, ins Leben gerufen hat.

Zitouna führt gleichzeitig all diese Etappen an, die langsam das Gesicht von Taparura verwandeln. Sie verfolgt unermüdlich ihr Fortschreiten. Sie hat den kompetenten Autoritäten schon die Akten, die ihr am Herzen liegen, geliefert, die ihres verwundeten und in Ruinen daliegenden Thyna, seinen Geist, den sie wie einen Splitter der Modernität in die Eingeweide der atemlosen Medina pflanzen will. Dennoch vergißt sie nicht, nach Tunis einige Informationen über die Angelegenheit Kateb, die Mansour immer noch beschäftigt, zu bringen.

- Du weißt, daß Ahlem sich oft mit Al-Fdaoui unterhalten hat. Ich glaubte, daß sie sich für Taparura und seine Geschichte interessiere, aber nein. Sie verfolgte ihren Racheplan gegen ihren Cousin, den sie zuerst provoziert hat, indem sie ihn beleidigte und seinen Mannesstolz verletzte.

- Und was hat sie außerdem unternommen?

- Sie hat sich Fdaoui anvertraut und ihn um Hilfe gebeten, um sich Katebs zu entledigen. Ich kann nicht sagen, was sie sich erzählt haben... eines ist sicher: sie hat ihm Geld angeboten als Ausgleich für ein Eingreifen gegen ihren "Feind".

- Woher weißt du es?

- Ahlem gab auf ihrem Kalender die Tage an, an denen sie Al-Fdaoui traf und notierte die bedeutende Summe, die sie ihm an diesem Tag auszahlte. Zwei- oder dreihundert Dinare. Was nur beweist, daß sie seine Dienste kaufte. Von da ist es nur ein Schritt, eine Verbindung mit dem Angriff auf Kateb herzustellen, ohne daß man soweit gehen müßte, zu behaupten, daß sie seinen Tod wollte.

- Und wie hat sie Kateb argwöhnisch werden lassen.

- Amar übergab Kateb beißende Botschaften. Dieser gutmütige Briefträger war in der Falle des Geheimnisses zwischen meiner Schwester und unserem Cousin gefangen, aber er hat niemals Wind bekommen von ihrer Komplizität mit dem Erzähler. Da er sein Wort gegeben hatte, hat er sie niemals verraten.

- Wußte Amar nicht, was die Briefe von Ahlem enthielten?

- Nein. Sie gab an, daß das eine Einladung von meiner Seite für Aïn Fallat sei.

- Amar konnte weder lesen noch schreiben, er vertraute ihr also in der Hoffnung, seinem Freund Kateb zu helfen, sich mit dir zu versöhnen. Ich glaube, daß diese Notizen ihm geholfen haben, seine Erzählung zu beenden.
- Sicherlich. Er hat sich der Provokationen und des Namens von Ahlem, der in die Intrige verwickelt war, bedient, um sie zu lösen, indem er sich des Sohnes des Sultans entledigte, mit anderen Worten seiner selbst. Was nicht besagen soll, daß sie an seinem Tod schuldig ist.
- Willst du damit sagen, daß Ahlem seine Anstifterin wäre ohne sich die Hände beschmutzt zu haben?
- Sie hat die Handlung ausgelöst, aber ohne weiter zu gehen, als die Rache in Gang zu setzen.
- Dann können wir daraus schließen, daß Al-Fdaoui der einzig verantwortliche für den Akt selbst ist... und man müßte noch wissen, ob unser Schriftsteller nicht seinen eigenen Tod organisiert hat.
- Nicht so schnell!
- Warum? Würdest du auch da deine Schwester verdächtigen?
- Nein.
Dieser Dialog löst im Geist von Mansour eine vage Erinnerung aus, die sich aber gegenwärtig unter der Beleuchtung der Beziehung Al-Fdaoui- Ahlem präzisiert. Er hatte wenige Zeit vor der "Angelegenheit" beobachtet, wie Tahar sich in einer Ecke des Stadions nach einem Fußballmatch mit dem Erzähler unterhielt. Sie schienen redselig und aufgeregt. Das Gesicht von Tahar färbte sich im Verlauf ihrer Diskussion purpurrot, während Al-Fdaoui ihm tausend heuchlerische Verbeugungen machte, zweifellos, um ihm zu schmeicheln. Dann auf dem Höhepunkt der Erregung hatte ihm Tahar, nachdem er sich umgesehen hatte, verstohlen einen Stoß Banknoten in die Hand gleiten lassen. Die dichte, sich bewegende Menge hatte schnell die beiden Männer zum Ausgang mitgezogen und sie ebenso schnell aus den Augen des jungen auf-

merksamen, verblüfften Journalisten verschwinden lassen. Er hat den Zwischenfall vergessen, aber heute mit den Enthüllungen von Zitouna konfrontiert, fragt er sich, ob das Al-Fdaoui übergebene Geld nicht etwas mit dem Drama zu tun hat, das sich kurze Zeit danach abgespielt hat.

- Was haben sie sich wohl an diesem Tag erzählt?

Mehrere Hypothesen bieten sich Mansour an. Sollte Al-Fdaoui, der über alle Intrigen der Stadt Bescheid wußte, Tahar ein Geheimnis, das er im Verlauf seiner Irrwege und Begegnungen aufgeschnappt hatte, weitergesagt haben? Oder hatte er ihm eine Erpressung von irgend einem Fehler in seiner Politik her auferlegt? Hatte er ihm einige Anekdoten aus dem Privatleben von Zitouna und ihrer Familie enthüllt? Mansour verliert sich in Vermutungen, kann sich aber nicht enthalten auszurufen:

- Tahar mußte Al-Fdaoui großartig bezahlen, um die Nachrichten zu erhalten, die ihm halfen, seine Stadt zu kontrollieren.

- Ja, das war ein Spion, sagte Zitouna. Über diesen Umweg kontrollierte er mein eigenes Leben und meine Beziehungen zu meinem Cousin. Nun, wo ich daran denke, mußte er sich in den Dienst meiner Schwester gestellt haben.

- Wenn ich richtig verstehe, gewann Tahar auf allen Gebieten, da Al-Fdaoui ein doppeltes Spiel spielte, Ahlem zu dienen, indem er sie zugleich bei Tahar verriet.

- Also, Tahar könnte seinerseits auch in den Tod von Kateb verwickelt sein.

- Willst Du sagen, daß er den Erzähler mit der schrecklichen Rolle des gedungenen Mörders belastete?

- Das scheint logisch. Man muß es jedoch noch beweisen.

Mansour und Zitouna haben das Thema erschöpft für den Augenblick und wenden sich wieder ihrer eigenen Geschichte zu, indem sie Auszüge aus dem Werk von Kateb lesen. Sie planen ihre Zukunft, machen Projekte für die Rückkehr Mansours nach Taparura, wenn die Renovierung der Stadt abgeschlossen ist. Heißt das er-

neuern, wenn man darauf besteht, die staubigen kulturellen Spuren hervorzuheben, um sie im Zentrum der Beschäftigungen und Modernität einzurichten?
- Wir sind dabei, das Huhn zu rupfen, wiederholt Mansour. Das Sprichwort wird auf alle Schwierigkeiten angewendet, auf die man zurückkommt ohne sie zu lösen. Er fühlt sich nicht wohl in seiner Haut, da es ihm nicht geglückt ist, die Verantwortlichen davon zu überzeugen, das Projekt von Zitouna zu unterstützen. Und dennoch hat er nicht locker gelassen, in gut dokumentierten Artikeln, die lang und breit erklären, daß die Stadt ihre Luft und Strände entschmutzen, grüne Zellen in die Dürre der wüstenartigen weißen Räume säen, das Erbe in all seiner Verschiedenartigkeit und zeitlichen Bedürftigkeit wiedergewinnen muß. Aber der Dialog scheint kein Echo hervorzurufen weder beim Verwaltungsrat noch bei dem allgemeinen Publikum. Wozu Journalist sein, wenn die Information einseitig fließt und ohne Einfluß bleibt?
- Heute hat er ein Telegramm erhalten, das er sehr erwartet hatte. "Haben Ihren Antrag erhalten. Sehen Akte an. Werden Ihnen einen Termin geben, sobald Entscheidung gefällt." Endlich eine positive Antwort! Mit lebhafter Stimme in die Verwaltungsmaschine sprechen, die er gut kennt, in einem Büro festgenagelt, wo er mit der südlichen Zone des Landes beauftragt ist. Für welches Projekt haben sie sich entschieden und was werden sie ihm in der Folge dieser vielversprechenden Botschaft vorschlagen? Ins Ausland zu gehen! Eine Wunderlösung, Heilmittel für alles! Endlich ist die Plackerei der Pläne für ein neues Taparura dabei, gelöst zu werden.
Aber nein. Mansour fühlt, daß sein Schicksal von "Blockierungen", markiert ist, die sich wie Riesenkakteen auf seinem Weg erheben, indem sie ihre irritierenden Stacheln ausstrecken, die schwierig aus seiner bronzenen Haut auszureißen sind. Und als der Gewährsmann des Ministers ihm eine journalistische Mission in Frankreich anbietet, antwortet er:

- Ich kann mich nur in meiner Heimatstadt entfalten. Und ich zähle darauf, dorthin zurückzukehren. Mit offenem Mund traut der Beamte seinen Ohren nicht.
- Mit einem Wort, Sie sind verrückt! Sie weisen ein Privileg zurück, nach dem jeder Tunesier sein Leben lang strebt... und das er nie erhält.
Man lädt ihn schließlich ein, sich auf einen schmutzigen Stuhl zu setzen, auf dem er kaum seinen apathischen, schweißgebadeten Körper zu entspannen wagt.
- Sie haben um die Unterstützung des Projektes Taparura und um Ihre Versetzung in Ihre Geburtsstadt gebeten. Für wen halten Sie sich eigentlich?
- Für einen einfachen Bürger, der an seinem regionalen Erbteil hängt.
- Unverschämt obendrein! Sie antworten an der Frage vorbei.
- Ich sage Ihnen, daß ich die Politik unserer Regierung billige, weil ich unser Erbteil hervorheben möchte und gleichzeitig unsere Mitbürger und Touristen anziehen will, unsere Stadt zu besuchen, die oft vernachlässigt worden ist.
- Wirklich unverschämt. Sie wagen es zugleich, eine Änderung für Ihre Stadt und Ihre Situation zu verlangen! Glauben Sie nicht, daß Sie schon sehr privilegiert sind?
- Ist es ein Privileg, seinem Vaterland zu dienen, ...sonst?
- Man stellt nicht die Autorität des Vaters der Nation in Frage, sonst droht das Gefängnis, verstehen Sie?
- Ich stelle nichts in Frage. Man hat uns den Ruf einer geschlossenen Stadt, für Ausländer unzugänglich, geschaffen. Das ist falsch. Niemals gesteht man uns "die erste Verantwortung", wohlgemerkt politische Verantwortung zu!
- Da werden Sie nun vollends anspruchsvoll und arrogant. Und Ihr Stolz ist außerordentlich. Gegen Sie acht, daß Sie mich nicht provozieren.

- Ich provoziere niemanden, es ist mein Recht zu sagen, was ich denke.
- Nein, Sie haben dieses Recht nicht. Sie haben vergessen, was Ihrem Freund Kateb geschehen ist, der auf unsere Fünfjahrespläne und andere wütend war.
- Gerade nicht, ich vergesse es nicht. Ich vermute, daß das System ihn zugrunde gerichtet hat, weil er mit lauter Stimme sagte, was in der Höhle seiner Befürchtungen, Heimsuchungen jedermann denkt!
- Der Herr wird philosophisch. Habe ich darum gebeten, wegzugehen? Es fehlt mir dennoch nicht die Lust dazu... Aber ich bin blokkiert wie Sie. Ich hätte wohl diesen Posten im Ausland angenommen, den Sie dummerweise ausschlagen. Sie sind qualifizierter als ich, einverstanden... Dennoch kann ich im Augenblick nichts tun..."
Mansour kommt aus dem Büro, derart schwer beladen mit "dennoch“ und "einverstanden", daß er unter der Last zusammenbricht. Um sie leichter zu machen, heftet er rechts von seinem Büro ein Plakat in Form einer riesigen Briefmarke an, die eine Person darstellt, die wie ein Globus aussieht, von dem ein kräftiger Sonnenstrahl ausgeht. Sie hält in der Hand einen großen Briefkasten, der ihr ähnelt. Die beiden personifizierten Objekte, treue Gefährten, reisen in Fröhlichkeit. Ihre Füße unterstreichen die Reklame, "Die Post, Ihr Partner überall."
Jeden Tag versieht Mansour gewissenhaft seinen Dienst in diesem winzigen Büro, in dem die kleinen vertrauten Objekte ein armseliges Universum darstellen, das auf das weiße Blatt reduziert ist. Hier und das, ein pyramidenförmiger Kalender der BIAT-Bank, Echo von Ägypten, dessen süßliche Feuilletons, die sein Land ihm auferlegt, er verabscheut, ein Notizblock GAMMA - Griechenland ist zu nah und hat genügend Spuren hinterlassen -, ein Ständer, von dem die Siegel und Stempel herunterhängen, aber wozu dient diese

Macht, die nur die Papierhaufen von einem Redaktionsraum in einen anderen verschiebt?
Vor seinem Schreibtisch hat er einen viereckigen kleinen Tisch und zwei Stühle gestellt, um seine Gesprächspartner auf Distanz zu halten. Als Schutz vor der Hitze schließt er Fenster und Rolläden, um die Sonne daran zu hindern, einzudringen. Das Zimmer nimmt so das Aussehen einer finsteren Rumpelkammer an, wo er nach Lust und Laune träumen kann!
Er sieht Al-Fdaoui Tahar im Stadion ansprechen, einem sicher von dem Chef gewählten Ort wegen dessen Lieblingszerstreuung, der aber vor allem nützlich ist, die Verdachtsmomente zu vereiteln, die unzweifelhaft dadurch ausgelöst worden wären, daß dieser Erzähler von zweifelhaftem Ruf in sein Büro kam.
Mangels Beweises entscheidet Mansour, daß Tahar die Augen geschlossen hat über den Eingriff von Al-Fdaoui. Er hat den großen Fisch gespielt, der die Larven, selbst die unbedeutendsten, beschützen würde. So hat der gierige kleine Fisch ihm geholfen, sich eines "ärgerlichen Kerls ohne Willenskraft", und was mehr ist, dem erklärten Freier von Zitouna, zu entledigen. Tahar hat sich Al-Fdaouis bedient wie einer ausgedrückten Zitrone über dem gegrillten Seewolf, dann hat er ihn in den Abfalleimer geworfen, ihn für immer vergessend. Er hat die einzigartige Gelegenheit ergriffen, Kateb in der umsichtigsten Weise zu schaden, indem er sich zugleich im Schatten hielt, aus dem heraus er ganz straflos handeln konnte. Alle Arten von Gründen, individuelle, politische, soziale und familiäre können angeführt werden. Es genügt zu sagen, daß Tahar selbst ein alter Wolf ist, der die politische Waffe mit ungeheurer Geschicklichkeit handhabt.
Davon überzeugt, daß seine These wohlbegründet ist, veröffentlicht Mansour einen vorsichtigen Artikel, in dem er das Drama in großen Zügen aufzeigt, die Motive andeutend, die einen bestimmten Verdächtigen dazu getrieben hätten, die Hinrichtung von Kateb mit dem Segen einer hochgestellten Persönlichkeit auszuführen.

Ein eindringlicher und kühner Artikel, der sein Ziel erreicht: den Leser zu provozieren und Zeugenschaften hervorzurufen. Die Reaktion läßt nicht auf sich warten:

"Mein Herr,

in der Folge Ihres Artikels, den ich sehr geschätzt habe, erlaube ich mir, Ihnen mitzuteilen, daß ich bei dem Fußballspiel zwischen dem Sportclub von Sfax und der sportlichen Hoffnung von Tunis zugegen war und Gelegenheit hatte, seltsame Worte aufzugreifen, die in meiner Nähe zwischen unserem Chef und einem ziemlich verkommenen Individuum ausgetauscht wurden, das der Beschreibung entspricht, die Sie geben. Ich habe alsbald den Erzähler Al-Fdaoui erkannt. Ich berichte Ihnen möglichst wortgetreu ihr Zwiegespräch:
Der Chef:
- Und wann denkst du, den fraglichen lästigen Kerl der Ämter zu entheben?
Der Erzähler:
- Si Tahar, die Zeiten sind so schwierig, ich weiß es noch nicht. Die Schwester der Schönen wird entscheiden, es sei denn, Sie helfen ein wenig nach.
Und äußerst geschwind ließ der Chef Banknoten in die Hand des Erzählers gleiten, übrigens mit leicht angeekelter Geste, derjenigen, die Sie, so nehme ich an, in Ihrem Artikel erwähnt haben.
Ich bin bereit, mein Zeugnis beizubringen, wenn es einer gerechten Sache dienen kann.

Hochachtungsvoll...."

Mit der einzigen wöchentlichen Kulturseite der Zeitung beauftragt stellt Mansour fest, daß sein Raum in der Tageszeitung immer beschränkter wird im Vergleich zu dem seines Kollegen Abid, der

für Sport zuständig ist, der sich zuungunsten der politischen und sozialen Szene ausbreitet. Abid denkt nur daran, sein Land zu verlassen, um nach Paris zu gehen, dem begehrten Ort, der ihm die Berühmtheit bringen würde, auf die er auf seinem eigenen Terrain nicht zu hoffen wagt. Er hat einen roten Reißnagel auf eine verwaschene Weltkarte geheftet, die gegenüber seines Büros an die Wand geheftet ist, damit sie ihn an den Traum erinnert, der ihn leben läßt. Unten an der Karte stehen die Worte AIR FRANCE in fetten Buchstaben, über denen eine französische Flagge schwebt, die seine Phantasie nach Willen durchgehen läßt: in das Schlaraffenland zu fliehen, um "sein Image zu fördern", das von preiswerter Sonne umhüllt ist, die er einem fröstelnden Europa, das nach mittelmeerischer Hitze giert, zu verkaufen gedenkt.
Im Gegensatz zu dem sportlichen Abid setzt sich Mansour diese Herausforderung nicht als letztes zu erreichendes Ziel. Er konzentriert sich eher auf das "Projekt des Jahrhunderts", Taparura, eine Geschichte, um seine Stadt an die Verwandlungen ohne Kopf und Schwanz anzupassen. Gleichzeitig will er aus dem weichlichen Cocon seiner Schüchternheit ausbrechen, die Kraft seiner Persönlichkeit in volles Tageslicht rücken. So heftet er seinerseits eine Karte in Form einer Kuhhaut an, von der Sonnenstrahlen ausgehen, die in der immer fliehenden Umfassung zu jenen Obst- und Olivengärten das Wesen seiner Seele einsammeln. Auf dem Plan von Taparura notiert er das Verschwinden der Einfassungsmauern des Hafens, der vergrößert wurde, wobei der Bahnhof wiederaufgebaut und renoviert wurde, die Errichtung einer Verkaufsgalerie in Sfax-Centre und eines VierSterne-Hotels Abou Nawas mit Terrasse, Schwimmbad und Café in der zweiten Etage, die die der Place Marburg, dem alten Ort der Treffen, ablöst. Andere Cafés werden in Banken verwandelt, die leeren Gelände in Handelskomplexe, die Kirche in einen Annex der Gemeinde, dann kürzlich in eine Turnhalle, die Friedhöfe in Wohnblocks für die Lebenden der

Mittelschicht, die Strände in Industriezonen, wo eine hartnäckige Luftverschmutzung herrscht...
Mansour fährt fort, die öffentliche Meinung zu monopolisieren. Das Projekt von Zitouna muß zu den Ohren von Tahar in den hohen Sphären der Macht gelangen. Dieser hat die Intrigen seiner Stadt vergessen, aber sein schlechtes Gewissen läßt ihm keine Ruhe. Er erinnert sich an seine Unterstützung, die er flüsternd diesem Unbekannten gegeben hat, den er zufällig traf. Er wurde damals von allen Seiten bedrängt, damit er möglichst viel Geld für die Errichtung eines Mausoleums des Raïs zusammenzubringe. Er hat sich mit Leib und Seele hingegeben zum Schaden seiner Stadt, indem er die Augen schloß vor illegaler Interventionen, die dennoch die einzusteckenden Erträge erleichterten. Daß die Politik ein wandelndes Unglück ist, war ihm klar, daß er sich selber die Hände schmutzig gemacht hat, ist eine andere Sache!
Mansour erfährt, daß Al-Fdaoui verschwunden ist bis zu dem Tag, an dem er bei einer banalen Identitätsprüfung verhaftet wurde. Nachdem er sich seiner Lumpen entledigt hatte, hatte er sich geschminkt und nach der letzten Mode angezogen. Hinter einem struppigen Bart, der einen großen Teil seines Gesichtes bedeckte und einer schwarzen Brille genoß er seine Anonymität, zufrieden, daß ihm ein Streich gelungen war zum Schaden derer, die ihn ausgebeutet hatten. Sobald er erkannt und gefangengenommen wurde, leugnete er alles, bei Allah und seinem Propheten schwörend, daß er diesen obskuren Schriftsteller, dessen Ermordung man ihm anlasten wollte, nicht einmal kannte. Aber nach einer Foltersitzung gestand er, Geld sowohl von einer Tochter der Baccar als auch vom Herrn Chef erhalten zu haben.
- Ich habe nur meine Bürgerpflicht getan, indem ich der Regierung half, die Störenfriede zu bezeichnen.
Kommissar Hamda stachelt ihn an und treibt ihn bis zum Ende!
- So hast du also Kateb ermordet?

- Nein, ich habe ihn nicht ermordet. In der Tat haben wir uns oben am Wall geprügelt, und plötzlich ist er bei einem heftigen Streit auf die andere Seite der Mauer gekippt.
- Also es ist wohl das, was du sagst, du hast ihn getötet.
- Vielleicht, aber ich hatte nicht die Absicht. Ich wollte ihm nur Angst machen, ihm eine Lektion erteilen, wie man mir aufgetragen hatte.

Mit diesen faßbaren Beweisen versehen, konnte Hamda ihn endlich vor Gericht überführen und ihn in aller Form zu lebenslänglichem Zuchthaus verurteilen, wobei er sich die Hände rieb, weil er für sich allein das Verdienst beanspruchen konnte, Licht in diese dunkle Angelegenheit gebracht zu haben.

Tahar hatte die Geschichte der sagenhaften Gründung der Stadt von ferne verfolgt, während er in Wirklichkeit ihren Ursprung nicht kannte. Alle Welt blieb stumm, außer einem Geographen und einem Historiker des zwölften Jahrhunderts, El-Bekri und Idrissi, die ihre Schönheit gerühmt hatten. Ibn Khaldoun hatte ebenfalls berichtet, daß "der Statthalter Omar dort die Franken hatte massakrieren lassen." Was die Geschichte des Verschwindens von Kateb betrifft, so hatte Kommissar Hamda einen Bericht über die Verhaftung und Befragung von Al-Fdaoui angefertigt ohne zu wagen, das Tahar Betreffende zu erwähnen. So sehr er sich über den armen Teufel mit den kurzen hypothetischen Motiven ausgelassen hatte, so sehr lag es ihm am Herzen, das zu verdunkeln, was er von den Vergehen des Chefs wußte. Darauf bedacht, sich vor einer unvermeidlichen Kündigung zu schützen und fortzufahren, die Macht anzubeten, benützte er seine abgefeimte Geschicklichkeit, um Tahar zu schmeicheln, anstatt dem Verdacht über das Geheimnis, das er ans Tageslicht gebracht hatte, den geringsten Raum zu geben.

Die Zeit streckt sich in Länge und Breite, dauert ewig in dem Büro von Tunis, der Rumpelkammer der Projekte, die an die Unglücksfälle der taparurianischen Politik erinnern. Mansour kritzelt manchmal einige Ideen auf eine Papierserviette, um seine Rückkehr des verlorenen Sohnes zu feiern. Nicht Gedanken sind in dieser Zeit gefragt, sondern Aktion. Indem er eine *charmoula*[40] ißt, die seine Schwester bereitet und ihm während des Festes des Aïd Es-Seghir geschickt hat, verliert er sich in dem köstlichen Aroma dieses sehr süßen Rosinenpürees, das in Olivenöl getaucht ist und von einem stark gesalzenen Fisch begleitet wird, ein schon durch den berühmten römischen Gastronomen Apicius genau beschriebenes Rezept. Die Dichte der Vergangenheit, die aus den Tiefen des Palastes aufgestiegen ist, erscheint ihm von einer faltenlosen Aktualität. Dieser Geschmack an der Tradition, die hier deutlich wird, befreit ihn von der Unbeweglichkeit der ewigen Wiederkehr, erlaubt ihm durch einen Schrei, den ersten, der ihm aus den Eingeweiden dringt, Raum und Zeit zu durchbrechen, um sich im Abgrund der Gewohnheiten zu versenken. Ein Zerreißen, das den steifgewordenen Körper der kindlichen Sitten in Stücken davonfliegen läßt bis zu einem Punkt, daß das Timbre seiner Stimme die spitzen Töne seiner Zärtlichkeitsymphonie bestätigt. Da ist er nun an der Schwelle der Mutationen wie seine Geburtsstadt, deren Plan er an sein eigenes Büro geheftet hat. Mit Ausnahme der Medina erstreckt sich die Stadt zügellos, ohne Grenze und Schutz.

An einem Wintertag hat es so geregnet, daß das überschwemmte Taparura sich selbst mit seinem Zentrum und seinen Vorstädten verschlungen hat. Unmöglich, umherzugehen außer in der Medina, die von hohen Wällen umgeben ist, deren Füße in den wütenden und zerstörerischen Wadis ertränkt sind. Hunderte von Elendsquartieren sind durch die Fluten weggetragen worden, zahlreiche Geschädigte zum Herumirren verurteilend.

Kaum angekommen wurde die internationale Hilfe mit einem einzigen Zug von Geiern ohne Skrupel umgeleitet. In der Folge installierte man eine kreisförmige Kanalisation, diesen "Gürtel Er-

[40] Fleischsuppe

Raïs", der in Wirklichkeit von eifrigen Chinesen unter dem Blick der tunesischen Arbeiter errichtet wurde, die mehr damit beschäftigt waren, ihren Tee zu schlürfen als Hand anzulegen. Und er, Mansour, wie wird er die Flut seiner Emotionen und seiner Schüchternheit beherrschen, ohne auf irgendeine Unterstützung von außen zurückzugreifen?
Es war nötig, daß ein Teil der Bevölkerung der Stadt aus seinen Hütten geworfen wurde, damit man erwacht und versucht, die Naturkatastrophen zu beherrschen. Warum soviel Schmerz für einen Glückshalm? Kateb ermordet, Ahlem ertrunken, bevor sie die Fülle der Jugend kosten konnten! Sie haben nicht die Morgenröte der Freude erlebt und sich aus den Händen der scharlatanesken Führer befreien können, die sie arglistig umzingelt haben. Hzem Er-Raïs knebelt die Stadt im halben Spinnennetz, befreit das Wasser in den Kanälen, um sie ins Meer zu jagen... Es ist ebenso für Mansour, der sich zuerst von den Zwängen befreien muß, bevor er den Aufschwüngen seines Herzens folgt. Er muß sich von seiner gewöhnlichen Reserve befreien, die ihn mit ihrer Kälte umgibt, bevor er es akzeptieren kann, in die ungewohnte Form des Systems zu fließen, um sein Leben mit Olivenöl, das stark mit Organgenblüte und Zitronenschale gemischt ist, zu parfümieren. Endlich seine Zugehörigkeit zu Sfax finden!
Zu welchem Teil von Taparura: dem, der schuldig ist am Tod von Kateb, der geduldig mit den Übeln gelebt hat, die seine Gesellschaft bedrohten oder dem, der die Flammen der Zwistigkeit geschürt hat? Dem, der den Olivenbaum hat wachsen lassen, um den Schmerz zu lindern, oder dem, der die Korruption in den Geheimnissen des Konformismus denunziert? Gegenwärtig hat die Stadt den Spitzenindustrien, dem Kunsthandwerk erster Klasse, dem modernsten Marketing zur Entstehung verholfen, aber ihr Kulturhaus, das mitten im Zentrum liegt, bleibt trostlos leer. In der Tat kann man sich immer darein flüchten, um sich vor dem Sandsturm zu schützen, der blendet und überall eindringt. Dieser stagnierende

Ort, Symbol der Trägheit eines kulturellen Systems, das in Ungnade ist, schließt in seinen Mauern ein Labyrinth von einem entkräftenden Mangel an Kommunikation ein, der die Intellektuellen der Massen und der Macht fängt und isoliert.

Als er Wind von der Affäre Kateb bekam, zögerte der Zaïm zwischen zwei Möglichkeiten: Tahar einzusperren ohne vorhergehendes Urteil oder ihn zum Agrarminister zu ernennen. Man weiß nie, was in seinem Kopf vorgeht; eines Tages küßt er euch und nennt euch seinen Sohn, am nächsten Tag enthebt er euch ohne Alibi eurer Ämter und verbannt euch in die Verliese. Die umgebende Atmosphäre ist so am Gipfel untergraben, im Irrationalen schwebend, mit ständig wiederholten Klischees. Wenn Mansour wie Kateb das Leuchten, die Wahrhaftigkeit und Authentizität der Worte des Raïs bewundert hatte, vertraut er heute nicht mehr auf die Worte des Vaters, noch auf seine willkürliche Entscheidung. Er entschließt sich, sein Werk als Journalist innerhalb seiner Region zu verfolgen, daher seine Zustimmung, den Posten des Geschäftsführers der "Nationa-len Presse" in Taparura anzunehmen. Eine Beförderung, die unleugbar Einfluß auf sein Selbstvertrauen hat. Seine Worte beladen sich mit all ihrem Gewicht, seine Glaubwürdigkeit bestätigt sich, seine Beziehung zu den Lesern wird positiver, mit einem Wort, er zieht immer mehr Achtung und Ruhm an sich. Da der Enthusiasmus wiederaufgelebt ist, ist er freier als jemals zu denken und zu meditieren, mit Talent die Frucht seiner gereiften und geschärften Reflexion anbietend.

Es hieß, der junge Mansour hat seinen Eltern durch seine Geburt Glück und Vermögen gebracht. Seine Mutter erzählte gerne, daß er, kaum einige Wochen alt, nachdem sie ihn auf dem Ladentisch ihres großen Geschäftes niedergelegt und gewickelt hatte, die elektrische Birne anlächelte, während man die Regale füllte. Die Elektrizität faszinierte ihn. Es war die glückliche Epoche, wo die Hachem ihre Großzügigkeit über die taparurische Gegend hinausstrahlen ließen. Dann ist die Unabhängigkeit sie sehr teuer zu stehen gekommen, die französischen Kunden sind aufgebrochen ohne ihre Rechnungen zu bezahlen. Es folgte ein Bankrott, Ursache des ersten Infarktes des Vaters, Mansour mußte seinen Eifer verdoppeln und hart arbeiten, um seiner Familie zu helfen. Heute ermutigt ihn seine Mutter, Witwe, in seinen Bemühungen um Zitouna, aber er hat sie ausdrücklich ermahnt, nicht einzugreifen. Er möchte sie selbst um ihre Hand bitten, im intimen Gegenüber.

Von dem glühenden Wunsch beseelt, in die Heimat zurückzukehren, nimmt Mansour mit erhobenem Haupt seinen Platz in der Stadt wieder ein. Taparura - offene Muschelschale - streckt ihm die Arme hin, um ihn in Empfang zu nehmen, und Zitouna verkündet, um die erste beim Treffen zu sein, die Neuigkeit nur einigen Nahestehenden. Er kehrt also an die Nahrungsquelle zurück, die ihm seine Substanz vermittelt hat. Er wählt das Flugzeug, um möglichst schnell anzukommen und gleichzeitig die Gefahren der Straßen in diesem Land zu vermeiden, wo besonders anarchisch gefahren wird. Er bedauert aber, daß er nicht in Sousse anhalten kann, um seine Schwester zu besuchen, und in El Djem, um das wunderbare römische Amphitheater zu betrachten, das besser erhalten ist als das von Rom. Er landet in El-Mâou, einem elenden kleinen Flughafen, der sich in der Folge modernisieren und den Namen Thyna annehmen wird. An diesem Mainachmittag stürzt sich eine strahlende Zitouna in seine Arme. Nach den Umarmungen vor den Augen von jedermann, erklärt sie ihm mit sanfter und bewegter Stimme:

- Ich halte hiermit um deine Hand an, so die sakrosankten Traditionen brechend. Aber in ihrem Inneren ist sie sich bewußt, daß sie als wahre Amazone handelt. Mansour erfaßt gut alle subtilen Nuancen. Er schwebt im siebten Himmel und kann sich nicht enthalten zu überbieten:

- O meine Seele, ich hätte dich nicht anders gewollt! Das masisch-aufrührerische Blut, fließt auch in meinen Adern und ich bin

stolz, mit dir aus der Asche unserer Vergangenheit neu zu erstehen.
Dieses pompöse Geständnis läßt die junge Frau lächeln. Ihr Liebster begibt sich auf die ungeschickte Straße des Heils. Da ist er nun sicher untergebracht, "man wird ihn die verlorene Zeit aufholen lassen müssen." An diesem Tag wurde das schweflige Leichentuch der Stadt in Stücke gerissen. Ein Stoß von frischer Luft, Schwall von Hoffnung. Alle Tore der Medina öffnen sich dem entstehenden Optimismus nach dem tragischen Ruf von Ahlem, der Schiffbrüchigen der Unschuld und von Kateb, dem Verschwundenen der Transparenz. Wenn Taparura schmerzlich berührt ist und sich beinahe in der Todesstunde befindet, legt dieses sich Wiederfinden Balsam auf seine Wunden. Mansour ist weder der Exilierte, noch der Verbannte seiner Stadt. Er kuschelt sich in seine neue Freude, die ihm durch diesen Sauerstoffstoß eingeflößt wird. Unerwartete Worte, die "das Angebot, das er nicht zurückweisen kann" hervorgerufen haben. Sein Gedächtnis brütet Phantasmen aus. Nah und fern, traditionell und modern, klassisch und revolutionär zugleich freut sich Zitouna, im Herzen endlich in Harmonie mit dem Gleichgewicht der Morgendämmerung, über das Projekt der Verbindung, das aus dem Grund ihrer Wesen emporgetaucht ist: ihren Schweiß zu mischen, um ihre Seite des Lebens zu bereichern.
Sobald das neue Paar die Tore des Flughafens durchschreitet, stürzen sich Freunde und Familienmitglieder zu den Verlobten. Die Polizei versucht vergebens, die dichte Menge aufzuhalten, die sich freudig auf das Liebespaar stürzen will, das auf dem Weg zu seinem neuen Schicksal ist. Wagen erwarten sie, um sie alle nach Moulinville zu bringen. Als sie das Zentrum der Stadt durchqueren, bemerken sie, daß die Reiterstatue abgeschraubt ist, das Piedestal hat den Platz geräumt für ein armseliges rundes Becken ohne Wasser, das mit Abfällen, Zigarettenstummeln und leeren Coca-Cola-Flaschen gefüllt ist. Als sie ihren Sohn sieht, stößt Mansours Mutter Jujus aus, wirft sich auf ihn, um ihm vor allen Leuten nach

Lust Küsse zu geben, dann lädt sie alle ein, zum Abendessen zu bleiben.

Das Fest sprudelt auf die natürlichste Weise aus dem Grund der Herzen aller. Festtag und Tag des Ruhmes ausgenommen von dem Kreislauf der legalen und illegalen Händel. Wozu soll man die Taube auf dem Dach suchen, wenn man einen bunten Spatz in der Hand hat? Warum in die Fremde gehen, zur Vereinigung mit einer fremden Frau, wenn die Seltsamkeit uns alle in der Pracht unseres Heimatbodens ergreifen kann?

- Du bist zurückgekehrt, mein Sohn, ich empfange dich an meinem Busen. Niemand kann mehr auch nur eines Deiner Haare krümmen. Unter dem Schutz Allahs, dem deiner Mutter und Zitounas "lasse das Wasser auf die Melonen fließen" und trinke aus unseren hohlen Händen.

Da die dunklen Schatten verschwunden sind, glühen in Zitounas und Mansours Herzen Sonnen, eine Reserve an Fröhlichkeit, die sie - wie der Kern der Olive das Fleisch, das ihn umgibt -, begleitet. Sie nehmen ihr Leben mitten um den Leib, hissen ihre Segel.

- Die Quecke ist in meinem Herzen, wirst du sie ausreißen? sagt Zitouna.

- Unsere Vorfahren haben die *mhacha* erfunden, eine Sichel, die das Gras schneidet, damit der überdrüssige Sand zur Wüste seiner Quelle und zu seinem Partner zurückkehrt!

- Du hast viele Ideen und nimmst lyrische Akzente an! Ich hoffe, du zählst nicht darauf, wieder die Schriften von Kateb von dir zu geben.

- Nicht im geringsten. Ich möchte durchscheinend sein. Ich fühle mich in Dir leben... nur durch dich.

Die Wunden der Vergangenheit dröhnen in ihren schmerzerfüllten Körpern. Das Echo der markigen Gewalt macht diesem ersten Verstehen Platz, das sich zu Thyna neigt, der in den Mauern der Medina wiedererstehenden Stadt. Ist das nicht das Taparura, das wieder in den Schoß seiner Mutter zurückgekehrt ist? Zitouna stachelt ihren aufs neue Wiedergefundenen, der lichtvoll und lebend ist, an, damit sie die Schranken des Fleisches überschreiten. Wiederaufblühen der jungfräulichen Olive.

- Meine Revolte zielte nicht nur auf Kateb, weil er mich angegriffen hat, sondern ebenfalls auf unsere Gesellschaft, die das Leiden eines der ihren nicht erkannte.

- Ich habe das wohl begriffen am ersten Tag, wo ich dich getroffen habe. Deine Schönheit strahlte um dich, ich war davon geblendet und fasziniert von dem inneren Zorn, der in dir brannte.

- Hattest du wohl die Beziehung zwischen meinem Schmerz und dem der Schriften von Kateb erfaßt?

- Ja, ich las auf deinem Gesicht, das so herzzerreißend war wie seine im Stich gelassenen Gedichte, die auf die Gummibäume der Hauptallee gespießt waren.

- Du könntest sagen, auf die mittelalterlichen Wälle, die geöffnet sind wie ein Buch, und die in mich eingenistet sind.

- Du mußtest sie austreiben, um dich wiederzufinden - und das habe ich erwartet.

- Wir haben alle Stücke aus dem Leben von Kateb beiseite genommen - und um das hinter uns zu lassen, müßten wir den schlechten Samen, der in uns keimt, töten.

Genau in diesem Augenblick lockert sich die letzte Masche des Geheimnisses. In einem Blitz erinnerte sich Zitouna an die Erzählung, die Ahlem wie die anderen aus ihrem Mund gehört hatte. So hatte Kateb Ahlem seinen Wunsch nach Strafe kundgetan und hatte sie in gewisser Weise ferngesteuert, um sie dazu anzustacheln, eine Rache anzustiften.

- Er hat Ahlem provoziert, und als Amar an diesem Abend gekommen ist, ihn gutgläubig abzuholen, wußte er, daß sie das Notwendige veranlaßt hatte und er zum letzten Mal ausging, um Kif auf dem Wall zu rauchen. Ein verkleideter Selbstmord, um nicht dem religiösen Gesetz zuwiderzuhandeln. Das er gefunden, um seinen Fehler reinzuwaschen.

- Wie sehr mußte meine Schwester mich lieben, um dahin zu gelangen und bei dem Gedanken, daß ich Ibtisem vorzog, zu leiden! Sollte auch sie ihren Tagen ein Ende gesetzt haben?
- Wer könnte es sagen?
Ein letztes Mal versenkt sich Zitouna in eine gut verständliche Gefühlswallung. Dieses Mal kann Mansour sie nach Gefallen trösten.
Taparura verändert sich wie dieses junge Paar, das sich auf die schwierigen Pfade seines Erblühens begibt. Das Verbrechen hat sein Geheimnis überwunden, um in der Dichte der Vergangenheit hängen zu bleiben, aber die Geschichte wiederholt sich - und andere Schocks werden auftauchen.
Heute ist es kaum von Bedeutung.
Die Arterien der Stadt saugen eine sehnsüchtige Luft an, die Festtage auslöst, und sie atmen sie wieder aus. An diesem Tag meldet sich ein erster Kuß auf den Lippen, und in der Unschuld des Lächelns ruft Mansour aus:
- Es bleiben uns die Mosaike von Thyna, die Zukunft von Taparura und die Kraft des Olivenbaums. Wie wir haben sie über die Wüste und die Profanierungen triumphiert.
Der Tag deines Ruhmes kommt, Zitouna.

DONATA KINZELBACH (HRSG.)

TATORT: ALGERIEN

MIT EINEM VORWORT VON
ALBERT MEMMI (tunesischer Schriftsteller und Soziologe)
GEWIDMET
TAHAR DJAOUT († 1993)
MIT BEITRÄGEN ZUR AKTUELLEN SITUATION VON
RACHID BOUDJEDRA (algerischer Schriftsteller),
AKLI KEBAILI (algerischer Politologe),
MOHAMED MAGANI (algerischer Schriftsteller im deutschen Exil),
NACÉRA RECH (algerische Journalistin),
KAMAL EL KORSO (algerischer Literaturwissenschaftler),
THOMAS BLEICHER (Literaturwissenschaftler mit Schwerpunkt Maghreb),
VERENA KLEMM (Islamwissenschaftlerin).

ISBN 3-927069-47-7
180 S. * DM 34,- / ÖS 247,- /SFR 34,-

Dieser Band will als intellektueller Aufschrei verstanden werden gegen das Unrecht, das unschuldigen Menschen in Algerien zugefügt wird. Das Buch ist ein Zeichen der Solidarität mit allen Demokratinnen und Demokraten in Algerien - und überall auf der Welt.

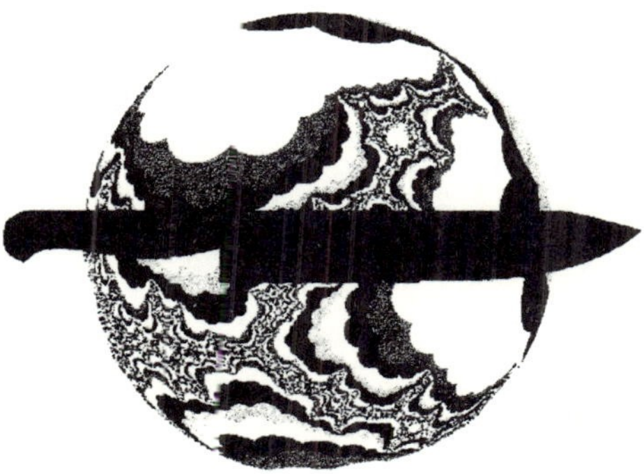